SF SOCIAL FANTASIES

Argument Verlag · Hamburg · Berlin

Warum machen wir die Reihe Social Fantasies?

Wir glauben, dass intelligente, zornige Ich-will-die-Welt-verändern-Lektüre gebraucht wird. Wir akzeptieren nicht, dass das Genre Zukunftsliteratur in der Schmuddel-Ecke versteckt wird. Viele grandiose Juwelen der utopischen und phantastischen Weltliteratur sind nie ins Deutsche gebracht worden, andere wurden lieblos übersetzt, zum Teil durch Kürzung entstellt, gingen im SF- und Fantasy-Kommerz unter, wurden mangels Rendite über Jahre oder gar Jahrzehnte nicht verlegt. Wir graben solche Juwelen wieder aus, machen Überarbeitungen oder Neufassungen bedeutender Romane und ergänzen sie durch Neuentdeckungen, die das gleiche Potenzial haben. Unsere Kriterien dabei sind: Romane mit überzeugenden Figuren und dichtem Suspense. Gesellschaftliche Fragen als gut erzählte Geschichten. Unterhaltung mit Selberdenkfaktor: subversiv, intelligent, undogmatisch. Literatur als Unruhestifter: Bücher, die Zweifel an kulturellen, moralischen, sozialen Selbstverständlichkeiten wecken, aufrührerische Bücher. Literatur als Widerstand: Bücher gegen Krieg, Faschismus, Diskriminierung, Missbrauch, blinde Ideologie. Romane mit ungewöhnlichen Identifikationsfiguren, die Rollenmuster sprengen oder unterlaufen und neue Wege zu gehen versuchen. Die SF-Literatur bietet galaktische Vielfalt: Kitzel für die Vorstellungskraft, halluzinogener Lese-Stoff, sinnliche und stachelige Lektüre für Kopf und Bauch – eben Social Fantasies.

Else Laudan, Programmleitung

Zu diesem Buch

Was, wenn nicht die BRD die DDR geschluckt hätte, sondern umgekehrt? In diesem Alternativwelt-Thriller konnte der historische Börsenkrach von 1987 nicht abgefedert werden und mündete in eine Weltwirtschaftskrise. Die DDR-Ökonomie erholte sich aber überraschend schnell: Die Entdeckung einer revolutionären Energiequelle schuf unbegrenzte Reserven – und so verlief die Geschichte etwas anders: Die DDR übernahm die wirtschaftliche und politische Führung in Europa …

Marcus Hammerschmitt, Jahrgang 1967, studierte Philosophie und Literaturwissenschaft. Seit 1994 arbeitet er als freier Schriftsteller und bereichert als Querdenker und großartiger Erzähler die deutschsprachige Science-Fiction um stilsichere, originelle Zukunftsromane. Er schreibt scharf sozialkritisch in einer packenden Balance aus kritischem Weitblick, prägnanten, realistischen, herrlich verrückten Figuren und straff gespannten Handlungsfäden. Er wurde mit dem Essaypreis der Büchergilde Gutenberg und dem Würther Literaturpreis ausgezeichnet.

Marcus Hammerschmitt

Polyplay

SF - Social Fantasies 5006
Argument Verlag

SF - Social Fantasies
Herausgegeben von Else Laudan und Hannes Riffel
www.socialfantasies.de

Von Marcus Hammerschmitt sind bei Social Fantasies bereits erschienen:

Der Opal (SF Social Fantasies 2060)
Der Zensor (SF Social Fantasies 5003)
Polyplay (SF Social Fantasies 5006)

Verlag & Lektorat danken Ekkehard Redlin
für die freundliche Unterstützung

Deutsche Originalausgabe

Eppendorfer Weg 95, 20259 Hamburg
Telefon 040/4018000 – Fax 040/40180020
www.argument.de
Lektorat: Hannes Riffel [textagentur@epilog.de]
Umschlaggrafik: Rainer Schorm
Umschlaggestaltung: Hardy Kettlitz und Hannes Riffel
Satz: Iris Konopik
Belichtung: Satzwerk, Göttingen
Druck: Alfa Druck, Göttingen
Gedruckt auf säure- und chlorfreiem Papier
ISBN 3-88619-974-6
Erste Auflage 2002

Jonasklage

An die Dunkelheit und die Enge hatte er sich nie gewöhnen können. Wenn er sich all das Wasser um seine Kajüte herum vorstellte – über die nötige Phantasie verfügte er allemal –, konnte ihm immer noch komisch werden. Ihm wurde auf der Festung leicht komisch, und das seit anderthalb Jahren schon. Er hatte eine seltsame Erfahrung machen dürfen: dass man seekrank werden konnte auf einem Schiff, das nicht schaukelte. So jedenfalls erklärte er sich diese regelmäßig wiederkehrende Stimmung: als Seekrankheit. Er sprach nicht darüber. Er war von sich aus nicht sehr gesprächig und außerdem hatte er sehr schnell herausgefunden, dass Vertrauensseligkeit auf der Festung nicht gern gesehen war. Ganz im Gegenteil. Die Festung kultivierte die Paranoia: Überwacht wurde hier alles, geschätzt wurde so gut wie nichts. Sicherheitsgründe. Manchmal dachte er, dass der Teufel seine Maßnahmen vor allem mit Sicherheitsgründen rechtfertigte. Und in dunklen und engen Nächten wie diesen nahm seine eigene Paranoia überhand. Die Festung kam ihm dann wie ein Gemisch aus U-Boot und Gefängnis vor, und im Grunde war sie beides. Wenn er in Nächten wie diesen wach lag, dann machte der Bau Geräusche, die ihm gleichzeitig unter seinen Magen griffen und die Kehle zudrückten. Unbestimmte, fast subakustische Geräusche waren das, die er nie hätte beschreiben können und von denen er nicht wusste, woher sie kamen. Seine Angstbereitschaft ordnete sie aber jederzeit potentiell tödlichen Entwicklungen zu: unbemerkten Lecks unter der Wasserlinie, einem unvermuteten, spontanen Nachgeben des Stahls und Betons über seinem Kopf, dem plötzlichen Reißen der armdicken Stahlkabel, die die ganze Struktur am Boden der Nordsee festhielten. Nichts davon war wahrscheinlich. Alles erschien ihm zwingend – in Nächten wie diesen. Das konnte doch nicht gut gehen!, zischte die Paranoia ihm zu, hab ich es dir nicht gesagt! Und sie zischte ihm damit jede Hoffnung auf Schlaf aus dem Leib. Nach anderthalb Jahren auf der Festung wusste er: Eine Nacht wie diese verhieß für den nächsten Tag viel Coffein, Muskelflimmern und Kopfweh. Gewissermaßen die zweite Stufe seiner speziellen Form der Seekrankheit. Dunkle und enge Nächte wie diese, in denen er sich fühlte wie Jonas im Bauch des Walfischs. Dass sich der Vergleich mit der biblischen Figur immer noch so bereitwillig meldete, ärgerte ihn. Er war ausgesprochen antireligiös eingestellt. Aber auch das half ihm in Nächten wie diesen wenig.

Kopfweh

Zuerst fiel Kramer auf, dass kaum Blut zu sehen war. Er hatte eine Riesensauerei erwartet, aber bis auf ein paar kleine Tropfen und Schlieren auf dem abgewetzten Linoleumboden war da nichts. Er stand im Hinterzimmer des Jugendclubs, die Mütze in der Hand, und suchte nach Blut, nach dem Offensichtlichen, nach den Spuren des Ereignisses, aber die Ausbeute war mager. In seiner Zeit als Polizist hatte er schon einige Tatorte gesehen und über die Jahre eine bestimmte Haltung dazu entwickelt: Je schlimmer es aussah, desto leichter würde seine Arbeit sein. Jemand, der bei der Ermordung eines Menschen eine Riesensauerei anrichtete, war leichter zu erwischen, denn er hatte sich nicht unter Kontrolle. Mit Leuten, die sich beherrschen konnten, war es schon schwieriger. Dieser Tatort hier gefiel Kramer auf den ersten Blick schon überhaupt nicht. Viel zu sauber.

Jemand hatte die Leiche mit einem geblümten Wachstischtuch bedeckt. Einige Leute standen um sie herum, als seien sie dazu verpflichtet. Im Gegenlicht des einzigen Fensters erkannte er Pasulke, einen Vopo, der nach ABV aussah, und einen SMH-Arzt. Am geöffneten Fenster selbst lungerten zwei Typen in Weiß herum, die ebenfalls nach SMH aussahen. Auf dem Boden stand eine Tragbahre. Kramer hatte den Barkas vor der Tür stehen sehen. Sie rauchten. Niemand brauchte sie noch, aber sie trauten sich nicht einfach wegzugehen, genauso wenig wie der Arzt, ihr Vorgesetzter.

Er wollte gerade auf die Gruppe zutreten, da zwitscherte plötzlich eine der Computerspielkonsolen wie ein Vogel. Oder war es ein Flipperautomat? Kramer drehte sich um. Eine der Konsolen. Er konnte einige bunte Männchen erkennen, die über den Bildschirm hüpften und rannten. Am Münzeinwurf die typischen Kratzspuren der Spieler, denen der Automat die Münzen wieder in die Hand gespuckt hatte. Über dem Gerät hing ein Plakat: Ein gut gelaunter Jugendlicher im FDJ-Hemd präsentierte dem Betrachter einen bunten Blumenstrauß. Darunter die Parole: »FDJ-Initiative Berlin 2000«. Daneben stand ziemlich groß in die Wand geritzt: »Solanaceae Tau«. Hörte sich an wie der Name einer der südamerikanischen Bands, die jetzt so populär waren. Als Kramer auf die Gruppe um die Leiche zuging, dachte er: Typisch. Das Einzige, was man hier in diesem Laden von der FDJ-Initiative mitkriegt, ist ein Plakat. Arbeiterviertel eben.

»Kippen weg«, sagte er beiläufig zu den Rauchern von der Schnellen Medizinischen Nothilfe. Sie warfen sie widerwillig aus dem Fenster.

»Wagner, ABV hier«, sagte der Vopo. »Die Leiche ist vor einer Stunde entdeckt worden, vom Hausmeister.«

Hinter ihm lehnte ein gelbes Männlein in einer grau-blauen Hausmeisterjacke an der Wand. Es versuchte krampfhaft, an dem Wachstischtuch vorbeizublicken.

»Danke, Herr Wagner«, sagte Kramer. »Sie können jetzt gehen.«

Wagner salutierte und lief zur Tür. Mit der Klinke in der Hand sagte er noch: »Wenn Sie mich brauchen …«

»Selbstverständlich. Wir rufen Sie an«, antwortete Kramer dem fleißigen Abschnittsbevollmächtigten. Er sah den Arzt an: der schwieg. Pasulke war ebenfalls still. Kramer spürte: Alle wussten, was jetzt kommen würde. Er kniete sich hin und hob die Wachsdecke an. Das war allerdings schlimm. Das war sogar ziemlich schlimm. Oberhalb des Halsansatzes war alles zermatscht. Der Kopf war zu einer Fleisch-, Blut- und Knochenpampe zerdrückt worden. Es sah aus, als habe man das Opfer rücklings auf die Straße gelegt und wäre mit einem Laster über den Kopf gefahren. Selbst hier erstaunlich wenig Blut. Allerdings klebten einige Batzen Fleischpampe an der Unterseite des Wachstuchs, das Kramer in der Hand hielt. Es gab ein Übelkeit erregendes, feucht schmatzendes Geräusch, als er die Decke fallen ließ, etwa so, als lasse man aus geringer Höhe einen feuchten Putzlappen zu Boden gleiten. Kramer stand auf. Gegen seinen Willen wischte er die rechte Hand an seiner Jacke ab. Pasulke war grün im Gesicht, der Arzt blickte verlegen zur Seite.

»Sie können jetzt auch gehen«, sagte Kramer.

Der Arzt nickte, winkte den SMH-Helfern, und die drei verschwanden. Die leere Tragbahre nahmen sie mit.

Kramer ging zu dem Hausmeister, der offensichtlich völlig mit den Nerven runter war. Wahrscheinlich stand er sogar unter Schock. Kramer wusste nicht, was er tun konnte, um ihn zu beruhigen. Er wusste auch nicht, ob es Sinn hatte, ihn jetzt auszufragen. Aber das war nun einmal seine Pflicht.

»Furchtbar«, sagte er leise.

»Ja … furchtbar …«, murmelte der Hausmeister vor sich hin. »Der Michael … hab ihn gefunden …«

»Sie wissen, wer das ist?«

»Kann nur der Michael sein … hab ihn schon paarmal hier erwischt … hat sich manchmal über Nacht einschließen lassen … ganz verrückt nach dem Spiel …«

»Michael? Wissen Sie den Nachnamen?«

»Michael … Michael … Abusch. Hab ihm mal die Ohren lang gezogen und vom ABV nach Hause bringen lassen.«

»Haben Sie sonst noch jemanden gesehen? Können Sie uns irgendwas sagen, was uns weiterhilft?«

Der Hausmeister riss ruckartig den Kopf herum. Sein Gesicht war gelbgrün, in seinen Augen stand die nackte Angst.

»Herr, Herr … Kommissar! Wenn Sie glauben, dass ich was damit zu tun habe … das stimmt nicht! Ich bin hier der Hausmeister!« Jetzt schrie er fast. »Der Michael hat mich genervt, aber ich bring doch keenen um, nur weil er mich nervt! Ick hab hier heut Morjen uffjemacht, und da isser da jelegen! Det müssn Se mir gloobn! Ick bin keen Mörder!«

Kramer fühlte sich peinlich berührt. Er sah schnell zu Pasulke hinüber, und Pasulke verdrehte die Augen, als wolle er sagen: Was machst du denn da! Der Hausmeister sagte ein paarmal sehr laut, dass er kein Mörder sei.

»He«, warf Kramer ein, »he, he, he. Das ist in Ordnung. Das glaube ich Ihnen. Ist in Ordnung. Gehen Sie nach Hause. Ruhen Sie sich aus. Alles in Ordnung.«

Na wunderbar. Zu seinen Füßen lag ein Junge mit einem zermatschten Kopf, und er tröstete den Mann, der dieses Bild als Erster hatte ertragen müssen, mit der Behauptung, alles sei in Ordnung.

Der Hausmeister sah ihn noch ein paar Sekunden lang wild an, als wisse er nicht genau, wer von ihnen beiden irre war. Dann hob er seine Hände vors Gesicht und brach in Tränen aus. Es war ein dünnes und kraftloses Weinen, in Kramers Ohren klang es ungeübt, um nicht zu sagen impotent, und er hasste sich dafür, dass sein Kriminalistenohr nach einem falschen Ton suchte, der ihm die Anstrengung des Schauspielers verraten hätte. Aber da war kein falscher Ton. Da war nur Erbärmlichkeit, Verwirrung und Schock. Kramer konnte es nicht ertragen. Er fasste den Hausmeister um die Schultern und schob ihn zur Tür. Der Mann ließ sich willenlos führen.

»Soll ich Ihnen ein Taxi rufen?«, fragte Kramer.

»Wohn – wohn um die – Ecke«, brachte der Hausmeister mühsam hervor.

»Gehen Sie«, sagte Kramer. »Gehen Sie nach Hause.«

Der Hausmeister gehorchte. Man konnte ihn noch eine Weile schniefen hören. Pasulke und Kramer blieben allein zurück. Sie standen neben dem Toten wie bestellt und nicht abgeholt.

»Meisterleistung«, sagte Pasulke. »Eins A Verhör.«

»Hör schon auf.« Mehr fiel Kramer nicht ein.

Im Grunde hatte Pasulke ja Recht.

Die Spurensicherung kam und tanzte ihr Spurensicherungsballett. Kramer wollte gerade mit Pasulke verschwinden, als Akkermann auftauchte. Akkermann vom K5. Eigentlich war das K5 seinerzeit gegründet worden, um Fälle wie diesen hier aufzuklären, Fälle schwerer Gewaltkriminalität, wie es sie in der DDR gar nicht geben sollte. Mit der Zeit war das K5 aber immer politischer geworden und hatte sich schließlich in den verlängerten Arm der Stasi bei der Kriminalpolizei verwandelt. In Erinnerung an ihre ursprüngliche Aufgabe versuchten die Beamten des K5, sich immer bei Fällen schwerer Gewaltkriminalität einzumischen, und schnüffelten nach Begleitumständen von »gesellschaftlicher Relevanz« oder nach einem »politischen Hintergrund«, die es ihnen erlaubten, den Fall an sich zu ziehen; Kramer hatte schon öfter erleben müssen, wie ihnen das auch gelungen war. Seit sich das politische Klima verändert hatte, mussten sie um das Existenzrecht ihres Vereins bangen, und das machte sie oft noch ungenießbarer.

Das alles war an sich schon unangenehm, aber Kramer hasste Akkermann auch aus persönlichen Gründen. Sie waren im Laufe der Jahre einige Male aneinander geraten, und Kramer hatte Akkermann als durchtriebenen, intriganten und intelligenten Gegner fürchten gelernt. Wenn er mit sich selbst ehrlich war, dann hing seine Abneigung auch damit zusammen, dass Akkermann ein sehr gut aussehender Mann war und Männlichkeit abstrahlte wie ein Ölradiator warme Luft. Kramer zog es meistens vor, in dieser Frage nicht ehrlich mit sich selbst zu sein, andernfalls konnte es geschehen, dass ihm die Erinnerung hochkam, wie Akkermann einmal sogar mit Anette geflirtet hatte, während einer Feier zum 1. Juli auf dem Polizeipräsidium. Anette war offensichtlich nicht völlig abgeneigt gewesen.

Kramer hatte geglaubt, mit dem weinenden Hausmeister den absoluten Tiefpunkt des Tages überwunden zu haben, aber das Auftauchen Akkermanns setzte in dieser Hinsicht neue Maßstäbe. Akkermann trug Uniform, wie üblich. Wie Kramer war er Oberleutnant, sah aber aus wie ein NVA-Generalmajor auf Empfang beim Staatsratsvorsitzenden. Wie üblich. Er trat forsch an die Leiche heran (die Leute von der Spurensicherung machten ihm wie selbstverständlich Platz), betrachtete sie kurz und sagte: »Ach du Scheiße.« Dann drehte er sich zu Kramer um und grinste ihn an, als habe er einen besonders intelligenten Witz gemacht. Nein, dachte Kramer, ich muss mich nicht daran erinnern, wie er Anette angemacht hat, um ihn zu hassen. Er ist einfach ein Arschloch.

»Wollen Sie denn hier?«, fragte er so unfreundlich wie möglich.

Akkermanns Grinsen fiel in sich zusammen. »Ermitteln, was denn sonst«, antwortete er im selben Tonfall.

»Na, dann ermitteln Sie mal schön«, gab Kramer zurück und nickte Pasulke zu. Sie gingen.

Auf der Fahrt in die Warschauer Straße herrschte dicke Luft zwischen Pasulke und Kramer. Kramer merkte, dass Pasulke sauer war, und fast war er froh, als Pasulke mit dem Grund dafür herausrückte.

»Musst du Akkermann immer so anrempeln? Er ist ein Arschloch, weiß doch jeder. Aber er ist ein mächtiges Arschloch.«

Kramer war eigentlich nicht in Stimmung zum Streiten. Aber Unsinn wollte er sich auch nicht unwidersprochen anhören.

»Willst du noch was werden, wenn Akkermann Inspektionsleiter wird?«

Pasulke riss den Wagen unsanft in eine Kurve. Er fuhr überhaupt schneller, als die Polizei erlaubte.

»Darum geht's nich. Wenn du ihm weiter dumm kommst, petzt er es dem Alten oder gleich seinen Stasi Freunden, und dann haben wir den Salat. Du behinderst unsere Arbeit!«

»Der petzt sowieso. Ampel war rot!«

»Höchs-tenfalls o-range, mein Lieber«, sagte Pasulke in seinem hochgestochenen Tonfall und zeigte dadurch an, dass er grundsätzlich zur Versöhnung bereit war.

»Und außerdem«, sagte Kramer, »kann er mich bei diesem Fall behindern wie er will. Der stinkt. Das spüre ich. Ich will den gar nicht. Woher wusste Akkermann überhaupt mal wieder so schnell Bescheid?«

»Ein Vöglein hat es ihm geflüstert, er konnt's nit überhören.«

Seit kurzem galt als sicher, dass die Stasi alle Festnetz-, Mobiltelefon- und Funkverbindungen sämtlicher Volkspolizeiabteilungen abhörte. Kramer hatte sich immer noch nicht an den Gedanken gewöhnt, während Pasulke behauptete, er habe es schon immer gewusst.

Pasulke bog in die Warschauer Straße ein und bremste ruckartig ab, als er einen Parkplatz entdeckte. Sie wischten an dem Pförtner vorbei, der kaum aufsah. Das Treppenhaus stank nach den Fünfzigern, wie immer. Erster Stock links, drittes Büro rechts. Kramer stieß die Tür auf. Schumacher saß an seinem Terminal, Natschinsky stand hinter ihm. Schuhmacher drehte sich um. Er sagte: »Operation Neescherfett.« So war das in der Volkspolizeiinspektion Friedrichshain, Warschauer Str. 7, Abteilung Kriminalpolizei, Büro 1/14, MUK (Morduntersuchungskommission), am Morgen des 3. April 2000.

Kramer glaubte nicht, dass Schuhmacher ein echter Rassist war. Er wusste selbst nicht mehr so genau, wie das angefangen hatte mit diesem blöden Spruch, aber irgendwann vor vier, fünf Jahren war Schuhmacher darauf verfallen, jedes Mal, wenn er sich aufregte, wenn er überrascht war, wenn ihm die Worte fehlten, »Operation Neescherfett!« auszurufen. »Neescherfett«, so nannten manche in der DDR Zuckerrübensirup. Kramer verstand nicht, was Schuhmacher mit dem Spruch eigentlich ausdrücken wollte. Wahrscheinlich wollte er nur originell wirken. Kramer hatte das Ganze anfangs als eine dumme Marotte gesehen und ihn erfolglos zur Rede gestellt, schließlich hatte er resigniert. Rein technisch gesehen hätte er als Kopf der Morduntersuchungskommission Schuhmacher befehlen können, mit dem Quatsch aufzuhören, aber erstens war er auf seine Gruppe angewiesen und zweitens war Kramer nicht so.

Schuhmacher hatte den Spruch beim Eintreten Kramers und Pasulkes mit ungewohnter Zurückhaltung ausgestoßen. Als Kramer näher kam, sah er, warum. Auf dem Bildschirm von Schuhmachers nagelneuer Robotron R610-Station waren die Bilder der Spurensicherung zu sehen, live und in Farbe. Gerade filmte dort einer mit großer Hingabe die Füße der Leiche. Erstaunt bemerkte Kramer, dass die Leiche von Michael Abusch keine Schuhe trug. Warum war ihm das nicht vorhin schon aufgefallen? Aber konnte er sich nicht sogar an die Schuhe erinnern? Jemand von der Spurensicherung musste sie entfernt haben, obwohl das gegen die Vorschriften verstieß. Die neue Echtzeitausrüstung funktionierte jedenfalls hervorragend. Wenn Schuhmacher gewollt hätte, hätte er auch einen Tonkanal zuschalten können. Offensichtlich hatte er darauf verzichtet, um sich nicht auch noch die Kommentare der Kriminaltechniker live anhören zu müssen. Es wurde ohnehin alles auf Datenträger aufgezeichnet, zur gefälligen späteren Verwendung. Ja, die neue Echtzeitausrüstung funktionierte so gut, dass die Live-Übertragung von Michael Abuschs zermatschtem Kopf Schuhmacher wohl ein wenig die Laune verdorben hatte, so dass die »Operation Neescherfett« heute Morgen weniger fett ausfiel als sonst. Und Natschinsky, der stille Natschinsky, eine halb leere Kaffeetasse in der Hand, war noch ein bisschen stiller als sonst.

Die Kamera bewegte sich langsam an der Leiche entlang. In die Stille hinein sagte Schumacher plötzlich: »Dolle Sache.« Er sagte es nicht mit viel Überzeugung, sondern offensichtlich in der Hoffnung, ein Gespräch über die technischen Details seines neuen Spielzeugs anstoßen zu können. Aber niemand ging darauf ein. Es war eine dolle Sache, zweifellos. An den Fenstern mochten noch Rollos von *Plaste & Elaste Schkopau* aus den Siebzigern hängen, und die Büros waren zuletzt in prähistorischen Zeiten frisch gestrichen worden. Aber die Rechnerausstattung der Kommission machte gewaltige Fortschritte, genau wie die ganze neue DDR auf diesem Gebiet. Kramer konnte ja froh sein. Bei der Schupo, der Trapo und anderen Abteilungen murksten sie noch mit 8- und 16-bit-Schrott aus Alt-DDR-Beständen herum, demgegenüber befanden er und seine Leute sich auf einem anderen

Planeten, computertechnisch gesehen. Die rechte Freude darüber wollte sich bei ihm allerdings gerade nicht einstellen.

»Die Daten zu dem Jungen?«, fragte er.

»DWE«, gab Schumacher zurück.

»Ich bin in meinem Büro.«

Sein Büro kam Kramer an diesem Morgen besonders unattraktiv vor. Die alten Möbel, der bescheuerte rote Kunstledersessel und natürlich der brandneue Rechner auf dem Schreibtisch, der zu dem Rest passte wie die Faust aufs Auge, sie deprimierten ihn heute Morgen besonders nachdrücklich. Er hängte Jacke und Hut an den Garderobenhaken und setzte sich. Auf dem Abreißkalender an der Wand stand zu lesen: »Deutsche Volkspolizei – Wir sichern die sozialistischen Errungenschaften«. Darüber hing ein Porträt des Staatsratsvorsitzenden Modrow. Kramer schloss die Augen.

Während er die Augen geschlossen hielt, passierte etwas, das er gut kannte. Die Bilder des Morgens flimmerten über seine Netzhaut wie Phosphene: Michaels Kopf, das FDJ-Plakat, der Hausmeister, alles in wildem Durcheinander. Kramer wollte sich entspannen, er wollte wenigstens für ein paar Minuten den ganzen Mist aus seinem Leben verdrängen, aber es gelang ihm nicht. Im Normalfall war das ein untrügliches Anzeichen dafür, dass er *neugierig* geworden war. Ein paar Details an einem neuen Fall reizten seine Phantasie und verwandelten sich aus bloßen Tatsachen in etwas anderes: in den Rohstoff für ein Rätsel, das er lösen wollte. Gleichgültig, was es war – Bilder, das Wort eines Zeugen, ein Geruch am Tatort –, es wurde durch diesen Prozess der Verwandlung plötzlich wichtig für Kramer, sein Interesse war geweckt, er wollte sich ein Bild machen. DWE, hatte Schumacher gesagt. »DORA weiß es.« Kramer öffnete die Augen. Er wollte wissen, wer Michael Abusch war. Gewesen war, um genauer zu sein.

Die blaue DORA-II-Eingabemaske verschwand sofort, als Kramer den Namen eingegeben hatte. DORA II: »Dialogorientiertes Recherche- und Auskunftssystem über Personen und Sachen« Version zwei, die Weiterentwicklung des DORA-Systems aus der alten DDR, das Datenrückgrat der Deutschen Volkspolizei. DORA kannte mehrere Michael Abuschs in Berlin, aber Kramer wählte den aus, den Schumacher mit einem kleinen roten Fähnchen als das Opfer von heute Morgen gekennzeichnet hatte. Kramer staunte immer noch über die Funktionalität des Systems: Die Informationsdichte war beeindruckend. Lebenslauf, biometrische Daten, Porträtaufnahmen, polizeiliches Führungszeugnis, Fingerabdrücke, Stammbaum, AV (Aktuelle Vorgänge). Alles schön übersichtlich in benutzerfreundlich über den Bildschirm verteilten Fenstern.

Kramer war ein wenig scheu, aber er klickte dann doch zuerst die Porträts an. Es gab verschiedene, von einfachen Schwarzweißaufnahmen aus dem ersten Kinderausweis bis zu einem aktuellen 3D-Porträt des Sechzehnjährigen, und das interessierte ihn selbstverständlich am meisten. Das Gesicht sagte ihm nichts. Ein normales Jungengesicht, blonde Haare, ein wenig verstrubbelt, helle Augen, Pickel hier und da. Kramer klickte auf »rotieren« und Michaels Kopf drehte sich auf Kramers Bildschirm, wie er sich in der 3D-Kamera gedreht hatte, als er vom Erkennungsdienst zum Nutzen und Frommen der Staatsorgane abgelichtet worden war. In einem kleinen Subfenster war der Anlass für die erkennungsdienstliche Behandlung vermerkt: »Aufgriff Jugendclub Taube 22.2.2000, Hausfriedensbruch, Abschluss Vorgang GG AZ/1470308 C«. Das bedeutete, dass Michael vor anderthalb Monaten von einem Gesellschaftlichen Gericht wegen Hausfriedensbruchs verurteilt worden war. Kramer hätte das Strafmaß auch erfahren können, denn das Aktenzeichen war mit den Gerichtsakten des betreffenden GG vernetzt, aber das interessierte ihn nicht. Die Verurteilung hatte Michael nicht davon abgehalten, weiter über die Öffnungszeiten hinaus in dem Jugendclub herumzulungern, das stand fest.

Stammbaum, Ebene 2, Eltern, Stiefeltern, Erziehungsberechtigte. Leibliche Eltern: Bernhard und Katharina Abusch, er Physiker, sie Pianistin. In der alten DDR waren beide erste Sahne gewesen, bis Bernhard kurz vor der Wende »RF« verübt hatte. Republikflucht. Über Katharina war zu erfahren, dass ihre Karriere darunter gelitten hatte, aber nicht wirklich gefährdet worden war. Bereits kurz nach der Wende hatte sie wieder Konzerte gegeben, und das waren keine Auftritte in der Provinz gewesen: Gewandhaus Leipzig, Festspiele in Salzburg, Kurzauftritt bei den zentralen Feierlichkeiten zur Wiedervereinigung in Berlin (erster Jahrestag) am 3. Oktober 1991. Kramer runzelte die Stirn. Katharina Abusch mochte sehr talentiert sein. Offensichtlich hatte sie aber auch gute Freunde in der oberen Kulturbürokratie. Sicher, Republikflucht war heute nicht einmal mehr ein Straftatbestand (vor allem deswegen, weil sie nicht mehr vorkam), aber Kramer wusste, dass es überall im Staat eine Menge Traditionalisten gab, die ausgesprochen nachtragend sein konnten. Frau Abusch konnten sie anscheinend nichts anhaben. DORA II lieferte ihm auch Filmaufnahmen von einem ihrer Auftritte. Kramer fielen ihre kraftvollen Hände auf. Sie spielte Rachmaninoff. Der Klang war ausgezeichnet. Irgendjemand würde ihr erklären müssen, dass ihr einziges Kind tot war. Er würde Pasulke schicken. Zu Bernhard Abusch war noch seine Doktorarbeit im Volltext verfügbar, aber den aktuellen Aufenthalt des Physikers kannte DORA nicht.

AV: Die Spurensicherung war immer noch nicht fertig. Im Augenblick forschten sie an den Spielkonsolen und Flippern nach Fingerabdrücken. Kramer klickte das Fenster weg und öffnete Michaels Lebenslauf. Der war Durchschnitt: Kindergarten, POS, EOS, Jungpioniere, FDJ, alles wie üblich. Ein Eintrag über Michaels Mitarbeit in der örtlichen Station Junger Techniker. Als letzten Eintrag in seinem Lebenslauf hatte Schumacher seinen Todestag vermerkt: heute. Das irritierte Kramer, der manchmal ein Haarspalter sein konnte, denn es war nicht sicher, dass Michael auch wirklich heute gestorben war. Andererseits gab es strenge Richtlinien im Umgang mit DORA, die dazu aufforderten, den Tod eines Erfassten sofort einzutragen. Peinlicherweise war es schon zu Blitzdurchsuchungen bei längst Verstorbenen gekommen, und so was schadete dem Ansehen der Polizei.

Kramer lehnte sich in seinem Sessel zurück. Er sehnte sich nach einem Kaffee, aber die Kaffeemaschine stand im Gruppenbüro, und er wollte jetzt niemanden sehen.

Da klopfte es an der Tür. Kramer rief missmutig: »Reinkommen!«

Es war Lobedanz höchstpersönlich.

Der Major der Kriminalpolizei Achim Lobedanz machte so was normalerweise nicht. Er ging seine Untergebenen normalerweise nicht in deren Büros besuchen, sondern rief sie zu sich. Deshalb war Kramer auch tunlichst alarmiert, als sein Vorgesetzter völlig ohne Anmeldung in seinem Büro stand. Er setzte sich auf und sagte: »Achim.«

»Rüdiger«, gab Lobedanz ernst zurück. Mit seiner Glatze und dem grauen Schnurrbart sah er jetzt ein bisschen wie ein trauriger und besorgter Seehund aus. Seine Krawatte saß nicht richtig.

»Was gibt's?«

»Die Normannenstraße ruft.«

»Die Normannenstraße? Wollen die denn?«

Ein weitläufiger Gebäudekomplex in der Normannenstraße war der Hauptsitz des MfS. Stasi.

»Weiß ich nicht. Auf ungeklärte Weise scheinen sie von dem Abusch-Fall Kenntnis erhalten zu haben. Und jetzt möchten sie sich gern mit dir darüber unterhalten.«

Kramer sah das schöne Gesicht Akkermanns vor sich. Ich bringe ihn um, dachte er.

»Unterhalten? Gut. Ich fahr heut Mittag mal rüber.«

»Nee, die haben's richtig eilig. Der Wagen steht unten.«

Kramer wurde komisch zumute. »Der Wagen steht unten? Ich hab noch nix gegessen heute!«

Das war nun wirklich ein sonderbarer, aus der Not geborener und dadurch

reichlich infantil wirkender Einwand. Fand Kramer selbst, nachd
ausgesprochen hatte.

»Vielleicht haben die Normannen ja Stullen. Möglicherwe
Kaffeemaschinen. Sei nett zu ihnen. Ich will keinen Ärger.«

Sollte heißen: Wenn sie den Fall wollen, gib ihn ab. Danke sehr, Genosse Major.

»Na dann«, sagte Kramer.

»Na dann«, sagte Lobedanz, drehte sich um und ging hinaus.

Kramer packte seine Jacke und ließ die Bürotür hinter sich ins Schloss fallen. Seine drei Untergebenen wirkten leicht verstört. Gerade eben hatten sie noch Lobedanz hinterhergesehen wie einer Erscheinung, die sich wieder verflüchtigt hatte.

»Kleiner Zwischenfall am Rande. Hab einen Stasi-Termin, von dem ich bis vorhin noch nichts wusste.«

Pasulke gab sich Mühe wie jemand auszusehen, der es ja gleich geahnt hatte. »Stasi?«, fragte er. »Wollen die denn?«

»Frag mich nachher.«

Pasulke setzte eine dramatische Miene auf und intonierte mit Grabesstimme: »Wenn du in zwei Stunden noch nicht zurück bist, compañero, holen wir dich raus.«

»Sehr witzig. Ich muss los. Du sagst der Mutter Bescheid.«

»Welcher Mutter?«

»Frag nicht so blöd. Michael Abuschs Mutter.«

»Ich? Was?«, protestierte Pasulke, aber bevor er die Gründe aufzählen konnte, warum gerade er für diesen Job völlig ungeeignet war, stand Kramer schon auf dem Flur.

Auf der Straße erlebte er eine böse Überraschung. Seine Gesprächspartner bei der Stasi hatten ihm einen grauen Gefangenenbarkas und einen Fahrer vom Wachregiment des MfS geschickt. Das fand er überhaupt nicht lustig. Das Wachregiment des MfS hieß in der neuen DDR zwar nicht mehr »Wachregiment Felix E. Dzierzynski«, und es war auch im Bestand um die Hälfte gekürzt worden. Aber es war eigentlich immer noch derselbe Laden: die Privatarmee, der militärische Arm des immer noch mächtigen Geheimdienstes. Vor der Wende hatte es aus 4500 Elitesoldaten bestanden, jetzt waren davon nur noch 2200 übrig. Einer davon stand auf der anderen Straßenseite und wartete auf ihn. Kramer lief über die Straße und dachte über den dummen Scherz von Pasulke nach. Hopsnehmen, dachte er. Wollen die mich hopsnehmen?

Der sympathisch aussehende Wachsoldat lächelte ihn an und sagte:

»Machen Sie sich nichts draus. In der Eile war nichts anderes frei. Bitte.« Er zeigte auf die Beifahrertür, und Kramer stieg ein. Der Mann klang eigentlich nicht nach Berlin und erst recht nicht nach Dresden. Eher nach Düsseldorf. Es war bekannt, dass die meisten ehemaligen SEK/MEK-Mitglieder aus der alten BRD im Wachregiment untergekommen waren. Sein Begleiter mochte mit Anfang zwanzig Terrorbekämpfung in Nordrhein-Westfalen geübt haben.

Natürlich fühlte sich Kramer auf dem Sitz in der engen Fahrerkabine des Barkas unwohl. Er wusste genau, wie es hintendrin aussah: sechs unglaublich enge Zellen für »Zugeführte« und eine Metallbank für einen oder zwei Bewacher. Als junger Polizist war Kramer selbst manchmal einer dieser Bewacher gewesen. Er erinnerte sich ungern daran. Die Polizei fuhr mittlerweile nur noch die Gefangenentransporter der VEB Volkswagen Wolfsburg, aber beim MfS konnte man sich offenbar nicht zu Veränderungen durchringen.

Der Fahrer ließ den Wagen an. »Ich muss Sie bitten, sich anzuschnallen«, sagte er.

»Was?«, antwortete Kramer. »Ach so.« Und er schnallte sich an.

In der Eile war nichts anderes frei. Ihr Schweine, dachte Kramer. Dieses Gefährt war nichts anderes als eine Drohung. Aber so waren sie eben, die Genossen vom MfS. Wieso menschenfreundlich, wenn's auch anders ging? Ab durch die Mitte.

Wieder vereint

Es hatte schlecht ausgesehen für die DDR, Mitte der achtziger Jahre. Die Devisenreserven waren bedenklich dünn geworden, der Staatshaushalt war in einem bankrottreifen Zustand, der technolgische Modernisierungsrückstand gegenüber dem Westen war eindeutig nicht mehr aufzuholen, und das Volk murrte. Während die meisten DDR-Bürger im Westfernsehen zu sehen glaubten, was sie an Lebensqualität verpassten, verließ sich eine versteinerte Führung wie eh und je auf die Macht der Propaganda. Während das notwendigste Baumaterial fehlte, um Altbauten bewohnbar zu halten, und während man für Neugeborene die Autos bestellen musste, die sie als Erwachsene fahren sollten, log Honecker am 1. Mai immer noch das Blaue vom Himmel herunter.

Manchmal gingen Kramer und Pasulke einen trinken, und wenn sie dann dreie oder viere getrunken hatten, dachten sie beide, jeder für sich, laut vor sich hin – manchmal auch über die Stimmungslage vor der Wende. Kramer sagte dann Sachen wie: Mit den politischen Verhältnissen hätten sich die meisten Ostdeutschen ja abgefunden, Bespitzelung hin, Beton-Sozialismus her, sie waren ja immerhin Deutsche. Aber dass ihnen das Westfernsehen all die Sachen zeigte, die sie nicht hatten, barg das eigentliche Konfliktpotenzial. Und das wusste natürlich auch die Führung. Die Mauer war hauptsächlich deswegen ein Problem, weil sie die freie Fahrt zum Flughafen in Frankfurt am Main behinderte, nicht wegen der grundsätzlichen Ungeheuerlichkeit, dass ein Staat seine Bürger einsperren musste, damit sie ihm nicht davonliefen.

Und Pasulke meinte dann: Die Bürger waren unzufrieden. Man wollte auch einmal offen motzen dürfen. Man wollte nach Teneriffa fliegen, statt immer nur nach Rumänien zu fahren. Die einen hätten gern christliche statt sozialistische Erbauungsbotschaften im Radio gehört, die anderen fanden den DDR-Nationalismus à la »Vaterland der Werktätigen« ungenügend und hätten gerne einmal wieder das Deutschlandlied geschmettert, aus vollem Hals, beim Sieg einer gesamtdeutschen Fußballnationalmannschaft über den Engländer zum Beispiel. Dann hätte wieder ganz Deutschland und nicht nur die Partei immer Recht behalten können. Viele wären lieber ihr eigener Chef gewesen, in einer eigenen Werkstatt, statt Weisungen der PGH zu befolgen. Die Bauern beklagten die mangelnde Bindung an die Scholle, wenn sie ihnen nicht selbst gehörte. Manche hätten an einer schönen Börse mit richtigem Aktienhandel und allen Schikanen Spaß gehabt.

Die beiden waren sich einig: Eine verschwindend kleine Minderheit wollte einen Sozialismus für Menschen, nicht für Untertanen, und einer großen

Mehrheit war die DDR, so wie sie war, nicht gemütlich und bunt genug. Das hatten Kramer und Pasulke, die eigentlich eher der ersten Fraktion angehörten, auch damals schon begriffen. Das Leben war nicht schön und wurde auch nicht schöner für die allermeisten, und es fühlte sich einfach nicht so an, als könne sich das jemals ändern. Das war der Punkt.

Ganz schlecht sah es aus – so die wiederkehrende Erinnerung der beiden –, als Gorbatschow in der Sowjetunion an die Macht kam und den Sozialismus weich spülen wollte, mit freundlicher Unterstützung des Westens, der ihn gerne so weich gespült hätte, dass nichts mehr von ihm übrig blieb. Es begab sich, dass der KPdSU Fehler vorgehalten wurden in Magazinen, die in deutscher Sprache in der DDR erhältlich waren (so z.B. im *Sputnik)*. Das fand die Führung der DDR unerträglich, die nämlich besser als die KPdSU selbst wusste, dass die KPdSU *niemals* Fehler begangen hatte. Den *Sputnik* gab es 1987 dann plötzlich nicht mehr, und während neue Witze kursierten, die für die nahe Zukunft den Bau einer zweiten Mauer, nämlich nach Osten hin, vorhersagten, vertraute die Führung der DDR eisern auf Führung.

Wenn Kramer nüchtern an jene Zeit zurückdachte, stellte er sich immer eine Galeere vor, deren Kapitän der Mannschaft an Deck seine neue Peitschensammlung vorführen lässt, während unter der Wasserlinie die Planken nachgeben. Die Führung dachte: Wir kriegen das schon hin. Die Mannschaft dachte: Leckt uns doch am Arsch. Der Westen dachte: Ihr seid reif, und freute sich schon auf das Verteilen der Konkursmasse. Und dann kam die Wende.

Wer sich an diesem Morgen des 3. April 2000 neben Kramer und den Wachsoldaten gesetzt hätte, hätte viele positive Eindrücke gewinnen können. Die Häuser in den Straßen waren größtenteils renoviert und sauber, und zwar eher noch renovierter und sauberer als in Westberlin vor der großen Krise. Alles war sachlich gehalten, die Werbung zahlreicher und moderner als in der DDR vor Müller-Lohmann, aber bei weitem nicht so aufdringlich, wie sie es im Kapitalismus immer gewesen war. Zwischen den verschiedenen Kombinaten und VEBs gab es zwar einen bestimmten Wettbewerb, aber es war nicht lebensnotwendig, ihn zu gewinnen. Was als gesellschaftlich wichtig betrachtet wurde, wurde gestützt, die Energiekosten waren aufgrund des Müller-Lohmann-Verfahrens ohnehin bestenfalls symbolisch zu nennen, und die Rohstoffpreise waren ausgesprochen moderat. Für einen sozialistischen Betriebsleiter (oder eine Betriebsleiterin) war es unter diesen Bedingungen schwierig, einen VEB an die Wand zu wirtschaften: Man musste dazu schlicht und ergreifend völlig verblödet sein – was nicht hieß, dass das nie vorkam.

Kramer sah an diesem Morgen, was er im ganzen Osten Deutschlands auch gesehen hätte: moderate Anpreisungen von verbesserten Produkten (davon manche noch in der Entwicklungsphase) und Werbeflächen für Traditionserzeugnisse, die die Bevölkerung daran erinnerten, was der Standard war. Die Aussage der Werbung reduzierte sich in den meisten Fällen auf ein einfaches: »Auch noch da!« Dazu politische Parolen: »Dialog im Meinungsstreit – unser Mittel der Wahl im pluralistischen Sozialismus!« Oder: »1. Mai – Feiertag der Arbeiterklasse!« Oder: »Müller-Lohmann – Mit Energie für den Sozialismus!« Alles weitaus dezenter und im Tonfall gemütlicher als früher. Im Westen grassierte mancherorts noch eine regressive BRD-Nostalgie, Werbefriese verschwundener Marken wurden liebevoll gepflegt und gehegt, in manchen Schrebergärten wehte Schwarz-Rot-Gold mit Bundesadler statt mit Hammer und Zirkel. Man sah das nicht gern, verfolgte es aber auch nicht weiter.

Kramer fuhr mit dem Wachsoldaten die Warschauer Straße entlang. Dies war nicht der Westen, dies war der Osten. Sozusagen der tiefe Osten. Aber die große »Tempo«-Werbetafel an der Warschauer Straße Ecke Frankfurter Allee brachte Kramer dann doch ins Grübeln. Hatte es »Tempo« eigentlich schon in der alten DDR gegeben? Nein, nein, natürlich nicht. Aber inzwischen war die alte BRD-Marke in den DDR-Alltag fest integriert. Das Produkt wurde jetzt vom VEB Fließtextilien Lößnitztal hergestellt, und man tat so, als sei das schon immer der Fall gewesen. Ein paar Internetz-Betriebe warben ein wenig aggressiver, weil die Partei einen landesweiten Wettbewerb ausgeschrieben hatte: »DDR digital 2000«. Da gab es für findige Kader wirklich etwas zu gewinnen, unter anderem hoch dotierte Beraterposten im neu geschaffenen Ministerium für Innovation. Aus »Internet« hatte die neue DDR einfach »Internetz« gemacht, das klang wie »Interflug« und »Intershop« und wurde auch von der Bevölkerung akzeptiert.

Die Frankfurter Allee hingegen sah eigentlich noch aus wie damals. Die Häuser waren bunter (es gab Farbe en masse), mehr Grün war auch zu sehen (»Unsere Stadtbäume – die grünen Lungen Berlins!«) und die Gehwege waren renoviert. Aber der Straße war immer noch anzumerken, dass sie einmal als Prachtstraße gebaut worden war, und das machte sie Kramer so unbehaglich. Sie war ihm schon immer zu breit gewesen, die Menschen verschwanden darin.

Er sah eine Gruppe von Skinheads mit zwei Kampfhunden. Die Hunde trugen ordnungsgemäß Maulkörbe. »Um die Kerle sollten wir uns auch mehr kümmern«, dachte Kramer. In diesem Jahr waren in Berlin schon mehrere Polen ermordet worden, in ganz Deutschland mochten es bis jetzt, in den frühen April hinein, ein gutes Dutzend gewesen sein.

»Wessis«, sagte der Wachsoldat verächtlich. Er spielte wohl darauf an, dass viele der Rechtsradikalen aus dem Westen stammten und nach der Wende nach Berlin gekommen waren, um im Zentrum des Geschehens zu sein. Der Osten hatte sie nicht mit offenen Armen empfangen, aber sie waren geblieben und behaupteten, die Polen würden überall bevorzugt.

Nun gut. Das war nicht Kramers brennendstes Problem. Sein brennendstes Problem war die Stasi. Zufahrt Ruschestraße. Der rotgraue Klotz des Hauptgebäudes sah noch genauso hässlich aus wie früher. Möglicherweise war das sogar Absicht Die Macht konnte auf Schönheit verzichten. Als sie durch die Toreinfahrt wischten, dachte Kramer Ministerium für Staatssicherheit der Deutschen Demokratischen Republik. Schwert und Schild der Partei. Großes Schwert. Großes Schild.

Auf dem weitläufigen Innenhof standen eine Menge Fahrzeuge. Man sah einige Wachsoldaten, einige Funktionäre in Anzügen, die auf ihre Autos zueilten, Arbeiter in Blaumännern, die eine große Rolle – anscheinend Teppichboden – auf einen Lieferanteneingang zuschleppten. Es sah aus, als taten sie das ohne großen Schwung. Die Mittagspause nahte.

Der Wachsoldat parkte den Wagen vor einem kleineren, immerhin noch siebenstöckigen Gebäude im Innern des Hofs und sagte lächelnd »Na dann.«

Sie stiegen aus. Auf dem Dach waren seltsam geformte Antennen zu sehen. Einige davon dienten, wie Kramer wusste, der Satellitenkommunikation. Der Wachschutz an der Pforte erwartete sie bereits.

Das Treppenhaus stank genauso wie das in der Warschauer Straße. Vielleicht noch ein bisschen mehr nach Angst und Paranoia. Auch die Gänge, bis auf wenige nichts sagende Aquarelle und sozialistische Devotionalien nackt, verströmten den diskreten Charme der Geheimdienstbürokratie. Der Wachsoldat ging sehr zügig, Kramer musste sich beeilen, um ihm hinterherzukommen. Durch eine offene Tür konnte er für Sekundenbruchteile einen Raum einsehen, der bis unter die Decke mit Elektronik voll gestopft war. »Ein Vöglein hat es ihm geflüstert, er konnt's nit überhören.« Noch eine Treppe, noch eine Glastür, noch eine Abzweigung, noch ein Flur. Kramer hatte längst die Orientierung verloren. Der Wachsoldat klopfte an eine Tür, auf der »E 15« zu lesen stand. Er bedeutete Kramer, draußen zu warten, und ging hinein. Die Tür öffnete sich ein zweites Mal, nur einen Spalt weit. »Oberleutnant Kramer, kommen Sie bitte«, rief jemand von drinnen. Kramer gehorchte. Der Wachsoldat salutierte und trat mit militärischer Präzision ab.

»Kramer«, sagte Kramer zu dem Mann hinter dem Schreibtisch.

»Schön«, sagte der. »Major Schindler hat sofort Zeit für Sie. Setzen Sie sich doch.« Schon starrte er wieder auf seinen Bildschirm.

Nach einer Viertelstunde Wartens hatte Kramer alles gesehen, was es in diesem Raum zu sehen gab. Mehrfach. Er schwitzte, hier drinnen war es eindeutig zu warm. Seine Hosenbeine klebten an dem billigen roten Plastiküberzug des Stuhls, auf dem er sitzen musste. Er war wütend wie ein Stier nach dem zweiten Stich mit den Spießen. Typisch, absolut typisch für diesen Scheißladen. Erst taten sie, als sei Holland schwer in Not, und dann ließen sie dich warten wie einen Schüler beim Zahnarzt. Er hätte kotzen können.

Die Sprechanlage auf dem Schreibtisch quakte. Der Mann drückte einen Knopf und sagte: »Jawohl, Major Schindler.« Wörtlich. Dann wies er mit der flachen Hand auf eine Zwischentür. »Bitte sehr, Oberleutnant Kramer.«

»Danke sehr«, sagte Kramer. Hinter der Tür erlebte er sein blaues Wunder.

Bei einem schnellen Rundblick durch den dunkel getäfelten Raum erfasste Kramer den großen Schreibtisch, auf dem zwei sehr schicke Flachbildschirme standen, einige Urkunden und Fotografien an der Wand, die teuren Möbel. Aber nicht das war es, was ihn verblüffte. Außer ihm waren noch drei weitere Personen anwesend, und jede Einzelne von ihnen hätte genügt, ihn zu verunsichern. Der Major stand auf, um ihn per Handschlag zu begrüßen, und Kramer sah: Er war eine Majorin, eine bleiche, sehr magere Frau mit sehr roten Lippen und großen Augen. Ihre Uniform war tipptopp, am Revers mehrere Orden. Sie wollte seinen Blick einfangen, aber Kramers Neugier duldete das nicht. Zwei Männer saßen schräg hinter ihr an einem kleinen Teetisch und blickten ihn an. Der eine davon war Markus »Mischa« Wolf. Der ehemalige Stellvertreter Mielkes. Seit 1986 angeblich nur noch »Schriftsteller«. Der berühmteste Geheimdienstler der DDR. Den zweiten Mann kannte Kramer nicht, aber er erschreckte ihn noch mehr als Markus Wolf, obwohl er zunächst nicht hätte sagen können, warum. Die Majorin schüttelte seine Hand. Er versuchte, Fassung zu wahren.

»Oberleutnant Kramer«, sagte die Majorin, »wie schön, dass Sie kommen konnten. Setzen Sie sich doch zu uns.«

Kramer erwachte langsam aus seiner Lähmung und fand wieder Zugang zu seinen Gefühlen. Die momentan eindeutigsten davon waren Wut und Angst. Er setzte sich und sah in die Runde. Wolf lächelte. Der zweite Mann nicht. Kramer sah ihm nur kurz ins Gesicht und konnte langsam seine Furcht konkretisieren. Dieses Gesicht war darauf angelegt, nicht in der Erinnerung zu haften. Kramer wusste mit absoluter Sicherheit, dass er es in dem Augenblick vergessen würde, in dem er den Raum verließ. Eine eigenartige Kälte und Leere stieg in ihm auf, als betrachte er nicht ein menschliches Wesen, sondern eine Hohlform davon, eine Puppe voller Holzwolle, die sich gleichwohl bewegte und atmete, als sei sie lebendig. Der Anblick war so unangenehm, dass er sich abwandte. Wolf lächelte väterlich, staatsmännisch, weise.

»Rauchen Sie?«, fragte die Majorin Kramer und bot ihm Zigarillos an. Er lehnte ab.

Sie lachte. »Ach, ich vergaß, Ihre Marke ist F6. Oder war es, bis vor einem halben Jahr. Tapfer.«

Sie zündete sich selbst einen Zigarillo an und atmete den Rauch des ersten Zugs mit zurückgeworfenem Kopf aus.

»Oberleutnant der Deutschen Volkspolizei Rüdiger Kramer«, deklamierte sie, »39, verheiratet mit Anette Kramer, geb. Ernst. Kinderlos. Warum eigentlich? Handballer. Leser. Skeptiker. Löst schwierige Fälle. Eigenwillig. Intelligent. Kritisch.«

Sie lächelte ihn an. In Kramers Speiseröhre rutschte ein faustgroßer Eisklumpen abwärts.

»Ein guter Polizist, heißt es. Wir«, ihre Zigarillohand beschrieb einen Halbkreis an dem Namenlosen und Wolf vorbei, »fragen uns, wie gut Sie sind.«

Rauch über den Köpfen der Sitzenden.

»Die Sache mit diesem Michael Abusch. Die Genossen und ich halten sie für politisch. Nicht für genuin politisch, wenn Sie verstehen, was ich meine.«

»Nein«, sagte Kramer so ruhig wie möglich.

»Ehrlich, genau. Sie gelten auch als ehrlich. Wie sollten Sie mich auch verstehen. Michael Abusch, und das wissen Sie nicht, ist das neueste Opfer einer ganzen Serie von Opfern. Insgesamt fünf im letzten halben Jahr. Alles Jugendliche in seinem Alter – Problemkinder, Schulschwänzer, Drückeberger. Die auf ziemlich grausame Weise umgekommen sind. Wir können das bis jetzt nicht beweisen, aber wir glauben, sie sind demselben Täter zum Opfer gefallen. Oder denselben Tätern.«

»Was ist daran politisch?« Beherrsch dich, dachte Kramer, beherrsch dich.

»Sie waren alle fanatische Computerspieler. Wir vermuten auch, dass sie sich untereinander kannten.«

»Ich sehe die Politik nicht.«

»Aber wir. Das Ministerium vertritt schon länger den Standpunkt, dass Computerspiele, und vor allem die Art Computerspiele, wie sie heutzutage gespielt werden, der sozialistischen Erziehung abträglich sind. Wir sind immer wieder für eine restriktivere Behandlung dieses Problemkreises eingetreten, vor allem, wenn es um Weiterentwicklungen ehemaliger amerikanischer und anderer westlicher Computerspiele geht, die nur oberflächlich überarbeitet und nicht gründlich ideologisch überprüft wurden. Bedauerlicherweise war die Führung anderer Meinung und hat eine unserer Ansicht nach viel zu laxe Haltung an den Tag gelegt. Das Ergebnis ist offensichtlich: Im Umkreis einer informellen Clique von jugendlichen Computerspielern – problematischen Jugendlichen, wohlgemerkt – ist es in der Hauptstadt zu fünf Morden gekommen. Wir finden das politisch.«

Ach du heilige Scheiße, dachte Kramer. Die Stasi hatte ein neues Hobby. Killersoftware mit verschleierter Westherkunft, die das moralische Rückgrat der sozialistischen Erziehung angriff, und o zeter o mordio, ratzfatz zum Tod der Benutzer führte. Wahrscheinlich war irgendein keulenschwingender Mutant aus dem Bildschirm gesprungen und hatte Michael den Schädel eingeschlagen.

»Wir haben es hier mit einer allgemeinen Problemstellung innerhalb der heutigen Jugend zu tun. Mit einer gewissen Disziplinschwäche. Ich will Ihnen ein Beispiel geben. In unserem Land hat sich eine neue Jugendszene gebildet, die sich ›Skater‹ nennt. Sie haben diese so genannten Skateboards, die früher das Kennzeichen einer rebellischen Subkultur im Westen waren, und fahren damit herum. Auf Parkplätzen, Fahrradwegen, Schulhöfen usw. Es sind noch nicht allzu viele, aber sie machen uns schon Kopfzerbrechen. Es ist eine ganze Szene, komplett mit Musik, Mode, subkulturellem Jargon. Vor einer Woche haben wir eine Gruppe dieser Skater im Palast der Republik erwischt. Sie haben sich die Tatsache zunutze gemacht, dass der Bau gerade saniert wird, und sind dort eingebrochen, um in den Gängen und Fluren herumzufahren. Als wir sie nach dem Grund dafür fragten, dass sie sich gerade den Palast der Republik ausgesucht hatten, sagten sie: *Weil es geil ist.* Wortwörtlich. Solche Sachen meine ich. Es fängt mit Dummejungenstreichen an und endet mit Mord im Jugendclub. Das macht uns Kummer.«

Kramer sah deutlich, was hier ablief. Das Gerede über die Skater war nur Beiwerk. Die Stasi rüstete für eine Kulturreinigungskampagne, und der tote Michael Abusch kam ihr dafür gerade recht. Illegale Spielerringe, von westdeutschen Renegaten geführt! Verderbnis der Moral! Unsere Jugend in Gefahr! Die saubere Majorin war ganz begeistert von den Zusammenhängen, die sie da skizzierte. Endlich wieder was zu tun. Er blinzelte. Sie lachte.

»Skeptisch?«

»Immer«, sagte Kramer. »Ich wäre Ihnen dankbar, wenn Sie uns alles über die ... politischen Hintergründe dieses Falles zukommen ließen. DORA hat auf den ersten Blick nichts darüber finden können.«

»Wir haben das bisher diskret behandelt. Aber selbstverständlich werden Sie jetzt schnellstmöglich ins Bild gesetzt.«

Diskret behandelt. Ihr Arschgeigen.

»Fabelhaft«, sagte er und stand auf. Die Majorin stand ebenfalls auf. Der Namenlose und Wolf blieben sitzen.

Die Majorin schüttelte ihm die Hand. »Wir möchten Ihnen nur helfen. Die richtige Spur zeigen.«

»Das freut mich. Guten Tag.«

Sagte es, drehte sich um, verließ das Büro. Ließ die Tür offen stehen. Der Mann im Vorzimmer blickte kurz auf, wandte sich aber sofort wieder seinem Bildschirm zu. Niemand versuchte Kramer aufzuhalten. Niemand rief ihm hinterher. Es dauerte eine Weile, bis er aus dem Gebäude wieder herausgefunden hatte. In seinem Kopf herrschte Nebel. Draußen auf der Ruschestraße hatte er das Gesicht des Namenlosen bereits vergessen.

Kramer lief die Frankfurter Allee entlang. Seine Wut war grenzenlos. Die Sonne war herausgekommen und wärmte das Pflaster mit der typisch zweideutigen Aprilwärme, die immer noch unversehens in Schneegestöber umschlagen konnte, vor allem in Berlin. Mischa Wolf? Die richtige Spur? Diese Riesenscheißkerle. Was bildeten die sich eigentlich immer noch ein? Dass sie die Wahrheit mit Schaumlöffeln gefressen hatten? Politisch? Bis jetzt hatte er noch nichts gehört, was dieses Adjektiv rechtfertigte. Aber eine ganze Mordserie geheim halten, solange es ihnen in den politischen Kram passte, das konnten sie. Wenn sie oder das K5 Erfolg bei ihren Ermittlungen gehabt hätten, hätten sie ihn nicht gebraucht. Aber offenbar steckten sie fest und versuchten jetzt gnädigerweise, den Mist auf der normalen Kripo abzuladen, im Klartext: auf ihm. Natürlich nicht, ohne die wie so oft gegebene politische Dimension des Falles im Blick zu behalten und ihn, Kramer, mit einem kleinen Schmierenstück in diese Richtung schubsen zu wollen. Mischa Wolf, um Himmels willen! Und welche Funktion hatte eigentlich dieser Mutant neben Wolf bei dem Ganzen gehabt?

Kramer hasste es, gefoppt zu werden. Auf diese Weise gefoppt und manipuliert zu werden hasste er ganz besonders. Arschgeigen. Geheimniskrämerische, arrogante, antisozialistische Arschgeigen. Dass die in der Bevölkerung so verhasst waren, war kein Wunder. Und jetzt sollte er die Dreckarbeit für die Brüder machen? Die können mich mal, dachte er. Da werd ich ermitteln wie Oma Erna in ihrem Nähkästchen. Nix wird dabei herauskommen. Schon gar nix Politisches. Macht euren Scheiß doch alleine.

Kramers Schatten fiel auf die renovierten Gehwegplatten. Ihm wurde warm in seinem Mantel. Er nahm seine Mütze ab. Erschrocken stellte er fest, dass es schon halb zwei war, und als das ganze Gewicht dieser Erkenntnis in seinen Magen sank, fing der regelrecht zu knurren an. Ich muss was essen, dachte er.

Zwischen die runderneuerten Plattenbauten der Allee hatte man ein neues »Kulturhaus« hingeklotzt, wie die Vergnügungspaläste standardmäßig genannt wurden, die in den letzten ein, zwei Jahren in allen Stadtteilen aufgetaucht waren. Sie hatten mit den traditionellen Kulturhäusern in der Provinz wenig zu tun, im Vergleich mit verschlafenen Tanzsälen machten sie nämlich einen geradezu neureichen Eindruck. Kinos, Restaurants, Bowlingbahnen, Schwimmbad, Nachtclub, Tischtennis, Turnhalle: alles da, alles vorhanden. Die Dinger waren ausgesprochen beliebt. Wenn man die kleineren Räumlichkeiten mieten wollte, musste man mit langen Wartelisten rechnen. Kramer mochte sie nicht besonders, das alles war ihm zu neu und gelackt, zu deutlich auf Repräsentation und »was Besseres« aus – dem entsprachen auch die Preise, die sich immer an der oberen Grenze des Erlaubten bewegten.

Aber das spielte jetzt keine Rolle, er musste was essen, und in dem Glaskasten mit der prämierten Architektur gab es Restaurants. Nix wie rein. Die Rolltreppe rauf in den ersten Stock. Von der Rolltreppe aus sah er ein paar Rentner Schach spielen, an den öffentlichen Granittischen in der großen Halle. Sie wirkten ein wenig verloren, einer hatte seinen Kopf auf den Tisch gelegt und schien zu schlafen. Oben, auf der ersten Galerie, gab es fünfmal Gastronomie: Chinesisch, Russisch, ein Schnellrestaurant für Eilige, ein Café und ein »Bistro«. Kramer hielt schnurstracks auf das Chinarestaurant zu. »Hühnchen Hongkong-Art« war jetzt genau das Richtige, das ging immer, das machte immer satt. *Roter Stern Peking* war über dem Eingang in Buchstaben zu lesen, die an chinesische Schriftzeichen erinnern sollten; alles stilecht schon auf weite Entfernung. Wahrscheinlich Preisstufe S oder S plus 1.

Vor dem Restaurant warteten Gäste auf ihre Platzierung. Früher hatte die Platzierung den Sinn gehabt, Pausen zu ermöglichen, damit es nach Planübererfüllung nicht zu höheren Planvorgaben für das nächste Jahr kam. Außerdem hatten sich die Kellner eine Stammkundschaft aufgebaut, die mit Trinkgeld um sich warf, um nicht warten zu müssen. Heute diente die Platzierung vor allem teureren Restaurants dazu, Status zu demonstrieren. Vor dem chinesischen und dem russischen Restaurant und vor dem Bistro gab es also Warteschlangen, das Café und das Schnellrestaurant waren platzierungsfrei. Aber Kramer hatte keine Lust auf Kaffee und Kuchen und auch nicht auf schnelles Essen, er wollte was Richtiges. Andererseits hatte er keine Zeit zu warten. Er wollte gerade mit gezücktem Ausweis an dem Platzierungs-Zeremonienmeister vorbeigehen, als er von hinten angezischt wurde. »Unerhört!« – »Gibt's denn so was!«

Eine kleine, feine Stimme in seinem Kopf wollte ihn von einer Reaktion abhalten, aber seine Frustrationstoleranz war für heute ausgereizt. Als er sich umdrehte, stachen ihm zwei gut gekleidete Herren ins Auge: dunkles Tuch, goldene Manschettenknöpfe, kleine Ledertaschen an den Handgelenken, in denen sie wahrscheinlich ihr elektronisches Bürospielzeug spazieren führten.

Kramer wusste auf den ersten Blick, mit welcher Kundschaft er es hier zu tun hatte. Das waren garantiert ehemalige Westunternehmer, die die Krise '87 und die Militärdiktatur unbeschadet überstanden hatten, ebenso wie die Sozialisierung nach der Wiedervereinigung. Dankbar hätte diese Klientel sein sollen, dass man sie nicht mit Sack und Pack davongejagt hatte, aber das Gegenteil war der Fall. Die meisten hatten sich zehn Jahre später noch nicht daran gewöhnt, dass sie keine richtigen »Chefs« mehr waren, sondern nur noch die leitenden Kader eines Staatsbetriebs. Das schadete ihrem Prestigebewusstsein, machte sie mürrisch. Sie hätten nach Frankreich oder England gehen können, da hatte freies Unternehmertum noch eine echte Chance. Allerdings war dort die Wahrscheinlichkeit auch sehr viel größer, richtig auf die Schnauze zu fallen. Das Einzige, was diese Typen gegen ihren Frust unternehmen konnten, war die ständige Demonstration ihres Status. Sie trugen immer die beste Kleidung und hatten immer die teuersten Autos mit allen verfügbaren Schikanen, wie Jugendliche, die sich jeden Mist an ihre Fahrräder und Mopeds pappen mussten, der irgendwie noch dranpasste. An ihrem Arbeitsplatz waren sie für ihren Führungsstil gefürchtet. Wenn sie deswegen mit Untergebenen oder Vorgesetzten aneinander gerieten, beriefen sie sich ausnahmslos auf die sehr rigiden Arbeitsschutzgesetze des Landes, das sie hassten. In Restaurants ließen sie Speisen oft zurückgehen. Sie nölten an allem und jedem herum. Sie trugen ständig das Bewusstsein der eigenen Unersetzlichkeit vor sich her, als hätten sie gerade das Wasser erfunden, und sie geizten natürlich auch nicht mit Sprüchen wie: »Ohne uns wär hier doch alles schon den Bach runter.« Wenn ein Ostdeutscher »Scheißwessi« sagte, meinte er Typen wie die da. Und Kramer kamen sie gerade recht.

Mit zwei langen Schritten war er bei ihnen, den Dienstausweis immer noch in der Hand. »Kriminalpolizei«, sagte er, und: »Die Ausweise, aber dalli.«

In die beiden Figuren kam Bewegung, und Kramer hatte die Ausweise recht fix in Händen. Mit den alten Ausweisbüchlein hatten die kleinen Rechtecke nicht mehr viel zu tun. Es handelte sich im Grunde um sehr flache Bildschirme in Scheckkartengröße, die alle möglichen Informationen über den Träger gespeichert hatten, in erster Linie die Personaldaten und alles, was früher der Sozialversicherungsausweis der alten DDR enthalten hatte. Geld abheben konnte man damit auch, und teure Haustürschlösser, Sicherheitsschranken und Stechuhren wollten nur noch mit derartigen Karten bedient werden. Der Zugang zu den Daten war codiert, aber Kramer hatte einen Generalcode, denn er war ein Staatsorgan. Es war ein offenes Geheimnis, dass auf diesen Karten Daten über die Besitzer gespeichert waren, zu denen sie selbst keinen Zugang hatten, die Staatsorgane aber schon. Kramer studierte die Ausweise. Wie er es sich gedacht hatte: Peter Mödinger und Stefan Eick, 47 und 51 Jahre alt, beide leitende Kader beim VEB Rotring Hamburg.

»Grund für den Aufenthalt in Berlin?«

»Wir sind hier auf Geschäftsreise.«

»Ja natürlich, Geschäftsreise. Und heute Abend Friedrichsstadtpalast und dann noch ein bisschen ficken, was?«

Kramer sprach relativ laut, damit die gespitzten Ohren um sie herum auch etwas zu hören bekamen.

»Wisst ihr was? Ihr verpfeift euch jetzt. Und wenn ihr mir noch mal dumm kommt, dann kriegt ihr richtig Probleme. Habt ihr das?«

Kramer steckte die beiden Ausweise noch einmal kurz in sein Taschenlesegerät, ein flüssiger, hundertfach geübter Bewegungsablauf, dann drückte er sie Peter mit der flachen Hand fest an die Brust. Zog die Hand zurück, drehte sich wortlos um und ging an dem Platzierungsclown vorbei in den Gastraum. Er bekam noch mit, dass die Ausweise zu Boden gefallen waren, weil Peter sie nicht gleich zu fassen gekriegt hatte. Machte nichts, die Dinger waren unzerbrechlich.

Später betrachtete er unzufrieden seinen leeren Teller. Hühnchen Hongkong-Art war aus gewesen, und er hatte Chop Suey mit Rindfleisch gegessen, Rinderwahn hin oder her, EVP mit Sättigungsbeilage und Nachtisch: 6,15 Mark.

Das war so richtig Scheiße, mein Lieber, dachte er. Sich über das perverse Getue der Stasi aufregen, aber ein paar Wessi-Pappnasen hochnehmen, weil sie ihm quer kamen, ja was denn noch? Würde er demnächst Falschparker erschießen oder Omas in den Polizeigriff nehmen, weil ihre Hunde auf den Rasen gekackt hatten? Er konnte bloß hoffen, dass die beiden sich nicht beschwerten. So was kam mittlerweile vor. Was für ein Tag!

Als er die Rolltreppe zum Erdgeschoss des Kulturhauses hinunterfuhr, wurde der Mann, der eben mit dem Kopf auf dem Schachtisch gelegen hatte, gerade von SMH-Leuten auf eine Bahre gelegt. Kramer war gerade am Fuß der Treppe angekommen, da zog man ihm das Laken über den Kopf. Einen Augenblick stand er unschlüssig herum und betrachtete die Szenerie, dann ging er kopfschüttelnd weiter.

Nu pogodi

»Habt ihr schon mal was von einem weiblichen Stasi-Major gehört?«

Kramers Gegenfrage auf das obligatorische »Na, wie war's?« von Pasulke hing eine Weile in der Luft wie ein gasgefüllter Ballon, von dem man nicht wusste: steigt er oder sinkt er.

»War sie denn hübsch?«, fragte Pasulke zurück und erwischte Kramer damit auf dem falschen Fuß. Ja, sie war hübsch gewesen. Auf eine Weise, dass sich Kramers Magen noch jetzt zusammenkrampfte, wenn er an sie dachte.

»Das ist doch nicht der Punkt. Seit wann machen Frauen bei der Stasi Karriere? Ich meine offiziell?«

»Sag mal, Rüdiger«, warf Pasulke in gespieltem Ernst ein, »entwickelst du dich etwa zu einem – Frauenfeind? Das ist aber gegen die Beschlüsse des XIII. Parteitags der SED, vor allem was die Frau-en-fra-ge angeht ...«

»Hör schon auf«, sagte Kramer und rieb sich die Stirn. Er war nicht in Stimmung für die üblichen Spielchen, mit denen sich die Kommission über tote Punkte hinwegbrachte. »Du weißt doch genau, was ich meine. Und noch was. Ratet mal, wer bei diesem Ringelpietz mit Anfassen noch dabei war. Oder ratet lieber nicht, ihr kommt eh nicht drauf.«

Pasulke und die anderen hoben unisono die Hände, als wüssten sie nicht, ob sie nun raten sollten oder nicht.

»Mischa Wolf.«

»Was?«

»Genau der. Sitzt da wie ein Ölgötze, sagt nix, grinst nur. Wie der nette Schriftsteller von nebenan. Gepflegte Erscheinung, versteht sich. Und der Dritte – ich hör besser auf ...«

»Mischa Wolf? Du machst Witze!« Pasulke war jetzt auch ernst. Wie meistens, wenn er anderen unterstellte, Witze zu machen.

»Seh ich so aus?«, gab Kramer zurück. »Ach, Schifferscheiße. Ich geh jetzt was arbeiten. Und ihr auch.«

In seinem Büro roch es schlecht, und Kramer verfluchte zum hundertsten Mal den bescheuerten Architekten, der die Fenster dieses Gebäudes verbrochen hatte: Sie ließen sich nur eine Handbreit öffnen, wahrscheinlich damit sich all die verzweifelten Bürohengste nicht hinausstürzten.

Kramer befragte DORA. Wie durch Zauberhand waren dem Abusch-Fall vier weitere zugeordnet worden. Wenn er jetzt nach Michael Abusch fragte, öffnete sich automatisch ein neues Fenster, das die fünf Fälle dreidimensional zueinander in Beziehung setzte – mit freundlichen Grüßen von Majorin Schindler. Kramer schaute sich die Fälle an und hatte nach zehn Minuten begriffen, dass er verkohlt werden sollte. Nach allem, was da zu sehen und zu lesen war, hatten Michael Abusch und diese vier nie etwas miteinander zu tun gehabt. Alle vier waren wesentlich älter als Michael. Sie hatten teilweise Verwarnungs- und Vorstrafenlisten so lang wie Kramers Unterarm. Hauptsächlich ging es dabei um illegale Software, zwei von ihnen hatten deswegen gesessen. Einer der vier war bei einer leibhaftigen Schießerei umgekommen. Was immer diese vier Fälle miteinander verband, es hatte nichts mit dem Mord an Michael Abusch zu tun. Vorausgesetzt, dachte Kramer, diese vier Fälle sind nicht eh von Grund auf erfunden. Zuzutrauen war's ihnen. Die Stasi hatte ihm Scheiße erzählt, das war nichts unbedingt Neues, aber das hier war Scheiße hoch Lichtgeschwindigkeit. Keine Verbindung, ganz andere Baustelle.

Fast war Kramer zufrieden. Er hatte befürchtet, die Stasi könnte ein paar stichhaltige Belege für die politische Dimension des Falles beigebracht haben, und dann hätte er den Fall nur abgeben können. Aber die Stasi wollte ihm einen Bären aufbinden. Und die kleine Geheimdienstoperette hatte ihm schon mal ein bisschen Druck machen sollen. Billig, billig. Dass einer wie Wolf sich für so ein Schmierenstück hergab! Wenn der nichts Besseres zu tun hatte auf seine alten Tage. Auf jeden Fall würde man demnächst noch hören vom neuen Hobby der Stasi, der gar erschröcklichen Wühltätigkeit einer politkriminellen (konterrevolutionären) Softwaremafia, die der deutschen Jugend ans Leder wollte. Er konnte sich den Mist schon bildlich vorstellen. Nun gut, er wusste jetzt, woran er war. Sollten sie doch glauben, er gehe ihrer politischen Spur auf den Leim. Er würde an dem Fall arbeiten, wie er an jedem Fall arbeitete: Er wollte wissen, was wirklich passiert war.

Er klickte sich noch ein wenig durch Michael Abuschs Leben und Sterben. Während seiner Abwesenheit war nicht viel passiert. Der Fall war gerade in den offiziellen Polizeibericht gegangen. In ein paar Stunden würden die ersten Hinweise aus der Bevölkerung eingehen, ein vorläufiger Bericht der Spurensicherung würde greifbar sein, ein paar erste Aussagen von der Autopsie. Es würde etwas zu tun geben. Bis dahin konnte man im Grunde nur warten.

Nachdem er das AV-Fenster ganz hatte durchlaufen lassen, stutzte er: Es war eine Vermisstenanzeige für Michael Abusch aufgegeben worden, bei einem Revier in Weißensee. Kramer öffnete den Vorgang und stellte fest: Die Anzeige war keine halbe Stunde alt und stammte von Katharina Abusch. Was das bedeutete, war völlig klar. Er rief Pasulke herein, per Sprechanlage.

Pasulkes Kartoffelgesicht wirkte immer besonders knollig, wenn er Bockmist gebaut hatte und sich dessen bewusst war.

»Warum warst du nicht bei der Mutter?«

»Ich hab Altfälle durchgesehen, die mit Abusch zu tun haben könnten. War ein Haufen Arbeit. Ich ...«

»Komisch. Ich hab irgendwie das Gefühl, mir wird seit heute Morgen Quatsch erzählt. Wie kommt das bloß?«

»Ich hab's verschwitzt.«

»Klingt schon besser. Deutet ein Versagen an. Vielleicht sogar Hilflosigkeit. Möglicherweise hattest du einfach Schiss.«

»So isses, Rüdiger. So isses. Du weißt, ich mach das nicht gerne. Ich hab das noch nie gerne gemacht.«

Und das stimmte. Was nichts daran änderte, dass er dran gewesen wäre.

»Soll ich's sagen?«, fragte Kramer.

»Sag's halt.«

»Alles muss man selber machen«, stimmte Kramer an.

»Nur bei der Beerdigung, da wird geholfen«, vervollständigte Pasulke ihren Standardwitz für solche Situationen.

Als Kramer an der weißen Tür der Villa klingelte, bellte ein Hund. Sonst passierte eine ganze Weile lang nichts, und Kramer hatte ausführlich Gelegenheit, den Eingangsbereich des Anwesens zu betrachten. Sandsteintreppe: gediegene Topfpflanzen, eine Tür, die zierlich aussah, aber bestimmt recht einbruchssicher war – alles, wie es sich gehörte und wie man es bei einer erfolgreichen Künstlerin erwartete. Kramer sah sich das Ensemble ohne Neid an, er hatte selbst eine schöne Wohnung. Der Hund bellte immer noch.

»Ja?«, kam es aus der Wechselsprechanlage. Gute Klangqualität.

»Kramer hier, Kriminalpolizei. Ich muss Katharina Abusch sprechen.«

Seine Stimme klang barsch in seinen Ohren, er war nervöser als geahnt.

»Können Sie sich ausweisen? Die Kamera ist oben links.«

Kramer seufzte. Dass die Bevölkerung nicht mehr so obrigkeitshörig war, konnte seine Nachteile haben. Er hielt seinen Ausweis nach links oben, und die Tür öffnete sich mit einem kaum hörbaren Klicken.

Auch in der Halle wirkte alles gediegen, Steinfußboden in Schachbrettmuster, helles Holz bis in halbe Höhe, darüber schlichtes Tapetenweiß. An der Wand eine große Druckgrafik, auf der fast nichts zu sehen war, so sparsam war der Künstler verfahren. Gediegenheit, kein Geprotze. Die Treppe herunter wuselte der Hund, fortwährend bellend, eine Frau folgte ihm langsamer. Der Hund stellte sich vor Kramer auf und bellte. Man konnte nicht sagen, dass Kramer Hunde hasste. Er sah nur den Sinn nicht. Abgesehen vom Fressen, Scheißen, Bellen und Stöckchenapportieren hatte er Hunde noch bei keiner relevanten Tätigkeit beobachtet, und dafür wäre ihm das Futter zu schade gewesen. Dieser Hund hier, eine große, dreckbraune Promenadenmischung mit einer erstaunlich kräftigen Stimme, schien sich aufs Bellen spezialisiert zu haben.

»Wotan, bitte«, sagte die Frau, und der Lärm endete abrupt. »Sie müssen entschuldigen, der Hund ist manchmal ein wenig schreckhaft.«

An dieser Frau war alles hell – helle Haare, helle Haut, helle Augen. Sie rauchte, und ihre Hände zitterten dabei.

»Kommen Sie.«

An zwei geschlossenen Türen vorbei gingen sie auf eine dritte zu, dahinter lag ein Salon. Esstisch, Teetisch, die Möbel schlicht und modern, der Flügel im Hintergrund: Gediegenheit. Kramer gefiel das alles. Hier hatte ein Innenarchitekt sich was gedacht.

»Setzen Sie sich – bitte«, sagte Katharina Abusch. Jetzt zitterte auch ihre Stimme. Oh, wie diese Frau es hasste, die Kontrolle zu verlieren. Der Hund scharwenzelte nervös im Salon herum.

»Michael ist etwas zugestoßen«, sagte sie.

»Er ist tot«, entgegnete Kramer.

Sie nickte mechanisch. »Ja«, sagte sie, »ja.«

Ihre Haut wurde fast durchsichtig. Er konnte eine feine Ader an ihrer Schläfe pulsieren sehen. Kramer hatte nicht die geringste Ahnung, was er tun sollte.

»Er ist ... ermordet worden, Frau Abusch. Ich bin der ermittelnde Beamte.«

»Gehen Sie«, sagte die Pianistin mit erstickter Stimme, und dann kam der Weinkrampf. Sie klappte in ihrem Stuhl zusammen wie eine Puppe, wickelte ihre Arme um ihre Knie und schrie und weinte zugleich. Der Hund bellte wieder los. Erbärmlichkeit. Die reine, unverwässerte Erbärmlichkeit. Kramer legte zwei Karten auf den Teetisch, einmal seine eigene, dann die des Psychologischen Opferdienstes. Die Frau würde ihr zermalmtes Kind auch noch identifizieren müssen. Er konnte nichts für sie tun.

Er stand auf und lief hinaus. Als er die Klinke der Haustür schon in der Hand hatte, bereit zur Flucht, wandte er sich noch einmal um, und die beiden Türen, die ihm vorhin schon aufgefallen waren, fielen ihm ein zweites Mal auf. Nichts Besonderes eigentlich. Zwei weiße Türen, zwei Zimmer, die von der Eingangshalle einer Villa abgingen. Kramer ging kurz entschlossen durch die rechte und stand in Michael Abuschs Jugendzimmer. Ein schönes Zimmer, mit großen Fenstern und sogar einem Oberlicht. Es war wohl Teil eines Anbaus, der Kramer von draußen nicht aufgefallen war. Das Chaos hatte Klasse. Auf dem Boden verstreut lagen Comics, Bücher, Pizzakartons, die Hüllen aller möglicher Klangträger von der LP bis zur Minidisc; auch das eine oder andere elektronische Bauteil lugte hervor. Das Bücherregal hätte man wohl auch als eine Skulptur betrachten können, der die Idee zugrunde lag, möglichst viele Bücher auf möglichst wenig Raum unterzubringen. Kramer sah nur vorsichtig hin, aus Angst, seine Blicke könnten die Statik gefährden. Computerbücher, Computerbücher, Computerbücher. Ein Junge und sein Hobby. Neben verschiedenen Postern – eines zeigte offenbar den Schlagzeuger von »Solanaceae Tau« – hing ein FDJ-Hemd, fein säuberlich in Rahmen und Passepartout. Es war mit dem Schriftzug »1/20 000 000 Abusch« verziert. Kramer schmunzelte.

Auf dem Tisch standen zwei Rechner: ein alter Robotron EC 1835, wie er in der Wendezeit auch noch vereinzelt in den Amtsstuben aufgetaucht war, und ein anderer. Ein sehr anderer. Neben dem flachsten Bildschirm, den Kramer je gesehen hatte (höchstens so dick wie fünf oder sechs Blatt Papier), lag ein Kästchen von der Größe eines durchschnittlichen Buchs. Außer einem einzigen Statuslicht war daran nichts zu erkennen. Keine Laufwerksschächte, keine Lüftung, nichts. Die Tastatur, die vor dem Bildschirm lag, hatte es ebenfalls in sich. Sie sah eher aus wie das Skelett einer Tastatur. Das sehr sparsame und außerdem durchsichtige Gehäuse ließ die Tasten wirken, als schwebten sie knapp über der Tischoberfläche. Die drei Komponenten waren nicht durch Kabel miteinander verbunden.

Kramer dachte kurz nach und schlug die »Eingabe«-Taste an. Die Statusanzeige an dem buchgroßen Kästchen leuchtete auf, der Bildschirm zeigte plötzlich eine aufgewühlte Seelandschaft mit meterhohen Wellen und gischtigen Schaumkronen (die Bildqualität war unglaublich), und eine weibliche Stimme fragte: »Identifikation?«

Kramer antwortete, fast automatisch: »Kramer, Kriminalpolizei.«

Bildschirm aus, Statusanzeige aus, Totenstille. Der Rechner hatte sich genauso schnell wieder abgeschaltet, wie er angesprungen war.

»Was machen Sie hier?«

Katharina Abusch und ihr Hund standen in der Zimmertür. Sie hatte rot geweinte Augen. Sie rauchte zitternd. Der Hund knurrte leise.

»Ich … nichts. Ich wollte mich umsehen.«

»Gehen Sie«, sagte sie, knapp an der Grenze zur Hysterie. »Ich will jetzt allein sein.«

»Natürlich«, sagte Kramer.

Auf dem Kiesweg zur Straße kam er sich wie ein ertappter Schüler vor. Er hörte den Hund noch bellen, als er in sein Auto stieg.

»Ich erzähl dir das morgen.«

»Wieso morgen? Lobedanz will dich sprechen. War nicht gut gelaunt.«

»Das bin ich auch nicht. Ich geh jetzt zum Handball.«

»Mensch, Rüdiger, du kannst doch jetzt nicht zum Handball gehen! Hier rufen andauernd irgendwelche Pressefuzzis an, Lobedanz hat sogar was von einer Pressekonferenz fallen lassen!«

»Ich war bei der Mutter. Du wolltest ja nicht hin. War ziemlich seltsam. Da muss ich drüber nachdenken, und beim Handball denk ich über so was am besten nach. Ich erzähl dir alles morgen.«

»Und was sage ich Lobedanz?«

»Sag ihm, ich ermittle. Komm schon, Jochen, du schuldest mir einen.«

»Aber nich so 'nen großen.«

»Bis morgen. Tschüs.«

»Ja, du mich auch.«

Kramer kappte die Verbindung und stellte das Mobi ab. Die Dinger konnten lästig werden, wenn zu viele Leute die Nummer kannten. Und er musste jetzt zum Handball.

Die Festung

Ein Sturm rollte heran. Unter dem starken Wind bäumten sich die Wellen der Nordsee bereits bedrohlich auf; schon wurde Gischt von den Schaumkronen geblasen. Die See rührte den Meeresgrund um, dreckbraun und graublau das Wasser, weißgrau die Gischt, der lastende Himmel dunkelgrau. Es wäre unter diesen Bedingungen schwer gewesen, die zwei dicken Betonpfeiler, die zwanzig Meter aus dem Wasser ragten, überhaupt zu bemerken, und für Nichteingeweihte hätten sie bestenfalls wie das aufgegebene Überbleibsel einer Ölbohrplattform gewirkt. Öl. Das wäre den meisten wohl eingefallen, wenn sie das Hubschrauberdeck auf der stählernen Plattform gesehen hätten, die von den beiden dicken Pfeilern getragen wurde wie eine verrostete Tischplatte von zwei sehr dicken Beinen. Wer sich nicht für abseitige Tatsachen der Militärgeschichte interessierte, der hätte nicht wissen können, dass dies tatsächlich Überbleibsel waren, aber nicht diejenigen einer Ölbohrplattform. Um Öl war es hier nie gegangen. Sondern um Krieg. Dieses Ding, gegen das die Nordseebrecher anwummerten, als wollten sie es so bald wie möglich abreißen, war einmal eine Festung gewesen, von der aus deutsche Bomberverbände beim Anflug auf London beschossen worden waren. Durchaus erfolgreich, aber wer hatte nach dem Krieg Verwendung für eine künstliche Insel in der Nordsee gehabt, die aus zwei dicken Betonpfeilern und einer stählernen Plattform bestand? Niemand. Also blieb sie sich selbst überlassen. Über zwanzig Jahre lang. Die Zeit hatte der ehemaligen Seefestung äußerlich zugesetzt – die Nordsee war ein zäherer Gegner als deutsche Bomberverbände, und das sah man ihr an. Der Beton der Pfeiler hatte die Farbe der See angenommen, die Plattform rostete vor sich hin, nur die Markierungen auf dem Hubschrauberdeck wirkten seltsam frisch. Aber um das zu sehen, hätte man es überfliegen müssen, und von fliegen konnte bei diesem Wetter keine Rede sein.

In dem gerade aufziehenden Sturm wirkte die Festung wie ein echter Favorit unter den Top Five der gottverlassensten Orte der Welt. Und dennoch war sie bewohnt. Von zehn Männern, um genau zu sein. In diesem Augenblick, während die ersten Brecher schon fast an die Plattform heranreichten, beobachteten die Bewohner die Wetterentwicklung nur mit mäßiger Aufmerksamkeit. Sie hatten nichts zu befürchten, denn die Festung war weitaus widerstandsfähiger, als ihr Äußeres vermuten ließ. Ein paar Luken und Schotten schlossen sich automatisch, und das war es auch schon. Business as usual, mitten im Chaos. Genau dafür war die Festung einmal gebaut worden.

Identifikation

Kramer machte die Augen auf und wusste sofort, dass außer ihm niemand in der Wohnung war. Er hatte sich auf die Couch gelegt, weil Anette es hasste, mitten in der Nacht geweckt zu werden. Jetzt war sie schon gegangen. Kramer setzte sich auf, sein Schädel brummte. War lang geworden. War gut gewesen. Aber jetzt ärgerte er sich. Anette war nicht da. Sie hatten sich in letzter Zeit nicht sehr häufig gesehen. Kramer gab Anettes Ehrgeiz die Schuld. Sie war Geologin beim »Wissenschaftlich-Technischen Zentrum« der Wismut, und da musste man ehrgeizig sein, wenn man es zu etwas bringen wollte. Also war sie weg und er allein. Kramer schlappte ins Bad und vermied es, in den Spiegel zu sehen. Dann schlappte er in die Küche, immer noch nicht richtig wach. Der Tisch war fein säuberlich für eine Person gedeckt. Sogar eine Thermoskanne stand neben der Kaffeetasse. Auf dem Teller lag ein Zettel mit dem grünen Firmenzeichen der Wismut AG. Darauf stand in zierlicher Handschrift zu lesen: »Wer zu spät kommt, den bestraft das Leben.« Daran erkannte Kramer, dass Anette sauer auf ihn gewesen war; wenn sie sauer war, wurde sie schnippisch, und wenn sie schnippisch war, wollte sie Kramer treffen. Ah, dachte er, ah, auf Streit aus also. Ich sollte sie anrufen und ihr die Meinung sagen. Mich hier allein aufwachen zu lassen.

Dann geschah es: Der Gedanke an eine halb ernste, halb spaßhafte Telefon-Diskussion mit Anette löste ein Assoziationskette aus, die über mehrere Stationen lief und bei Pasulkes Scherz über Kramers neue Frauenfeindlichkeit von gestern endete. Alles fiel ihm wieder ein. Der Abusch-Fall. Majorin Schindler. Sogar die Auseinandersetzung mit den Dummwessis vor dem Chinarestaurant. Er dachte daran, sich krank zu melden und so lange im Bett zu bleiben, bis sich der ganze Mist in Luft aufgelöst hatte. Dann schenkte er sich eine Tasse Kaffee ein.

www.robotron.de war eine Domäne mit vielen interessanten Informationen. Da wurde über die verschiedenen Marken berichtet, unter denen Robotron-Produkte liefen (von Compaq über IBM bis Zenith war alles dabei). Da wurden die verschiedenen Produktionsstandorte vom VEB Buchungsmaschinenwerk Karl-Marx-Stadt bis zum VEB Robotron Büromaschinenwerk Sömmerda ausführlich vorgestellt, die jeweiligen Bestarbeiter und Kollektive der sozialistischen Arbeit inklusive. Es gab Preislisten, Produktlinien, Kundendienstadressen, Formulare für Verbesserungsvorschläge und Rückmeldungen, Benutzerforen und zahllose andere Dinge mehr. Aber nirgendwo, selbst in der Preisklasse von 2000 Mark, gab es einen Rechner, wie ihn Kramer gestern im Jugendzimmer von Michael Abusch gesehen hatte. Es gab nicht einmal etwas annähernd Vergleichbares. Die Technologien, die nötig gewesen wären, um einen sechs Blatt Papier dicken Bildschirm herzustellen, schienen noch gar nicht in der Serienproduktion angekommen zu sein.

Nach menschlichem Ermessen bedeutete das, dass die Maschine in Michael Abuschs Zimmer eine optische Täuschung gewesen sein musste. Kramer glaubte mittlerweile, dass Michael Abusch ein ziemlich fixer Junge gewesen war, aber dass er sich diesen Rechner aus exotischen Teilen selbst zusammengeschraubt hatte, hielt er nicht für möglich. Dazu war das Gerät zu perfekt, zu integriert, zu schlau gewesen. Um sicher zu gehen, dass er in der letzten Zeit nicht einfach verschiedene Trends verschlafen hatte, sah er sich noch einmal das Angebot der Elektronik-Versender in der DDR an. Es gab nicht sehr viele und sie alle wurden direkt oder indirekt von der Robotron kontrolliert. Das Ergebnis überraschte ihn nicht: Komponenten wie diese waren in der DDR nicht zu haben. Er wusste aber auch nicht, wo Michael Abusch sie sonst herbekommen haben könnte. Die ehemaligen US-Amerikaner mit ihren mittlerweile vier Nationalstaaten lieferten keine Elektronik an die DDR, sondern bezogen sie höchstens von ihr; Russen und Westeuropäer desgleichen; die Tigerstaaten Südostasiens, Japan inklusive, waren mir ihrem autonomen Wirtschaftsraum vom Weltmarkt so gut wie abgekoppelt (wenn man von dürftigen Verbindungen nach China absah), und sonst kam niemand infrage.

Allenfalls war noch eine Quelle denkbar, die auf weit fortgeschrittene Prototypen aus Vor-Wende-Zeiten Zugriff hatte. Die so zusammenzubauen, dass sie auch funktionierten, erforderte Ressourcen, über die Michael Abusch eigentlich nicht verfügt haben konnte, das wusste auch ein Laie wie Kramer. Fest stand jedenfalls eines: Michael Abusch hatte ziemlich eigenartige Freunde gehabt. Vielleicht sogar so eigenartige, dass sie ihm für nicht bezahlte Rechnungen den Schädel einschlugen. Was natürlich nicht hieß, dass die »politische« Linie der Stasi wieder an Gewicht gewann: Denn das hier war für die Jungganoven aus den vier Stasifällen einige Hutnummern zu groß. Das Telefon klingelte.

»Wo warst du gestern Abend?«, fragte Lobedanz, als Kramer den Hörer noch kaum am Ohr hatte.

Leugnen hatte keinen Sinn.

»Beim Handball.«

»Und das findest du gut? Während hier alles Kopf steht? Die Presse wollte Informationen, und alles, was unser Pressesprecher erzählen konnte, war dieser Bockmist von den ermittlungstaktischen Gründen und dem gegenwärtigen Zeitpunkt. Wir haben einen frischen Mordfall hier anliegen, mein Lieber. Dieser Michael Abusch war nicht irgendwer. Wahrscheinlich steht seine Mutter noch unter Schock. Wenn sie da rauskommt, könnte es ziemlich ungemütlich für uns werden. Handball? Nee, so nich, Rüdiger.«

»Ich brauche eine Eildurchsuchung.«

Lobedanz schwieg. Es war ein verdutztes Schweigen. Na, wer sagt's denn, dachte Kramer. Angriff ist die beste Verteidigung.

»Bei wem?«, fragte Lobedanz misstrauisch.

»Bei Katharina Abusch.«

»Haha, sehr komisch. Sonst noch was?«

Kramer erzählte seinem Chef von dem sehr seltsamen Computer, den er gestern Abend gesehen hatte, und von seinen aktuellen Recherchen dazu. Er erzählte ihm nichts von dem Gespräch bei den Normannen. Wenn Lobedanz aus dem Erwähnten und dem Nichterwähnten die richtigen falschen Schlüsse zog, konnte ihn das von seinem Handballfuror ablenken, und vielleicht war ja sogar tatsächlich diese Eildurchsuchung drin. Er konnte Lobedanz durch den Telefonhörer denken hören.

»Wenn ich dich nicht kennen würde … ich lass mir das durch den Kopf gehen.«

»Sag mir doch bitte Bescheid, wer es macht. Ich möchte den Leuten gerne sagen, was sie der Abusch auf die Nase binden sollen und wonach gesucht werden muss.«

»Ich hab nichts versprochen.«

Kaum hatte Lobedanz aufgelegt, stand Pasulke in Kramers Zimmer.

»Guten Morgen«, sagte er ironisch. »Wie war's denn so gestern?«

»Schön«, sagte Kramer gut gelaunt. »Hier soll ja auch einiges los gewesen sein.«

»Durchaus, durchaus. Dürfte ich jetzt den derzeit weltbesten Handball-Rechtsaußen darauf hinweisen, dass wir einen Zeugen haben? Er wartet draußen.«

»Wenn ick det Ihnen doch sahre, Herr Kommissar! Ick hab een jesehn an dem Ahmd. Ick poof ja manchmal da, in dem Jeräteschuppen. Der Hausmeister macht det für paar Maak.«

Ich bin kein Kommissar, wollte Kramer sagen, ließ es aber bleiben. Heribert nervte ihn. Nicht nur dass er stank wie eine Kanalratte und dass er auch so ähnlich aussah, er redete vor allem völlig verquer daher. Schumacher und Natschinsky hatten sich schon längst dünne gemacht: »Kaffee holen« und »Rauchpause«. Das Klarste, was Kramer und Pasulke in einer Viertelstunde aus Heribert herausgeholt hatten, war die Behauptung, er habe *een* am Tatort *jesehn*. Jetzt fügte er seiner ausschweifenden Erzählung eine neue Facette hinzu. Der Hausmeister des Jugendclubs vermietete also ab und zu an Penner. Interessant. Wahrscheinlich hatte er deswegen auch solche Angst gehabt. Kramer hielt Heribert Konzens Ersatzausweis in der Hand. Heribert Konz, genannt »Harry«, geb. 20.5.1954, wohnhaft angeblich bei seiner Mutter in der Margaretenstr. 12, Friedrichsfelde, in Wirklichkeit nirgendwo. Beruf: Penner. Hatte seinen eigentlichen Ausweis so oft verloren, dass er einen Ersatzausweis brauchte. Der Heribert. Und wusste was über den Mord an Michael Abusch. Sagte er.

»Und ick will mir noch ma eben die Beene vertreten vorm Schlafenjehen, Wetter wa ja proper, und ick loof um den Club rum, jewissermaßen meen Abendspazierjang. Dit wahn schöner Tach vorjestern. Frühling und so. Wat will ick sahrn? Ick loof um den Club rum. Ick komm ooch an dem Saal vorbei, wo se die Spieljeräte drinham und alles. So richtisch Licht war keens drinne, aba dit Fensta war offn, und an die Decke so Lichtreflexe und so. Da sahr ick mir: Det is der Michael. Den kenn ick. Den hab ick mal jetroffen beim Pinkeln hinter dem Club und seitdem sind wa Freunde. Er is immer am Automaten da drinne, und ick penn in der Laube im Jahrtn. Also ick denk mir nüscht Böses, da hör ick jemand reden. Und det war nich der Michael, det kann ick schwören. Janz klar und deutlich sacht der: ›Was hast du denn da Feines?‹ Det hab ick mir jemerkt. So janz uff feiner Herr, wissen Se, wat ick meene? ›Was hast du denn da Feines.‹«

Heribert zog die Nase hoch. Der Rotz saß offenbar ziemlich fest.

»Komisch, denk ick mir. Komisch. Und denn – nüscht. Keene Antwort. Ick steh noch wat rum unter dem Fenster, drinne is Stille, und bin schon am Vajessen, da kommt eener raus aus dem Club, kommt auf die Straße und kommt, latscht vorbei an mir. Direkt an mir vorbei. Ick steh da janz still unter dem Fenster, ick tu so als hör ick die Vögel, und der Typ läuft direkt an mir vorbei. Feiner Herr, wie jesacht. Hut, Mantel, Anzuch. Allet in Weiß. Oder so dunkelweiß, wenn Se wissn, wat ick meene. Picobello. Und obwohl ick janz still bin, sieht a mich. Und wissen Se, wat er dann jemacht hat?«

»Nein«, sagte Kramer.

»Sein Hut hat er jezogn. ›Habe die Ehre‹, hat er nich jesacht, hätt er aber sahren könn. Ick schwör's Ihnen. Latscht an mir vorbei und zieht sein Hut.«

Kramer warf Heriberts Ersatzausweis auf den Schreibtisch. Er fühlte sich leer.

»Det könn Se mir gloobn, Herr Kommissar. Ick bin zwar ballaballa, aber det is wahr.«

Heribert hatte eine recht laute Stimme, aber der letzte Satz war ein wenig leiser gekommen.

»Wieso ballaballa?«

»Na wenn ick meene Tabletten vajesse, muss ick rüba, zur Scharritée. Weeß hier jeda.«

Kramer sah Pasulke an. Der sah seine Fingernägel an.

»Ach so. Tabletten. Würden Sie den Mann vielleicht wiedererkennen?«

»Sie könn ›du‹ zu mir sahren, Herr Kommissar. Ob ick den erkenne? Na logisch. Imma.«

»Das ist schön. Dann bleiben Sie doch bitte noch ein bisschen hier und helfen uns bei der Anfertigung eines Phantombildes. Leutnant Pasulke wird dieses Phantombild mit Ihnen erstellen. Glauben Sie, das ließe sich machen?«

Heribert strahlte über das ganze Gesicht.

»Aba natürlich! Ick helfe doch den Orjanen, wo et nur jeht!«

Pasulke war weniger begeistert. Er würde mindestens eine halbe Stunde mit Harry vor einem Computerbildschirm sitzen, und danach würde er sich umziehen müssen: von innen verschwitzt, von außen verstunken. Kramer verzog sich mit ihm in eine Ecke des Büros, in der sie ein vertrauliches Gespräch im Flüsterton führen konnten.

»*Weeß hier jeda*, Jochen?«

»Ja, ja. Ich hätt das prüfen sollen. Aber der kam halt an und meint, er weiß was. Was soll ich machen? Ich dachte, es eilt.«

»Würdst du das auch für eine Spur halten, wenn jemand erzählt, der Weihnachtsmann hat Michael ermordet?«

Pasulke war ziemlich unglücklich. Außerdem war er wütend. Er hielt die Klappe.

»Na lass«, sagte Kramer. »Ist schon okay. Vielleicht stimmt die Story ja sogar. Du machst jetzt mal das Phantombild. Soll keine Strafarbeit sein. Ich muss zum Präsidium, und bei der Charité fahr ich auch vorbei. Mal in Harrys Akte gucken.«

»Na dann.«

»Bis später.«

Streng genommen hätten weder der Ausflug zum Präsidium noch der zur Charité nötig sein sollen. Im Präsidium wollte Kramer die Bibliothek besuchen, um nach Büchern über Computerkriminalität zu fahnden. Die hätten zumindest online katalogisiert sein müssen – Kramer hätte sogar erwartet, dass er einiges im Volltext von seinem Terminal in der Warschauer Straße aus einsehen konnte, aber nichts da: Von Volltext konnte überhaupt keine

Rede sein, und einen Onlinekatalog konnte er im Internetz nicht finden. Kramer hätte gerne mit den Bibliothekaren ein Gespräch darüber geführt, aber als er im Präsidium am Alexanderplatz durch die Glastür trat, hatte sich das erledigt, denn der Charakter dieser Bibliothek wurde auf einen Blick klar. Die Beleuchtung in dem trüben Raum hinter der stumpf gewordenen Glastür war eindeutig unzureichend. Möbel, Regale und alles andere waren staubfarben. Für einen ordentlichen Tresen zur Buchausgabe und -annahme hatte es kein Geld gegeben, und der einzige anwesende Mensch sah ihn an wie einen Außerirdischen. Als ob Berliner Polizisten nicht gerne läsen, dachte Kramer.

»Kramer«, sagte er, »Polizeiinspektion Friedrichshain. Ich suche nach Büchern über Computerkriminalität.«

Die Frau unbestimmten Alters betrachtete ihn mit einem Trinkerinnenblick ohne jede Hoffnung und ohne jedes Verständnis.

»Dienstausweis?«, knurrte sie.

Kramer fragte sich, ob er im falschen Film gelandet war.

»Ich denke, das wird nicht nötig sein. Ich möchte mich nur nach Büchern über Computerkriminalität erkundigen, Genossin Bibliothekarin.«

Er fand, er war höflich gewesen. Anscheinend nützte das nichts.

»Ohne Dienstausweis jeht hier jar nüscht.«

Kramer überlegte. Umdrehen? Schreien? Ausspucken? Nein, entschied er. Die Ouvertüre dieser kleinen Farce machte ihn auf das Ende neugierig. Er reichte der Bibliothekarin seinen Dienstausweis, die sichtlich verbittert darüber war, dass er sich nicht hatte abschrecken lassen. Bis sie die entsprechenden Formulare in ihrem Schreibtisch gefunden und seine Daten übernommen hatte, waren zehn Minuten vergangen. Hinter ihr, an der Wand, hing der aktuelle Kalender der SED (»Mit Elan ins neue Jahrtausend!«). Der Staatsratsvorsitzende lächelte auf die Szene herab, als heiße er alles gut. Die Bibliothekarin legte Kramers Ausweis so ungeschickt auf die Tischplatte, dass er hinunterfiel. »Computer«, sagte sie zu niemand Bestimmtem, während sie sich zu dem Karteikasten umdrehte, der ihr offenbar als Katalog diente. Sie blätterte diesen Katalog durch. Dabei seufzte sie und summte auch ab und zu eine Melodie vor sich hin.

Abgesehen davon war es hier totenstill. Kramer übte sich in Meditation. Schließlich hatte ihm die Bibliothekarin drei Signaturen aufgeschrieben und schickte ihn mit einer wegwerfenden Geste zu den Regalen. Kramer musste in dem unübersichtlich und unlogisch geordneten Regalsystem eine ganze Weile nach den Büchern suchen und fand seine Mühen schlecht belohnt: Nur eines der Bücher behandelte sein Thema. Es war grün, trug den Vermerk »Nur für den Dienstgebrauch«, stammte aus einer Reihe, die sich mit

Finanzdelikten auseinander setzte und hatte den poetischen Titel: *Finanzdelikte unter Missbrauch der EDV – Aufdeckung und Untersuchung.* Verfasst hatte es ein Autorenkollektiv unter Leitung von Prof. Dr. sc. jur. Konrad Moldenhauer (Sektion Kriminalistik der Humboldt-Universität zu Berlin), lektoriert war es worden vom Oberstleutnant der VP Lutz Weber Scheidel und erschienen war es 1984. Die beiden anderen Bücher hießen: *Fortran-Programmierung für lochkartengesteuerte EDV-Systeme* und *Plan und Programm – Der Siegeszug der Digitaltechnik in der sozialistischen Wirtschaft;* beide aus den frühen siebziger Jahren, das zweite eine Übersetzung aus dem Russischen.

Mit einem Wort: lauter Mist. Das Standardwerk zu den Finanzdelikten wollte er mitnehmen, quasi als temporäres Souvenir von seinem Besuch bei dieser einzigartigen Institution. Die Bewältigung des Ausleihvorgangs war noch einmal sehr kompliziert und bedurfte weiterer zehn Minuten, schon das Auffinden des Stempels und eines ausreichend tintengetränkten Stempelkissens war eine Tortur.

»Leihfrist is eene Woche«, beschied ihn die Person. »Verlängern jeht nich.«

Kramer lachte und ging.

Frau Dr. Lorenz war das krasse Gegenteil der namenlosen Bibliothekarin. Rothaarig, gut aussehend, selbstbewusst saß sie in ihrem Chefsessel und freute sich, dass auch mal jemand anders vorbeikam als nur die Kollegen.

»Heribert Konz. Ich hab mir gleich die Akte kommen lassen, nachdem Sie angerufen hatten. Mir war, als sollte mir der Name was sagen, und richtig: Als ich die Akte durchgeblättert habe, fiel's mir wieder ein. War tatsächlich mal einer meiner Patienten, noch vor der Wende. Harry wollte er genannt werden. Wirklich ein Original.«

Kramer gab der Ärztin die Aussage Harrys wieder. Er beschränkte sich dabei auf das Wesentliche. Die Ärztin lächelte ihn wissend an, über den Rand ihrer schlichten und doch teuer wirkenden Brille hinweg.

»Hat er Ihnen also erzählt, er habe einen potentiellen Mörder gesehen? Macht er öfter so. Wenn es nach Harry ginge, hätte er alle Mordfälle in Berlin seit 1980 mehr oder weniger genau beobachtet. Weil er 1980 wirklich mal einen Mord gesehen hat und danach übergeschnappt ist. So ist das mit ihm.«

»Aha. So ist das. Mein Kollege sitzt mit ihm gerade an einem Phantombild.«

Dr. Lorenz lachte. »Rufen Sie ihn am besten gleich an, das ist nutzlos. Harry sieht nicht mehr sehr gut. Ist Ihnen das nicht aufgefallen? Selbst wenn er einmal zufällig zur richtigen Zeit am richtigen Ort gewesen wäre, hätte er im Wortsinn nicht sehr viel gesehen. Höchstens noch 60%.«

Kramer fiel dazu nichts anderes ein als: »Ach.«

»Ja«, sagte sie. »Die Kollegen, die ihn jetzt normalerweise betreuen, kennen ihn ja recht gut. Sie sagen übrigens, er sei überfällig. Eigentlich ist er jedes Jahr für etwa drei Monate bei uns, dieses Jahr war er noch gar nicht hier. Wenn Sie mit den Kollegen selbst einmal ...?«

»Danke, danke«, warf Kramer ein, »das wird nicht nötig sein. Ich denke, das war's dann. Sollte Ihnen sonst irgendetwas zu Harry einfallen, kommen Sie einfach auf mich zu. Telefonnummer, Mobi, E-Mail, alles da.«

Kramer legte seine Karte auf den Tisch und stand auf. Im Nebenraum fiel etwas zu Boden.

Frau Dr. Lorenz erklärte: »Esther, meine Assistentin.« Sie stand ebenfalls auf und streckte ihre Hand aus. »Tja. Danke für Ihren Besuch. Hat mich gefreut, Sie kennen zu lernen. Schauen Sie doch gelegentlich mal wieder rein.«

»Frau Doktor«, sagte Kramer, als er ihre Hand ergriff.

Versuchte sie, mit ihm zu flirten? Interessanterweise fand er sich nicht völlig unansprechbar. Attraktive Frau, dachte er. Auch noch mit Mitte fünfzig.

»War ziemlich furchtbar.«

»Jau, weil Harry nicht mehr so viel sieht. Hat mir die Psychiaterin an der Charité erzählt.«

»Ach deswegen hat er immer so komisch die Augen zugekniffen. Na jedenfalls, das Ergebnis kann sich sehen lassen.«

Und das konnte es in der Tat. Kramer hatte schon eine Menge Phantombilder gesehen, und das hier war gut. Detailliert und stimmig, fast so gut wie ein Foto. Wenn Harry auch nicht mehr so viel sah, Typen unterscheiden konnte er immer noch. Der hier war aus einem Guss: »Feiner Pinkel« stimmte genau.

»Trotzdem. Harry ist gaga. Das sagt er selbst, und das sagen alle, die ihn kennen. Und deswegen nützt er uns gar nichts. Nehmen wir einmal an, das ist der Mörder von Michael Abusch. Nehmen wir das nur mal an. Und dann präsentieren wir in dem Prozess Harry. Heribert Konz. Und was wird passieren?«

»Die lachen uns aus«, sagte Pasulke düster.

»Ganz genau. Kopierst du das? Eins fürs schwarze Brett und eins für mich?«

»Gemacht.«

Pasulke stand unschlüssig in Kramers Büro herum, konnte nicht den Mund aufmachen und konnte nicht wegtreten.

»Was denn?«, fragte Kramer, der diesen Zustand seines Kollegen bei sich selbst als die *Pasulkesche Lähmung* bezeichnete.

»Ich hab noch einen Zeugen. Noch beknackter als Harry.«

Kramer seufzte. »Der Tag ist eh im Arsch.«

»Nie-der-kar-tät-schen!«, schrie gerade jemand, als sie die Tür zum »Hasenstall« aufmachten, der selten benutzten Verhörbox aus Plexiplaste und Neon, in die Schumacher den Zeugen gesteckt hatte. An der Wand, auf dem roten Zeugenstuhl, saß ein sehr alter Herr in sehr korrekten, wenn auch ein wenig abgeschabten Kleidern und erregte sich. Er atmete schwer, sein Kopf war hochrot, und ein feiner Schweißfilm stand auf seiner Stirn.

»Niederkartätschen hätte man die sollen! Die ganze Bagage auf einmal!«

Schumacher sprang auf wie ein Kistenteufel und verzog sich, nicht ohne Kramer noch ein leises, aber sehr nachdrückliches »Operation Neescherfett« zugeworfen zu haben.

»Wen hätte man niederkartätschen sollen, Herr …«

»Doernberger«, warf Pasulke ein.

»… Doernberger?«

»Was?«, zischte Doernberger. Er schien sich erst jetzt der Tatsache bewusst zu werden, dass sein Gesprächspartner gewechselt hatte. »Und wer sind Sie?«

Kramer amüsierte sich. Aber er ahnte, dass sich das schnell ändern konnte. »Oberleutnant Kramer. Der bin ich.«

»Oberleutnant!«, sagte Doernberger. »Na immerhin. Wissen Sie, wer ich bin?«

»Herr Doernberger, ja. Das sagten Sie schon.«

»Ich bin, Oberleutnant Kramer, der Verfasser der *Kurzen Geschichte der DDR* aus dem Jahre 1964, falls Ihnen das etwas sagt. Schulbuch. Nationalpreisträger!«

Kramer hatte keinen blassen Dunst. 1964 war er sieben Jahre alt gewesen. »Ah ja«, sagte er neutral, und Doernbergers Miene hellte sich eine Spur auf. Er deutete Kramers Floskel als vages Wiedererkennen.

»Die hätte man neutralisieren müssen, diese Westler! Wie die Heuschrecken sind sie über den antifaschistischen Schutzwall hergefallen, wie die Heuschrecken! Kaum war ihr Saustall zusammengebrochen, wollten sie sich an unseren sozialistischen Errungenschaften vergreifen, an unserem Arbeiter- und Bauernstaat. An unserem Müller-Lohmann-Prozess! Was haben wir uns von denen nicht jahrzehntelang anhören müssen! ›Sozialistische Misswirtschaft‹! ›Unrechtssystem‹! ›Mauermorde‹! Und kaum geht ihr wunderbarer Kapitalismus zu Boden, kommen sie angelaufen und erinnern sich an die Brüder von drüben, die sie durchfüttern sollen. Und weil unsere Führung zu schwach war, hat sie den Schutzwall geöffnet und dieses bis ins Mark verfaulte Westgesindel hier hereingelassen. Wenn der Genosse Honecker noch Staatsratsvorsitzender gewesen wäre, der hätte es diesem Pack gezeigt. Aber die neue Führung war zu weich! Modrow hätte hinlangen müssen! Unter dem Genossen Honecker hätte es das nicht gegeben!«

Doernberger hatte Schaum in den Mundwinkeln. Seine Augen glitzerten fanatisch. Er war von heiligem Zorn beseelt. Kramer hatte davon gehört, dass es immer noch Liebhaber der alten Sitten gab, die so dachten, aber einem Exemplar dieser Gattung direkt ausgesetzt zu sein war hart. Er wechselte einen bedeutungsvollen Blick mit Pasulke.

»Sachte, sachte, Herr Doernberger. Wir wollen doch nicht …«

»Ich sehe es wie heute vor mir! Dieses Opportunistenpack aus dem Westen erpresst die Deutsche Demokratische Republik mit seinem Ultimatum zur Maueröffnung, und was macht die Führung? Sie gibt nach! Einfach so, genau in dem Moment, als wir die Systemauseinandersetzung schon gewonnen haben, weil der Westen wegen der zweiten Weltwirtschaftskrise in sich selbst zusammengekracht ist wie ein Kartenhaus! Genau, wie die Klassiker es vorhergesagt hatten! Und die DDR, die diese Wirtschaftskrise, das Ende der Sowjetunion und alles andere unter Führung des Genossen Honecker überstanden hat, was macht sie? Was macht der Arbeiter- und Bauern-Staat, das erste sozialistische Staatswesen auf deutschem Boden? Es gibt nach! Und die Haupstadt ist voll mit diesem opportunistischen Westlergesindel, das seine Bettwäsche rot eingefärbt auf den Straßen spazierenträgt, der neue Staatsratsvorsitzende hält seine berühmte ›Rede an Deutschland‹, die man heute in jedem Buchladen kaufen kann, und die Westler skandieren: *Modrow-Müller-Lohmann, macht bei uns das Licht an!* Bin ich dafür im antifaschistischen Widerstand gewesen? Habe ich mich dafür von der Gestapo foltern lassen als Sechzehnjähriger? Ganz bestimmt nicht, Genosse Oberleutnant, ganz bestimmt nicht!«

Kramer sah den Feuereifer des Stalinistengreises, seinen ausgestreckten Zeigefinger, seinen puterroten Kopf, und er wusste nicht, was er sagen sollte. Er versuchte es mit Autorität.

»Genosse Doernberger«, pfiff er den alten Mann in scharfem Tonfall an, »wollen Sie unserer Staatsführung etwa Verrat vorwerfen? Habe ich das richtig verstanden?«

»Und ob ich das will!«, keifte Doernberger zurück.

Bei einem raschen Seitenblick durch die Plexiplastscheiben stellte Kramer fest, dass Natschinsky und Schumacher besorgt herübersahen.

»Schmieriger Verrat! Und was haben wir heute? Einen klaren Klassenstandpunkt? Eine entschlossene Politik zum Aufbau des Sozialismus? Nein! ›Sozialistischer Pluralismus‹! So lautet die Parole. ›Sozialistischer Pluralismus‹! Dass ich nicht lache! Der Sozialismus ist nicht pluralistisch! Das ist nichts weiter als sozialdemokratisches Wortgeklingel. Und im Kern Verrat an der Sache der Arbeiterklasse!«

Kramer schwoll der Kamm. Er kam sich vor wie in einer Zeitmaschine, die auf das falsche Datum eingestellt war, wie in einer Parallelwelt, in der er gezwungen wurde, die in seinen frühen Jahren bis zum Erbrechen mitangehörten Diskussionen und Phrasen noch einmal durchzukauen. Er hatte sich gestern schon die andere Fraktion der sozialistischen Sittenwächter zugemutet, jetzt hatte er für diesen tyrannischen Greis keine Geduld mehr.

»Schluss jetzt!«, brüllte er, und das brachte den letzten Mohikaner des Stalinismus zum Schweigen. »Ihre Volksreden interessieren hier keinen! Haben Sie etwas zum Mordfall Abusch beizutragen, ja oder nein?«

Doernberger fing sich schnell. »Und ob ich etwas dazu beizutragen habe! Nämlich meine eigene Meinung! Und die sage ich Ihnen ins Gesicht, Sie Oberleutnant, Sie! An diesem Verbrechen ist nur eines schuld! Dass unsere Jugend nämlich keine klare Orientierung mehr in der Gesellschaft hat! Und woher soll sie eine klare Orientierung haben, wenn nicht einmal die Staatsführung eine klare Orientierung hat? Kann sie eben nicht. Unter dem Genossen Honecker hätte es so etwas nicht gegeben!«

Gleich dreh ich durch, dachte Kramer. Stattdessen öffnete er die Tür des Hasenstalls und sagte abrupt: »Gehen Sie. Sofort. Ich kann Sie und Ihr Geschwätz nicht mehr ertragen. Raus.«

Steif, erhobenen Hauptes, schritt der Greis an Kramer vorbei. Vor der Tür des Hasenstalls drehte er sich noch einmal um. »Sie hören noch von mir! Ich habe immer noch Freunde, die –«

»Raus!«, schrie Kramer. »Aber dalli! Sonst mache ich Ihnen Beine!«

Doernberger verstand, dass es Kramer ernst war, und machte sich davon.

Noch am nächsten Morgen war Kramer schockiert von dieser Begegnung. Er und Pasulke tranken einen Verlegenheitskaffee in Kramers Büro und brüteten trübe über dem Ereignis, bis Pasulke schließlich den Finger auf die entscheidende Wunde legte.

»Und das Allerschlimmste ist: Der Peinsack hat an ein paar schmuddeligen Ecken auch noch Recht. Was wollten die Wessis von uns? Müller-Lohmann, sonst nix. Das kann man drehen und wenden, wie man will: Die, die am lautesten für den Beitritt waren, waren vorher die übelsten

Kommunistenfresser. Manchmal reib ich mir ja heute noch die Augen, wer jetzt in ›Sozialistischem Pluralismus‹ macht und früher beim Axel-Springer-Verlag war. Wo Doernberger Recht hat, hat er Recht.«

Das hatte Kramer an seinem Kollegen noch immer geschätzt: seinen Opfermut. Er war oft genug bereit, das zu sagen, was andere nur dachten, und nahm dann auch die Schuld auf sich, es als Erster gesagt zu haben. Der Knoten war durchschlagen, der schreckliche Veteran mehr oder weniger abgehakt. Sie tranken ihre Becher aus und wollten sich an die Arbeit machen, als Lobedanz sich über das Terminal meldete. Ein Fenster ging über dem Abusch-Fall auf, und mittendrin saß das Gesicht seines Chefs. Natürlich wusste er, dass Kramer da war. Kramers Terminal hatte ja genau so eine Kamera wie seins. Er hatte wahrscheinlich sogar das Gespräch über Doernberger mitbekommen. Kramer winkte Pasulke zu sich an den Schreibtisch zurück.

»Also, die Eildurchsuchung, Rüdiger. Hallo, Jochen. Ich musste ein wenig Druck machen, aber der Staatsanwalt hat sie angeordnet. Zum Glück ist er damit nicht zum Bezirksstaatsanwalt gelatscht. Verdacht § 98 c StGB, Computersabotage, du weißt schon. Uwe und seine Gruppe sind schon unterwegs, ich schalte sie euch gleich zu. Vergesst nicht, das darf auf keinen Fall so aussehen, als würde es sich gegen Katharina Abusch richten. Wir ermitteln in einem Mordfall und untersuchen mögliche kriminelle Kontakte des Opfers, darum geht es. – Ich bin auch mit dabei, wenn es dir recht ist.«

Nein, war es nicht.

»Ja natürlich, Achim«, sagte Kramer

Ein kleines schwarzes Fenster erschien, und Kramer hörte die Geräusche eines fahrenden Autos.

»Uwe, bist du das? Hier Kramer. Macht mal die Kamera an.«

Die Kamera ging an, und Kramer und Pasulke sahen durch die Frontscheibe eines fahrenden Autos auf eine nichts sagende Berliner Straße: Die Kamera steckte in der Brille des Fahrers. Kramer machte das Fenster mit der Maus größer.

»Wo seid ihr?«, fragte er.

»So gut wie da.«

»Also gut. Folgendes. Gestern war ich bei Frau Abusch, die ihr auch gleich kennen lernen werdet, und ich habe in dem Zimmer ihres toten Sohnes etwas sehr Seltsames gesehen: einen unglaublich modernen Rechner. Einen, den es gar nicht geben kann. Den will ich haben.«

»Du, Rüdiger«, sagte Uwe Merz, seines Zeichens Leiter der Durchsuchungs- und Dokumentationsgruppe 1 bei der Polizeiinspektion der VP Friedrichshain, »mit so was kenn ich mich aber gar nicht aus.«

Er sagte es in treuherzigem Tonfall. Seine beiden Begleiter lachten. Uwe Merz galt als einer, der mit Computern zaubern konnte. Pasulke rollte mit den Augen.

»Schon gut, Uwe. Wenn du's nicht blickst, dann wissen deine Kollegen ja vielleicht mehr. Ihr geht rein, zweite Tür im Flur rechts. Da ist das Jugendzimmer von Michael Abusch. Totales Chaos. Auf dem Tisch stehen zwei Rechner, der eine, den ich wirklich haben will, und so eine alte Vor-Wende-Knotte, die nehmt ihr auch mit. Greift euch auch ein bisschen von dem Müll, der sonst so rumliegt, Disketten, Bauteile, ihr werdet schon sehen. Das wirkliche Ziel ist dieser Rechner.«

»Jawoll, Genosse Oberleutnant Kramer«, sagte Leutnant Merz, und dann sangen er und seine beiden Begleiter das »Lied der Volkspolizei«: »Wir dienen der Arbeiterklasse / dem Volk, das so fleißig sich müht / dass endlich für immer die Erde / vom Unheil befreit voll erblüht.«

»Oh Mann«, sagte Pasulke.

Uwe Merz und seine Leute waren in der ganzen Dienststelle auch als Scherzkekse bekannt. Sie sangen und sangen, und Kramer stellte den Ton ab.

»Hältste ja nich aus.«

Sie parkten das Auto vor dem Gartentor zur Villa, und Kramer schaltete den Ton wieder zu. Der Kiesweg, die Sandsteintreppe, die Klingel: Kramer kannte das schon. Hundegebell, das gleiche Ritual mit dem Ausweis wie gestern.

Frau Abusch hatte sich anscheinend gefangen. Wenn sie noch erschüttert war, verbarg sie es gut. Merz sagte sein Sprüchlein von der Durchsuchungsanordnung wg. § 98 c StGB (Computersabotage) auf, und sie sagte: »Selbstverständlich.«

»Zweite Tür rechts«, gab Kramer ihm noch einmal durch, und sie standen in Michael Abuschs Zimmer. Ein Kollege von Merz führte Frau Abusch derweil ins Wohnzimmer, damit sie der Volkspolizei nicht ins Handwerk pfuschte. Der zweite blieb bei Merz. Der trat sofort auf den Tisch zu, den Kramer beschrieben hatte, und da sah auch Kramer, durch die Kamera in Merzens Brille (und er war sich peinlich der Tatsache bewusst, dass auch Pasulke und Lobedanz es sahen): Es stand nur ein Rechner auf dem Tisch. Und zwar der alte EC 1835.

»Scheiße«, sagte Kramer.

»Du sagst es«, gab Merz zurück. »Wo ist dein Wunderding? Hätte mich interessiert. Schon rein privat.«

»Sie hat es weggeschafft. Oder irgendwer sonst.«

»Ja und? Sollen wir die ganze Villa durchsuchen? Oder vielleicht ganz Berlin? Das Teil kann mittlerweile wer weiß wo sein.«

»Richtig«, sagte Kramer resigniert, »richtig.«

Er dachte nach. Er sagte: »Packt ein, was ihr tragen könnt, und dann ab durch die Mitte.«

Er wartete nicht einmal Merzens Entgegnung ab, bevor er das Fenster wegklickte. Alles, was jetzt noch in der Villa vorging, war nur ein Versuch, das Gesicht zu wahren. Kramer wartete auf den unvermeidlichen Kommentar von Lobedanz.

»Das war nicht gut«, sagte das Lobedanz-Abbild auf dem Schirm. Kramer kannte diesen Satz. Er drückte auf der persönlichen Wertungsskala seines Chefs die Stufe höchster Missbilligung aus. Wenn Lobedanz fluchte, war alles in Ordnung. Wenn er sachlich blieb, war die Kacke am Dampfen.

»Der Rechner war da!«, versuchte sich Kramer zu verteidigen.

»Ja und?«, gab Lobedanz zurück. »Jetzt ist er's nicht mehr. Und wie dir Uwe eben schon erklärt hat, müssten wir das Ding in der Villa finden, um zu beweisen, dass die Abusch es weggeräumt hat. Und dann müssten wir ihr nachweisen, dass das einen anderen Grund hat als die Verwirrung über den Tod ihres Sohnes. Und das alles ohne den Hauch einer Ahnung, was dieser Rechner mit dem Tod von Michael Abusch zu tun haben könnte.«

»Es wäre einen Versuch wert. Wenn ihr das Ding gesehen hättet, wüsstet ihr, wovon ich rede.«

Die Stimme seines Chefs war eiskalt vor Verachtung, als er antwortete: »Katharina Abusch ist eine persönliche Freundin unseres neuen Innenministers.«

Das Fenster mit dem Miniatur-Lobedanz verschwand von selbst. Kramer blinzelte. Er war eine Weile lang sprachlos. Dann drehte er sich in seinem Sessel zu Pasulke um und fragte ihn böse: »Hast du das gewusst?«

»Nee«, sagte Pasulke.

»Gut. Wirklich. Sonst würde ich dich jetzt vierteilen.«

»Bevor ich's vergess: Ein Dr. Schwernik von der Gerichtsmedizin hat angerufen. Er würde dich gerne sprechen. Persönlich.«

Weltniveau

Auf dem Weg zur Hannoverschen Straße hätte Kramer im Auto beinahe geschrien. Immerhin führte er schon Selbstgespräche, und das war bei ihm ein sicheres Anzeichen von Stress. Politisch! Alles immer schön politisch! Die Stasi versuchte, in einem Mordfall die Ermittlungen der Polizei zu steuern, und das war in Ordnung, denn es ging angeblich um Politik. Die Mutter des Opfers beseitigte Beweismittel, und man konnte nichts machen, weil das politisch zu heiß war.

»Scheißladen!«, sagte er. »Ich schmeiß den Bettel hin!«

Dann hupte jemand hinter ihm, weil die Ampel mittlerweile grün war.

Kramer betrat das Gebäude des Instituts mit einem mulmigen Gefühl in der Magengrube. Er kam nicht oft hierher, und an das letzte Mal wollte er sich am liebsten überhaupt nicht erinnern.

Dr. Schwernik war nicht halb so attraktiv wie es Frau Dr. Lorenz gewesen war. Er trug seinen weißen Kittel mit der Würde eines Arztes, der sich seiner Ausbildung und seines Standes bewusst ist. Immerhin besaß das »Institut für gerichtliche Medizin der Humboldt-Universität (Charité)« Weltgeltung, und das nicht erst seit gestern. Wer hier arbeitete, war nicht irgendwer. Seltsam in Kontrast zu seiner Körpersprache stand die Stimme des Herrn Doktor. Die war weich, verständig, unautoritär. Der Gesamteindruck war verwirrend. Kramer hätte gerne die Augen geschlossen, um nur die Stimme zu hören, aber das war schlecht möglich.

»Sehen Sie, dieser Abusch-Fall. Ich werde nicht recht schlau daraus. Die Art, wie die Leiche dalag, der … zertrümmerte Kopf, der geringe Blutverlust. Es ist natürlich noch viel zu früh, etwas Abschließendes zu sagen, aber ich muss Ihnen gestehen, dass ich im Moment nicht die geringste Ahnung habe, wer oder was Michael Abusch so zugerichtet haben könnte. Nicht einmal den Hauch einer Idee. Ich weiß, es ist unwissenschaftlich, und es widerspricht auch dem Berufsethos, mit dem wir hier arbeiten, aber bei den allermeisten Fällen haben wir – ich glaube, ich kann da auch für die Kollegen sprechen – nach kurzer Zeit ein gewisses Vorurteil darüber, wie jemand zu Tode gekommen ist. Diese Vorurteile beruhen auf der Erkenntnis, dass Menschen normalerweise beim Töten relativ einfallslos sind. Die ausgefeilten, methodischen Morde sind eher selten. Ob die Vorurteile im Verlauf der Untersuchung bestätigt oder widerlegt werden, ist nicht so wichtig. Wir haben sie nun einmal und sie dienen uns gewissermaßen als Leitlinie bei unseren Überlegungen, sie sind wie Wegweiser. Und wenn man dem Weg folgt, den sie aufzeigen, und sich eine gewisse grundsätzliche Skepsis bewahrt, dann ist diese Arbeitsweise auch völlig in Ordnung. Was mir bei diesem Fall hier Sorgen macht, ist, dass sich überhaupt kein Vorurteil einstellen will. Nichts dergleichen. Nicht im Entferntesten. Sie werden verstehen, dass mich das beunruhigt.« Dr. Schwernik lächelte dünn. »Es ist schon verblüffend, um das Mindeste zu sagen.«

Kramer überlegte, ob er einwerfen sollte, dass ihm die Sache mit dem geringen Blutverlust auch schon aufgefallen war, aber er ließ es bleiben, um nicht wie ein Streber zu wirken. Schwernik versuchte nicht, mit Fachchinesisch zu beeindrucken, und er schien es nicht auf eine neuerliche Besichtigung von Michael Abuschs Überresten abgesehen zu haben. Kramer musste mit dem Gerichtsmediziner nicht in Konkurrenz treten oder ihm zeigen, dass er seine Hausaufgaben gemacht hatte. Das fand er angenehm.

»Ich möchte Ihnen gern etwas zeigen«, sagte Dr. Schwernik und verließ ohne weiteren Kommentar sein Büro.

Kramer stand verblüfft da und wusste nicht, was er machen sollte, bis Schwernik noch einmal seinen Kopf durch den Türrahmen steckte und sagte: »Kommen Sie bitte.«

Das Institut lag still, außer ihnen schien kaum jemand unterwegs zu sein. Nach ein paar Treppen abwärts öffnete Schwernik eine unscheinbare Tür zu einem genauso unscheinbaren Innenhof. Sie überquerten diesen Hof und standen vor einem Wellblechgatter, das mit einem schweren Riegel und mehreren Schlössern gesichert war. Zum Schutz gegen Kletterer war überall reichlich bösartiger Stacheldraht verteilt. Kramers Magen knotete sich zusammen, und ihm wurde seltsam zumute.

Schwernik öffnete ein Schloß nach dem anderen. Bevor er die Klinke der Tür drückte, die er gerade so umständlich entsperrt hatte, sagte er: »Was ich Ihnen jetzt zeige, ist nicht sehr angenehm. Sie können jederzeit abbrechen.«

Kramer nickte. Er hatte nicht die geringste Ahnung, was ihn erwartete.

Auf den ersten Blick hätte man die Anlage für ein kleines Wäldchen oder einen interessant angelegten Park halten können, durch den ein sauberer Kiespfad führte, damit sich Spaziergänger an den Pflanzen und der Ruhe erfreuen konnten. Ruhig war es hier tatsächlich, aber was diesen Ort auf Anhieb von einem Naherholungsgebiet unterschied, war der Geruch. Kramer wurde sich der Tatsache bewusst, dass er diesen Geruch schon wahrgenommen hatte, als sie vor der Absperrung gestanden waren. Aber hier war er deutlich stärker. Gewandt öffnete Dr. Schwernik zwei Beutel mit Erfrischungstüchern, die nach Kölnisch Wasser rochen. Kramer hatte diese Dinger nie leiden können, aber jetzt nahm er dankbar eines an. Gehorsam trottete er hinter Schwernik her, der ihn in das »Wäldchen« hineinführte.

An einem kleinen nummerierten Schild, das im Boden stak, blieb er stehen. Gleich neben dem Schild befand sich ein Erdhaufen, anscheinend stark von Wurzelwerk und Blättern durchsetzt, und aus einer Mulde inmitten des Erdhaufens ragte etwas heraus, was Kramer zunächst für ein Stück helles Holz hielt.

Bei näherer Betrachtung stellte es sich als ein menschliches Schulterblatt heraus. Teile des Skeletts, zu dem das Schulterblatt offenbar gehörte, waren ebenfalls zu sehen, so zum Beispiel eine Schulter, eine Rückenansicht des Brustkorbs und des Rückgrats, der Kopf hingegen fehlte. Auf dem Schild stand: Nr. 4. Schweigend wandte sich Dr. Schwernik ab und folgte dem Pfad weiter. Bei einem zweiten nummerierten Schild blieb er erneut stehen. Hier lag eine halb verweste menschliche Leiche unter einer dünnen Schicht von Blättern, die offenbar noch aus dem letzten Herbst stammten, denn sie waren alle braun und trocken. Die Farbe der Leiche – oder des vergammelnden Fleischs – ging auch ins Bräunliche. Der Geruch war unbeschreiblich. Bei der dritten Station hatte Kramer endgültig begriffen: Das hier war ein Todesgarten, in dem das Institut für gerichtliche Medizin der Humboldt-Universität die Verwesung studierte, in all ihren Stadien, unter verschiedenen Bedingungen. Die dritte Leiche war entschieden die unheimlichste. Wie zum Ausgehen angezogen, in Jackett, Hemd und guter Hose, lag der Mann bauchunter auf einem flachen Sandhügel, gerade so, als schliefe er. Er schien noch nicht lange tot zu sein. Die Haut wirkte normal.

»Ich zeige Ihnen das hier nicht, um Sie zu schockieren oder zu beeindrucken«, sagte Dr. Schwernik.

»Ach, gut«, sagte Kramer. »Es kam mir schon beinahe so vor.«

Es hörte sich nicht halb so schlagfertig an, wie Kramer gehofft hatte. Er stellte fest, dass es schwierig war, mit einem Kölnisch-Wasser-Erfrischungstuch vor dem Mund witzig zu sein.

»Ich erzähle Ihnen sicher nichts Neues, wenn ich Ihnen sage, dass die Gewaltverbrechen in unserem Land in den letzten Jahren stark zugenommen haben. Diese Einrichtung hier ist relativ neu, sie ist nach amerikanischen Vorbildern aus der Vor-Wende-Zeit gestaltet. Die Amerikaner haben solche Anlagen bereits in den frühen Siebzigern eingerichtet. Sie wollten damit vor allem realistischere Bedingungen für die Todeszeitschätzung schaffen. Man könnte es als experimentelle Gerichtsmedizin betrachten, was Sie hier sehen. Die Leichen sind übrigens alles Freiwillige, wir haben vor dem Ableben eine Einverständniserklärung eingeholt.

Ich habe eben von der ansteigenden Zahl von Gewaltverbrechen in der DDR gesprochen. Hinzu kommt die steigende Anzahl *eigenartiger* Gewaltverbrechen. Fälle wie der Abusch-Fall. Fälle ohne Vorurteil. Das häuft sich in letzter Zeit. Das hier«, er machte eine vage Bewegung in Richtung des adrett gekleideten Toten auf dem Sandhaufen, »hat mit dem Abusch-Fall nicht direkt etwas zu tun. Ich zeige es Ihnen, um Ihnen etwas über mich und meine Kollegen zu erzählen. Unser Beruf bringt es mit sich, dass wir gegenüber dem Tod abstumpfen. Das ist bei Medizinern immer so, aber Gerichtsmediziner stumpfen auch dem gewaltsamen Tod gegenüber ab, das ist noch einmal etwas anderes. Man hält uns deswegen vielleicht für gefühllos, aber das ist ein Irrtum. Wir machen uns durchaus unsere Gedanken. Diese Anlage hier kostet auch uns Nerven. Ich persönlich habe zum Beispiel Alpträume davon, und wenn wir sie nicht wirklich brauchen würden, wäre ich der Erste, der ihre Abschaffung fordert. Einen wirklich sachlichen Grund dafür, dass ich sie Ihnen zeige, kann ich gar nicht nennen. Aber ich wäre sehr froh, persönlich froh, wenn Sie den Abusch-Fall lösen könnten.«

Kramer sah ihm in die Augen. Sie waren blau.

»Ich weiß, das klingt alles nicht sehr professionell. In unseren Kreisen macht man seine Arbeit und tut sein Bestes, und was aufgeklärt werden kann, wird aufgeklärt; das andere muss man hinnehmen. Aber es macht mir Sorgen, dass unsere Aufklärungsquote seit einiger Zeit rückläufig ist. Es lässt mich manchmal an meinem Beruf zweifeln, um ganz ehrlich zu sein. Paradoxerweise kann ich Ihnen nicht in Aussicht stellen, dass wir Ihnen dabei groß helfen können, aber ich wäre sehr froh, wenn Sie den Mörder von Michael Abusch fassen würden.«

Kramer traute seinen Ohren kaum. War das, was er da gerade hörte, die Bankrotterklärung eines der profiliertesten Gerichtsmediziner der DDR? Wurde er in einem erstaunlich kühl gehaltenen Plädoyer *angefleht,* endlich *etwas zu tun?* Ein Gefühl totaler Absurdität überkam Kramer. Ihm fiel nichts ein, was er dem Arzt entgegnen konnte. Gar nichts.

»Ich glaube, wir sollten jetzt gehen«, sagte Schwernik.

Nachdem er die Wellblechtür mit aller Sorgfalt wieder verschlossen hatte, nahm er Kramers Erfrischungstuch in Empfang, das mittlerweile fast trocken war.

»Bitte behandeln Sie vertraulich, was ich Ihnen eben gezeigt und gesagt habe. Sprechen Sie nur mir Leuten darüber, denen Sie selbst vertrauen. Wir haben diese Anlage hier bisher geheim halten können, und ich wäre froh, wenn das so bleibt.«

Als Kramer aus dem Institut heraustrat, blendete ihn das Sonnenlicht.

»Wir haben nix.«

»Nee. Genau. Wir haben nix. Wenn man von dem Phantombild absieht.«

Pasulke hatte Schwierigkeiten mit seinem Kaffee, wie immer. Im Automaten war ihm ein wenig danebengelaufen. Das passierte auch anderen, aber er war ein wirklicher Meister darin. Seine tropfenden Plastikbecher waren in der ganzen Abteilung gefürchtet, und man hatte sich auch schon beim 1. Juli im Präsidium darüber lustig gemacht. Pasulke hatte nicht wirklich darüber lachen können. Kramer reichte ihm kommentarlos ein Papiertaschentuch.

»Zusammenfassend möchte ich Folgendes sagen«, sagte er. »Erstens. Wir haben einen Toten, und er war's nicht selber. Wir haben nichts von der Spurensicherung, nichts von der Gerichtsmedizin, keine Zeugen, von Harry abgesehen, und auch sonst nichts. Der Tote ist noch fast warm, und schon kommt mir die Stasi in die Quere. Bei vagen Nachforschungen in Richtung ›Computerkriminalität‹ tauchen sofort andere, politische Hindernisse auf.« Er sah kurz zu seinem Terminal, um sicher zu gehen, dass es abgeschaltet war. »Woran erinnert dich all das?«

Pasulke nahm einen Schluck aus seinem mittlerweile gebrauchsfertigen Kaffeebecher. »Ja, woran erinnert uns das?«, sagte er mit gespielter Nachdenklichkeit.

»Schillerpark, mon amour.«

Ein paar Jahre vorher hatte es eine Serie von Prostituiertenmorden gegeben, und die Leichen waren immer im Schillerpark im Wedding aufgetaucht, fünf insgesamt. Man hatte Kramer und seine Kommission aus Friedrichshain zugezogen, weil er im Jahr zuvor einen scheinbar ähnlichen Fall sehr fix gelöst hatte. Kramer war mit erheblichen Vorschusslorbeeren angetreten – und mit fliegenden Fahnen untergegangen. Er und seine Leute hatten herausfinden können, dass der oder die Täter aus der Armee stammen mussten, alle Indizien wiesen in diese Richtung. Aber jedes Mal, wenn die Ermittlungen ungemütlich in Richtung NVA zeigten, wenn sich ein Verdacht gegen eine bestimmte informelle Gruppierung, peinlicherweise aus dem Wachregiment zum »Mahnmal für die Opfer des Faschismus«, konkretisieren wollte, rannte Kramer gegen eine Mauer des Schweigens. Als er hatte durchsetzen können, dass der Schillerpark nahezu flächendeckend und rund um die Uhr überwacht wurde, um einen Täter auf frischer Tat zu erwischen, hatte die Mordserie schlagartig aufgehört. Kramer war noch immer davon überzeugt, dass Wachregimentler dafür verantwortlich waren. Die Schillerpark-Fälle waren für ihn und Pasulke ein ungelöstes Trauma.

»Aber warum«, sinnierte er, »sollte mich die Stasi selber mit der Nase drauf stoßen, wenn sie oder andere Organe etwas damit zu tun hätte?«

»Na ja«, gab Pasulke zurück. »Wer weiß? Sie verhören Michael Abusch mal kurz. Er verreckt ihnen dabei, schwaches Herz oder so. Sie schleppen ihn in den Club und ballern ihm die Birne flach. Dann präsentieren sie dir eine Serie von Mordfällen aus dem hochgradig kriminellen Softwareschieber-Milieu, legen ein paar pfiffige Spuren zu einem Gimpel, der sich nicht wehren kann, wir sacken ihn demnächst ein, sie sind glücklich, und du krisst 'n Orden.«

Kramer schluckte trocken. »Angst machen kannst du einem. Hört sich an wie vor fünfzig Jahren, deine Idee.«

»Na ja«, sagte Pasulke unbestimmt und nippte mit gesenkten Augen an seinem Kaffee.

Kramer kratzte sich am Kopf. »Wo sind eigentlich Natschinsky und Schumacher?«

»Mitschüler befragen und so einen Quatsch. Das Übliche eben. Wollen auch noch mal an die Mutter ran, morgen oder übermorgen.«

»Schön. Ich geh jetzt nach Hause.«

»Ja«, antwortete Pasulke. »Passt besser als gestern. Ach, übrigens – ich hab noch mal mit dem Hausmeister gesprochen. Die Konsole, mit der Michael Abusch in diesem Jugendclub ständig beschäftigt war, war die alte Polyplay-Kiste. Find ich witzig, weil ich damit früher selbst oft zugange war.«

»Polyplay? Kenn ich nich.«

»Bist eben kein Zocker. Bis zur Wende war das Kult. Wusste gar nicht, dass es die Dinger heute noch gibt. Michael muss der Meister aller Klassen gewesen sein, was Polyplay anging.«

»Na dann«, sagte Kramer. Er fühlte sich müde. »Noch was?«

»Diese Sache mit dem Todesgarten kann ich fast nicht glauben.«

»Dann tu's doch einfach nicht. Ist vielleicht besser so.«

Kramer fuhr nach Hause. Sein fünf Jahre alter VEB-BMW schnurrte an diesem kühlen Frühlingsabend wie ein Kätzchen, aber er war zu müde, um sich darüber zu freuen. Er dachte über den Todesgarten nach. Er dachte so intensiv darüber nach, dass er in seinem Kopf Formulierungen für sein Testament auszuprobieren begann, damit er nicht noch als »Freiwilliger« in der Hannoverschen Straße endete. Krematorium, dachte er. Die einzige Lösung. Ganz in Gedanken hätte er beinahe einem anderen Autofahrer die Vorfahrt genommen; das wilde Hupen rüttelte ihn aus seinen Todesmeditationen auf.

Anette war nicht da, und Kramer ärgerte sich. Er hätte ein Gespräch mit seiner Frau gut gebrauchen können. Andererseits – wozu? Er konnte nicht offen mit ihr über seine Sorgen reden, denn der ganze Fall war ihm selbst völlig unklar und außerdem umwittert von Staatsgeheimnis. Würde er es doch tun, würde auch sie an die Schillerparkfälle zurückdenken müssen; und wie die Kramer und schließlich auch ihre noch relativ junge Ehe belastet hatten. Nicht nur sein Abend wäre dann gelaufen, sondern ihrer auch. Hatte er das Recht, ihr auf die Nerven zu gehen, weil die Welt ihm auf die Nerven ging, und wollte er nicht etwas ganz anderes von ihr als eine gerunzelte Stirn?

Er angelte sich Brot, Butter und Aufstrich aus dem unaufgeräumten Kühlschrank, setzte sich ins Wohnzimmer und überlegte, was er jetzt mit dem Rest des Tages und seiner Laune anfangen sollte. Er nahm das Buch zur Hand, das er in der Bücherei des Präsidiums ausgeliehen hatte, und blätterte darin herum. Sehr schnell stellte er fest, dass es ihm nichts nutzen würde, weil es bestenfalls noch antiquarischen Wert hatte. Hier wurde noch mit Lochstreifen hantiert, dass es eine wahre Wonne war. Die Schwarte sah aus, als sei sie fünfzig Jahre alt. Das schlechte Papier deprimierte ihn. So hatte man damals in der DDR gedruckt, und dieses Zeug würde bald zu Staub zerfallen, wie die säuregetränkten Papiere der zwanziger Jahre. Die darin beschriebene Technologie war einfach lachhaft. Damals hatte sich die BRD nicht mehr mit Lochkarten abgegeben, so viel wusste er genau. 1984 hatte es dort wahrscheinlich schon Computerkids gegeben, die von ihrem PC aus die Welt unsicher machten, aber in der DDR waren Finanzdelikte noch mit gefälschten Lochstreifen begangen worden. Warum diese Scham?, dachte Kramer verblüfft. Es war ja wohl keine Schande, in der Kriminalität ein paar Jahrzehnte nicht auf Weltniveau gewesen zu sein. Michael Abusch war vielleicht auf Weltniveau gewesen, aber dafür war er jetzt auch tot.

Und trotzdem. Das tapfere kleine Buch des Prof. Moldenhauer beschämte ihn. Er traf auf ein paar bekannte Namen, die ihm aus seiner Zeit als VP-Anwärter und als Offiziersschüler an der Hochschule der Deutschen Volkspolizei Karl Liebknecht noch bekannt vorkamen.

»Die Verfasser danken dem Leiter der Hauptabteilung Kriminalpolizei, Genossen Generalmajor Nedwig, dem Stellvertreter des Leiters der Hauptabteilung Kriminalpolizei – Untersuchung, Genossen Oberst der K. Dr. Speckhardt, dem Leiter des Kriminalistischen Instituts der DVP, Genossen Generalmajor Dr. Strauss sowie seinem Stellvertreter, Genossen Oberst der K. Dr. Petraneck, die durch leitungsmäßige Entscheidungen und persönliche Einflussnahme die Forschungen in jeder nur erdenklichen Weise unterstützten.«

Igitt! Aber so hatte man in der alten DDR geschrieben. Er selbst hätte es damals nicht anders gemacht. Nicht, dass das heutzutage überhaupt nicht mehr vorkam: Es war nur nicht mehr üblich. Dieser Tonfall war nicht mehr in Mode, und Kramer konnte es nur recht sein. Das Buch war furchtbar.

»Ein weiterer Hauptkomplex von Finanzdelikten unter Missbrauch der EDV bestand darin, dass die Täterin ohne persönliche Bereicherung verschiedene Mitarbeiter ihres Zuständigkeitsbereichs finanziell bevorteilte. In ihrer Vernehmung erklärte sie u.a.: ›Mir war es egal, schließlich war es ja nicht mein Geld, was ich ihnen zu Unrecht zukommen ließ.‹ Die darin zum Ausdruck kommende Nichtachtung des sozialistischen Eigentums paarte sich mit Bestrebungen der Täterin, ihr durch einen Sprachfehler sowie ständigen Tabletten- und Alkoholmissbrauch negativ beeinträchtigtes Persönlichkeitsbild, durch übermäßiges Entgegenkommen gegenüber Mitarbeitern des eigenen Zuständigkeitsbereichs auszugleichen und sich auf diese Weise Anerkennung und Ansehen zu verschaffen.«

Ja, da hatten es die Sprachwürger des Autorenkollektivs (ein Professor, zwei Doktoren und vier Diplomierte) wirklich auf den Punkt und auf den Hund gebracht. Zum Weinen, dachte Kramer. Zum Schießen. Er schloss das Buch mit einem Knall und konnte sich gerade noch davon abhalten, das sozialistische Eigentum in die Ecke zu pfeffern. Nicht auszudenken, was mit ihm passieren würde, wenn er der Bibliothekarin das Buch beschädigt zurückbrächte. Er warf es auf die Couch.

Was jetzt? Fernsehen. *Aktuelle Kamera.* Massaker in der Republik Kalifornien. Ein Hotelier hatte die ehemalige Gefängnisinsel Alcatraz vor San Francisco gekauft und aus dem Zellentrakt ein Hotel gemacht, bewaffnete Wärter, Gefängnisessen und Videoüberwachung inklusive. Anscheinend war das Geschäft aber nicht so gut gelaufen wie erhofft: Der Entrepreneur war durchgedreht, hatte die Wärter nach dem abendlichen Einschluss nach Hause geschickt und alle seine 27 Gäste erschossen – in ihren Zellen, durch die Gitterstäbe hindurch. Videoaufzeichnung inklusive.

Ja, die Amerikaner, dachte Kramer. Immer für einen handfesten Spaß zu haben. Aber wir hier sind auch nicht ohne. Weltniveau, sozusagen.

Es war keine Frage, warum die *Aktuelle Kamera* mit dieser Nachricht aufmachte. Die amerikanische Selbstzerfleischung politischer und privater Art war auch zehn Jahre nach der Wende immer noch eine Nachricht wert.

Schauplatzwechsel. Außenminister Fischer in Peking. Große Ehrenparade. Staatsbankett. Rote Fahnen. Fischer sprach von der unverbrüchlichen Freundschaft der beiden sozialistischen Länder, der stetigen Verbesserung ihrer wechselseitigen Beziehungen, ihrer Funktion als Garanten der Stabilität in einer unsicher gewordenen Welt und all dem anderen.

Fischer der Ältere, Oskar nämlich, Außenminister bis 1990, hatte Kramer nie sonderlich beeindruckt. Er war ein typischer DDR-Funktionär der alten Schule gewesen, linientreu, spießig, langweilig. Ein Gesicht, das die *Aktuelle Kamera* so lange abgefilmt hatte, bis es beinahe zum Wohnzimmerinventar gehörte.

Fischer der Jüngere, Joseph »Joschka«, der gleich 1990 auf den Älteren gefolgt war, brachte Kramer hingegen oft genug zur Raserei. Er war einer der wenigen Westlinken, die in der neuen DDR Karriere gemacht hatten, ein Machtpolitiker reinsten Wassers – gleichzeitig unterwürfig und gierig, eitel darauf bedacht, sich in Szene zu setzen, wo es nur ging. Die Tatsache, dass er 1988 unter der westdeutschen Militärjunta ein halbes Jahr im Gefängnis gesessen hatte, trug er vor sich her wie eine Reliquie seiner selbst. Sein Standardgesichtsausdruck, der wohl ein Gemisch aus Entschlossenheit und Nachdenklichkeit darstellen sollte, brachte den Begriff »Charaktermaske« auf den Punkt; sein pseudobesonnenes Gefasel, stets um die passende Phrase bemüht, fand Kramer zum Speien.

Im Augenblick erklärte er einer Riege versteinerter chinesischer Militärs die Vorzüge der vertieften internationalen Zusammenarbeit auf dem Gebiet des wissenschaftlich-technischen Fortschritts. Kramer wusste: Er wollte den Chinesen Müller-Lohmann-Energie andrehen und sah das chinesische Militär als den geeignetsten Hebel an. Die Chinesen würden höflich ablehnen, weil sie nicht von der DDR abhängig werden wollten. Sie würden im Traum nicht daran denken, den Deutschen die Tür nach Asien zu öffnen. Die relative Isolation des asiatischen Wirtschaftsraumes gefiel den Chinesen so, wie sie war; sie würden Fischer mit seiner ganzen Entourage freundlich lächelnd und mit den besten Wünschen wieder in sein Flugzeug setzen und fertig. Vielleicht würde der chinesische Außenminister nächstes Jahr zum Gegenbesuch kommen. Vielleicht auch nicht. Eins war sicher: Was immer da auf dem Bildschirm und hinter dem Bildschirm geschah oder nicht geschah, Fischer war der kommende Mann, der Kronprinz, der Staatsratsvorsitzende nach Modrow. Kramer fand diese Aussicht deprimierend.

Er nahm gerade die Fernbedienung in die Hand, um abzuschalten, da ging die Haustür. Es gab ein wenig Geraschel im Eingangsflur, dann kam Anette herein. Ein wenig abgekämpft und müde sah sie aus, und Kramer entschied in dieser Sekunde: Nichts von Michael Abusch heute Abend.

Sie gab ihm einen Kuss auf die Stirn. Dann schaute sie zum Fernseher und sagte: »Au weia.«

Sie setzte sich auf die Lehne von Kramers Sessel und legte einen Arm um seine Schultern. »Na, Genosse Oberleutnant. Bereit zum Abendessen?«

»Danke, Genossin Ingenieurin. Hab schon.«

Er sah ihr lächelnd in die Augen. Da waren ein paar Fältchen, die er noch nicht kannte. Wirst auch älter, dachte er, und gleich danach: Macht nix.

»Du«, fragte er, »wollen wir nachher unsere internationalen Beziehungen ein wenig ausbauen und vertiefen?«

Sie lachte. »Nur wenn du dir deinen Schnäuzer wegmachst. Det piekt.«

Nach dieser Ouvertüre ahnte Kramer, was die Uhr geschlagen hatte.

»Im Ernst, Rüdiger. Ich muss noch was arbeiten.«

Ah, dachte er, *Rüdiger*. Wenn sie rüdigerte, dann war es offiziell. Keine Vertiefung der Beziehungen. Kramer war enttäuscht.

Anette ging in die Küche und werkelte dort herum. Die *Aktuelle Kamera* konnte sich von Herrn Fischers Besuch in Peking immer noch nicht lösen. Jetzt versuchte er sich sogar in Chinesisch. Den soll doch der Weltgeist holen, dachte Kramer.

Szenenwechsel. Conrad Schumann war tot. Conrad Schuhmann? Der Mauerspringer. Der Bereitschaftspolizist von 1961, der dem Westfotografen mitten in die Linse gesprungen war, über den Stacheldraht hinweg. Er hatte sich in seinem Haus in Kipfelberg (Bayern) umgebracht. Rätselraten über das Motiv für den Selbstmord – nach der Wiedervereinigung war ein Ermittlungsverfahren wg. Fahnenflucht eingeleitet, aber schnell wieder niedergeschlagen worden. Die *Aktuelle Kamera* zeigte das Bild von 1961, dann einen Trauerzug im Regen.

Dann endlich Sport: In einem Nachholspiel der Ersten Liga hatte Lok Leipzig Dynamo Dortmund mit 1:0 besiegt; der Zusammenschnitt zeigte ein wüstes Gebolze im Nieselregen. Rudi Dutschke, immer noch der beliebteste Sportreporter der DDR, kommentierte die gezeigten Holzhacker-Aktionen. Wenn es hoch herging, konnte er wie kein anderer die Zuschauer mit seiner heiser belegten Stimme emotionalisieren, aber heute Abend hatte er wenig Grund dazu. Das Aufregendste waren zwei rote Karten, eine für Leipzig, eine für Dortmund.

Katharina Witt war jetzt endgültig Cheftrainerin des Eiskunstlaufkaders der DDR. Warum man sie so lange von diesem Posten fern gehalten hatte, verriet die *Aktuelle Kamera* nicht, stattdessen zeigte sie einen gediegenen Abriss der sportlichen Karriere von Frau Witt. Kramer sah ein wenig genauer hin. Insgeheim war er ein Fan.

Anette kam zurück und setzte sich mit ihren Gurken und Broten auf die Couch. Kramer sah an ihren langsamen Bewegungen, wie müde sie wirklich war. Arbeiten wollte sie noch? Manchmal war ihm seine Frau ein wenig zu ehrgeizig. Hatte er neulich was im Fernsehen drüber gesehen. Arbeitssucht. Die Symptome, über die man dort gesprochen hatte, kamen ihm seltsam vertraut vor.

»Du arbeitest zu viel«, sagte er über der Vorspannmusik des Spielfilms.

»Und was soll ich machen?«, gab sie zurück und zerteilte eine Gurke. »Speidel erwartet den Bericht bis übermorgen. Das kann ich nur schaffen, wenn ich heute Abend noch zwei, drei Stunden dranhänge.«

Ja, dranhängen. Das war überhaupt das Thema. Seit Kadern wie seiner

Frau von allen größeren Betrieben der Internetz-Anschluss nach Hause gelegt worden war, hieß es dranhängen. Unbezahlt natürlich. Dafür gab es jedes Jahr mehr Orden. Anette hatte mittlerweile eine ganze Pappschachtel davon.

Sie aß schweigend. Das dunkelgrüne Buch über die Finanzdelikte lag kaum zwanzig Zentimeter von ihr entfernt, aber sie sah nicht einmal nach dem Titel, und das war sehr ungewöhnlich für sie. Kramer tat so, als würde er sich wirklich für den Film interessieren (irgendeine alte DEFA-Klamotte mit Manfred Krug). Bevor sie das Wohnzimmer verließ, küsste Anette ihn noch einmal auf die Stirn.

»Tut mir Leid«, sagte sie.

»Schon gut«, antwortete er.

Etwa eine halbe Stunde später wurde ihm klar, dass er den Film nicht durchstehen würde. Er schaltete um, mitten hinein in eine Folge der Dokumentationsreihe *Erlebte Geschichte.* »Landsberg am Lech« hieß die Sendung und handelte von dem legendären Vorstoß der NVA-Elite-Truppen auf BRD-Gebiet in der Nacht des Mauerfalls. Ein gewisser Major Kesselring (Was für ein Name!, dachte Kramer) erzählte in süffisantem Plauderton, wie Fallschirmjäger und Pioniereinheiten der MOT-Schützen in jener Nacht alle wesentlichen Bundeswehrstandorte besetzt hatten, um »Abenteurern der noch herrschenden westlichen Militärregierung von vorneherein klarzumachen, dass ihre Zeit abgelaufen war« (so der Major).

Kesselring kam auch auf eine Angelegenheit zu sprechen, die in der DDR mittlerweile als offenes Geheimnis galt: die so genannten »Landsberger Vorfälle«. Die dortige Saarburg-Kaserne hatte als Einzige Widerstand gegen die Besetzung durch die NVA geleistet (und wurde daher von reaktionären Wessi-Quatschköpfen in hohen Ehren gehalten), und diese Folge der *Erlebten Geschichte* diente offenbar dem Zweck, die derzeit gültige Version der Wahrheit unters Volk zu bringen. Demnach hatte die Garnison beschlossen, eine etwaige Übernahme durch die NVA nicht kampflos hinzunehmen, angestachelt von Falken im westlichen Generalstab, die sich bei den ersten Anzeichen der Krise dorthin abgesetzt hatten. Als die Mauer fiel, hatten sich die Putschisten für unabhängig erklärt, indem sie die Reichskriegsflagge hissten, und erst nach zwei Dutzend Toten auf beiden Seiten aufgegeben. Laut Major Kesselring war die Brechung des Widerstands in Landsberg eine entscheidende Voraussetzung für die Neuordnung der gesellschaftlichen Verhältnisse in Westdeutschland und damit für die Wiedervereinigung gewesen.

Er erklärte: »In den Tagen und Wochen darauf rückten Bereitschaftspolizei und Betriebskampfgruppen nach, um öffentliche Verwaltungen, Polizeireviere und -präsidien zu übernehmen, die spontanen Arbeiterräte in den laufenden Fabriken in eine funktionierende politische Struktur zu überführen und die seit der Krise von 1987 stillgelegten Anlagen zu sichern. Alle Vertreter des Militärregimes und seiner bürgerlich-demokratischen Vorgänger wurden verhaftet, sofern sie nicht geflohen waren. Als größten Erfolg feierte man in dieser Hinsicht die Festsetzung Helmut Kohls, eines Teils seines ehemaligen Kabinetts und hochrangiger Funktionäre von MAD, BND, BfV. Dazu mehr in der nächsten Ausgabe von *Erlebte Geschichte*, mit dem Titel *Wieder vereint.*«

Er schaltete ab und saß eine Weile unschlüssig da. Eigentlich interessierte ihn Geschichte brennend, und normalerweise hätte er es zumindest bemerkenswert gefunden, dass die Regierung jetzt bereit war, die Sache mit Landsberg zur Diskussion zu stellen. Aber heute Abend hatte er sich das nur angesehen, um Zeit totzuschlagen. Er fühlte sich so eigen, so leer. Dann geschah etwas Seltsames. Scheinbar aus dem Nichts, ohne Vorwarnung, aber dafür umso stärker und überzeugender, fühlte er in sich den Wunsch nach einem Kind. Vor dem abgeschalteten alten Fernseher sitzend, der noch ab und zu leise knackte, wurde ihm mit absoluter Sicherheit klar, dass er ein Kind haben wollte. Zuerst verblüffte ihn das, dann machte es ihn traurig. Denn er und Anette hatten zu Beginn ihrer Ehe einen »Vertrag« geschlossen, der dieses Thema regelte. Der Vertrag war Anettes Bedingung für die Ehe gewesen. Sie hatte in einer sehr ernsten Stunde sehr endgültig erklärt: »Es ist dir vielleicht noch nicht aufgefallen, aber ich bin für Kinder nicht geeignet. Fast alles, was Kinder angeht, langweilt mich zu Tode. Mein Leben ist mein Beruf. Kinder interessieren mich nicht. Ich kann sie nicht mit diesem verklärten Blick sehen, den alle für normal halten. Kinder sind für mich einfach unfertige Menschen, denen das Wichtigste noch fehlt: Vernunft. Sie haben keine Disziplin, sie sind laut, sie brauchen die ganze Zeit Schutz und Kontrolle. Kinder sind eine Last. Ich will ein Leben. Keine Kinder.«

Kramer hatte das akzeptiert, weil er zu diesem Zeitpunkt genauso dachte. Es wäre ihm nie in den Sinn gekommen, Anette wegen ihres Standpunkts für kalt oder unmenschlich zu halten – so war sie nun einmal, und er liebte sie darum. Aber seine Meinung hatte sich offenbar geändert, und ihm wurde blitzartig klar, wie sehr. Nie war er seiner Frau ferner gewesen. Das war ihm unerträglich. Gegen dieses Gefühl musste er etwas unternehmen, auch wenn die Niederlage vorprogrammiert war. Er wollte Anette wenigstens ein Mal unmissverstandlich fragen, ob sie über Kinder immer noch gleich dachte, und nicht nur, wie manchmal schon, in halben Andeutungen, die sie lächelnd ignorieren konnte. Er wollte, dass sie es aussprach.

Wieso gerade an diesem Abend? Er hatte keine Ahnung. Dass sein Entschluss in einem trüben Zusammenhang mit dem zerschlagenen Kopf eines Sechzehnjährigen stand, bemerkte er nur am Rande. Putzi-Zahnhygiene-Sets im Bad. Verkritzelte Tapeten. Jugendweihe mit Tränen in den Augen. Wollte er das? Heute Abend wollte er es. Er erhob sich.

»Ja!«, rief seine Frau, als er an ihrer Tür klopfte. Sie war in ihre Arbeit vertieft und sah zunächst nicht auf. Wahrscheinlich erwartete sie eine Tasse Tee oder eine andere Nettigkeit. Er war furchtbar aufgeregt.

»Ich will ein Kind von dir«, sagte er ohne Einleitung.

Sie legte den Bleistift aus der Hand und sah ihn an. Keine Überraschung war in ihrem Gesicht, kein Schock und keine Empörung, nur ein mildes Lächeln, das ihn kränkte.

»Rüdiger. Damit wollten wir doch nie anfangen.«

»Nie war damals«, sagte er enttäuscht. »Ich will ein Kind von dir.«

»Aber ich will keins.«

Er richtete sich auf und ging hinaus. Klappe zu, Affe tot. Er hatte es ja kommen sehen. Er konnte nicht wirklich behaupten, er sei nicht gewarnt gewesen, er kannte seine Frau, er hatte sich die erwartete Abfuhr geholt. Was ist eigentlich los mit mir?, fragte er sich in der Küche, als er sich den Tee machte, den er seiner Frau nicht gebracht hatte. Vielleicht sollte ich auch zum POD, genau wie Katharina Abusch.

In der Nacht schoss er mit fliegendem Herzen aus einem Alptraum hoch. Als er die wirren Bilder in seinem Kopf zu ordnen versuchte, zerfielen sie ihm unter den Händen wie grauschwarzer Spinnweb. Er konnte gerade noch erhaschen, dass sowohl die Majorin Schindler als auch der Außenminister Fischer in seinem Traum eine Rolle gespielt hatten, und diese Kombination trieb ihm erneut den Schweiß auf die Stirn. Das Dunkel um ihn herum war nicht vollkommen. Der Körper seiner Frau zeichnete sich undeutlich unter der Bettdecke ab, in die sie sich eingewickelt hatte: dunklere Schatten auf dunklen Schatten. Jetzt, da sich sein Atem wieder beruhigte, hörte er ihren auch. Sie schlief friedlich, unbeeindruckt von seinem Aufruhr. Das ist gut, dachte er an der Grenze zum wirklichen Aufwachen, das ist gut. Solange Anette da ist, ist alles gut. Er legte sich hin und schlief sofort wieder ein.

»Ein schlaues Bürschchen, wie gesagt.«

Uwe Merz war in seinem Element. An einem Computer, dem er noch nicht alle Geheimnisse entlockt hatte. Auf der Tastatur hackte er mit der Geschwindigkeit einer Weltklasse-Sekretärin herum, die Maus bediente er mit der Ungeduld eines Affen, der endlich an die Banane kommen will. Auf einen Unvoreingenommenen hätte er den Eindruck eines Besessenen oder eines Hexenmeisters gemacht, der beim Zusammenbrauen einer sehr komplexen magischen Tinktur in der Endphase angekommen war. Der feine Schweißgeruch, der von ihm ausging, war ihm wahrscheinlich nicht bewusst: Es war der Schweiß des Jägers.

»Erstens mal«, sagte er, »ist das keine Kleinigkeit, die Polyplay-Spiele von einer Konsole auf einen PC zu übertragen. Er muss dazu die Original-ROMs aus der Konsole entfernt, in ein Lesegerät gesteckt und dann bei sich zu Hause auf den Rechner übertragen haben. Und voilà: Hier ist es.« Merz klickte einmal mit der Maus, der Bildschirm knackte vernehmlich, und kurz darauf konnte man lesen:

POLYPLAY

1985 VEB Polytechnik Karl-Marx-Stadt

Bevor Kramer alles erfassen konnte, bearbeitete Merz die Tastatur weiter, und der Bildschirminhalt änderte sich drastisch. Über einem Auswahlmenü wurden die beiden aufgefordert:

Wählen Sie Ihr Spiel!
Durch Auf- und Abbewegung des Spielhebels wird ein Spiel ausgewählt.
Nach Drücken des Spielknopfes erscheint das von Ihnen gewählte Spiel.

»Na?«, fragte Merz lüstern, »wollen wir ’ne Runde? *Hirschjagd?* Oder *Hase und Wolf? Wasserrohrbruch* is auch ganz nett.«

Kramer war verwirrt. Er begriff nur mühsam, dass Merz von verschiedenen Spielen redete, die das Auswahlmenü anbot. Da gab es außerdem auch noch *Abfahrtslauf*, *Schmetterlinge*, *Autorennen* usw. Kramer mochte keine Computerspiele, er hatte sie schon immer langweilig und ermüdend gefunden. Und im Augenblick wollte er nur begreifen, was an dem *alten* Computer, den Merz aus Michaels Zimmer geholt hatte, so besonders war.

»Nee, Uwe, grad mal nich. Erzähl einfach weiter.«

»Schade«, sagte Merz, hörbar enttäuscht. »Also gut.«

Er ließ unter lautem Knacken des Bildschirms die Polyplay-Eingabemasken verschwinden; das ging so schnell, dass Kramer kaum folgen konnte.

»Rasant, was? Das ist auch so 'ne Sache. Diese Mühle hier hatte eine Ausgangskonfiguration zum Schreien. 16 bit-Bus, 1–8 Mbyte RAM, maximal 42 Mbyte-Platte, als OS DCP 3.30. Unser Michael hat sich eine Menge Mühe gegeben, das Ding aufzubohren. Jetzt verdaut es 64 MB RAM, die Platte ist sehr viel größer, und es hat ein eigenartiges Betriebssystem, das auf einem Vor-Wende-Windows basiert, aber an manchen Ecken wie Eigenbau aussieht. Manchmal vergisst man, dass Sechzehnjährige einfach erwachsen sind. Station Junger Techniker, mein lieber Schwan. Wäre einen Versuch wert, das Teil mal an unser Netzwerk hier zu hängen, ob es irgendwie mitkäme. Theoretisch durchaus möglich.«

Kramer verstand: Michael Abusch hatte als Computerenthusiast einiges geleistet. Einige Details dagegen verstand er nicht. Die Fragen wollte er sich für einen Zeitpunkt aufheben, zu dem Uwe Merz wieder Herr über sein Adrenalin geworden war.

»Und hier«, sagte Merz, der seine Finger wie ein Pianist über die Tastatur huschen ließ, »haben wir dem Clou des Ganzen.«

Er öffnete ein Fenster, das auf den ersten Blick einen Text enthielt. Bei genauerer Betrachtung stellte Kramer fest, dass dieser Text eine fortlaufende Aneinanderreihung anscheinend zufälliger Symbole war. Der Buchstabensalat ergab etwa so viel Sinn wie das Ergebnis eines ausgedehnten Katzenspaziergangs über eine handelsübliche Computertastatur. Kramer hatte etwas Ähnliches schon einmal gesehen. Bei seiner Offiziersausbildung auf der Hochschule. Es war um die Standardverschlüsselungsgeräte gegangen, die in der DDR früher von der Armee benutzt worden waren. An diesen veralteten Dingern hatten Kramer und seine Genossen Mitschüler damals die Grundzüge der Kryptographie erlernt.

»Für was hältst du das?«, fragte Merz.

»Ist das Code?«

»Genau«, sagte Merz. Er klang leicht enttäuscht. Anscheinend hatte er eine weniger intelligente Antwort erwartet. »Und es ist starker Code. Saustarker Code, um genau zu sein. Ich habe bis jetzt überhaupt nichts erreichen können. Das finde ich ärgerlich. Sechzehnjährige sollten so was nicht haben. Genauso wenig wie, sagen wir mal, Panzerfäuste. Oder Flugabwehrraketen.«

Oha, dachte Kramer. Die Politik klopft an die Tür.

»Willst du damit sagen, Michael Abusch war ein Spion oder etwas in der Art?«

Merz lachte. »Ich will damit nur sagen, dass ich diesen Code bis jetzt nicht knacken konnte, und so was ärgert mich immer. Auf jeden Fall war er ein schlauer Bursche. Den anderen Rechner, den du da bei ihm gesehen hast, würde ich mir wirklich gerne mal ansehen.«

»Sag ich doch. Ist aber weg. Und finden dürfen wir ihn auch nicht mehr, weil das ist po-li-tisch, weißt?

»Ich weiß«, sagte Merz obenhin und hämmerte weiterhin auf Tastatur und Maus ein.

Der Bildschirm erlosch, und Merz schob seinen Stuhl zurück.

»So. Ich lass dir das Ding hier, die Festplatte hab ich kopiert. Du kannst eine Weile damit machen, was du willst. Bis auf Widerruf, versteht sich.« Er stand auf.

»Versteht sich. Aber was soll ich damit eigentlich?«

»Ermitteln«, sagte Merz im Türrahmen. »Einfach nur ermitteln.«

Kramer trug seine Ermittlungen auf die Straße. Er ging spazieren. Bitterkalt für Anfang April. Am Morgen war sogar Schnee gefallen. Er und Anette hatten sich lange umarmt, bevor sie zur Tür hinaus war. Sie wussten beide: Das war die Versöhnung für den missglückten Abend vorher. Sie hatte ihm dann versprochen, an diesem Abend früher daheim zu sein. Wer's glaubt, dachte er jetzt schlecht gelaunt und grub sich tiefer in seine Jacke. Er wollte zur Spree, oder zum Osthafen. An der Oberbaumbrücke entschied er sich und bog nach links ab. Der Spreespeicher stand stumm und groß da, aber unmittelbar am Wasser gab es einige Bewegung: Zwei große Schleppkähne wurden entladen, und Kramer sah eine Weile teilnahmslos zu, wie andere arbeiteten. Der fehlrenovierte Doppelturm der Oberbaumbrücke überwachte die Szenerie.

»Der werte Herr wünschen?«

Kramer drehte sich um und stand einem hünenhaften Wasserschutzpolizisten gegenüber, der ihn auf die sardonische Art angrinste, wie Bullen das manchmal tun, wenn sie gleich jemanden hoppnehmen. Kramer seufzte und hielt dem Kollegen seinen Ausweis hin. Der Mann sagte: »Na denn«, salutierte ironisch und machte sich dünne. Kramer tat der Form halber noch ein bisschen so als genieße er die Aussicht und kehrte dann zur Inspektion zurück.

Im Büro hatte er seinen toten Punkt. Es war ein hartnäckiger toter Punkt, der sich auch nicht mit Kaffee und der eingepackten Stulle überwinden lassen würde, das wusste er gleich. Was kein Grund war, Kaffee und Stulle auszuschlagen. Kramer mampfte, trank und fühlte sich nicht polizeilich. Er fühlte sich eher wie eine Kuh auf dem Felde, die grast, wiederkäut und ansonsten nichts braucht, um glücklich zu sein. Er wischte sich die Finger an einem Papiertaschentuch ab und dachte: Das ist nicht gut. Ich kann hier nicht einfach sitzen und nichts tun, ich kann nicht den ganzen Tag spazieren gehen. Aber ihm fehlte eine Idee.

Wenn man ihn in diesem Moment gefragt hätte, was er eigentlich über den Abusch-Fall dachte, am dritten Tag nach Michael Abuschs Tod, hätte er nur mit den Schultern zucken können. »Computer. Irgendwas mit Computern«, wäre die genaueste Auskunft gewesen, die ihm eingefallen wäre. Genau genommen also gar keine. Er hatte, wie Dr. Schwernik sich ausgedrückt hatte, kein Vorurteil. Was wusste er schon über Computer? Er benutzte sie jeden Tag, von Zeit zu Zeit faszinierten sie ihn sogar. Er fand den technologischen Fortschritt schwindelerregend, wenn er an seine ersten Kontakte mit Computern zurückdachte, aber er hatte in Wirklichkeit nicht die leiseste Ahnung, wie sie funktionierten. Er hatte also auch keine Ahnung davon, wie man heutzutage mit Computern krumme Dinger drehte. Über die Zeit der Lochkarten war er orientiert, dafür hatte er ja das schlaue grüne Buch über die Finanzdelikte, ha ha. Aber wie lief so was in den Zeiten des Internetzes? Oder mithilfe der Zaubermaschine bei Abuschs? Er hatte keine Ahnung.

Warum wurde dieser Fall eigentlich nicht von Leuten übernommen, die wirklich etwas von Computern verstanden? Nun, auf diese Frage immerhin gab es eine Antwort: Erstens war ein Mord vorgefallen, und das war sein Bier. Zweitens kannte er nicht *eine* Sondereinheit der Deutschen Volkspolizei, die sich speziell um Computerkriminalität kümmerte. Im Licht der wenigen Fakten, die Kramer bisher über Michael Abusch hatte in Erfahrung bringen können, war das doch sehr erstaunlich. Der Junge war so etwas wie ein Hacker gewesen, und auch wenn in der DDR-Öffentlichkeit wenig über Hacker berichtet wurde, so war er doch sicherlich nicht der Einzige. Aber Kramer hätte ad hoc keine Arbeitsgruppe, keine Spezialtruppe nennen können, die sich des Phänomens annahm. Alles, was es gab, waren Leute wie Uwe Merz: Computerenthusiasten, die hie und da für ihre Dienststellen computerspezifische Probleme lösten, ansonsten aber mit anderen Dingen beschäftigt waren. Verblüffend, wenn man darüber nachdachte. Vielleicht wurde so was ja eingerichtet, wenn er und seine Leute mit diesem Fall hier durch waren.

Fürs Erste beschloss er, sich Polyplay einmal genauer anzusehen. Er wollte gerade Merz anrufen, um ihn zu fragen, wie man das Spiel startete, da erschien auf dem Bildschirm seiner R610 ein Fenster, in dem Merz ihn genau zu dieser Frage aufklärte. Kleiner Scherz des Hackers vom Dienst. Kramer befolgte die Anweisungen auf dem einen Computer, um den anderen zu manipulieren, und hatte nach kurzer Zeit Erfolg: Wählen Sie Ihr Spiel. *Hirschjagd*. Kramer tippte ein wenig auf der Tastatur herum, provozierte dadurch aber keine Reaktion. Er wollte schon entnervt aufgeben, da sah er noch mal in Merzens Anweisungen nach.

»Immer dran denken: Die Zaubertaste trägt die Bezeichnung ›Strg‹ (links unten). Wenn du ernsthaft spielen willst: Drück auf die Taste mit der Nr. 5. Für alles Weitere sind die Pfeilrichtungstasten und wiederum ›Strg‹ zuständig. Und falls du genug hast: ›Esc‹ wie ›Escape‹ bringt dich raus. Sagst du mir deinen Punktestand?«

Ich geb dir gleich links unten, dachte Kramer, aber im Grunde hatte Merz ja Recht. Polyplay war Prä-Sprachsteuerung, Prä-Maus und Prä-Alles. Was Kramer anging, kam dieses Tastaturgequäle gleich nach dem Lochstreifen. In solchen Angelegenheiten brauchte er einfach Hilfe.

Er gab sich Mühe. Die Hirschjagd ging so: Ein kleiner stilisierter Hirsch schwebte zwischen kleinen grünen stilisierten Bäumen auf und ab, und Kramer, der einen kleinen grünen stilisierten Jäger mit den Pfeilrichtungstasten steuerte, versuchte den Hirsch mit Schüssen aus der kleinen roten stilisierten Flinte zu erlegen. Das gelang nur selten. Immer wenn Kramer abdrücken wollte, sprang der Hirsch an eine andere Stelle des Bildschirms. Nur einmal konnte Kramer ihn beim ersten Durchlauf erlegen, und das auch eher per Zufall.

Der intellektuelle Zuschnitt der anderen Spiele war von ähnlicher Güte. Bei *Hase und Wolf* musste der Spieler einen Hasen durch ein Labyrinth jagen, dabei kleine grüne Punkte – Mohrrüben und Birnen – erhaschen und gleichzeitig vor einem Wolf fliehen, der ihm auf den Fersen war. Die *Schießbude* und das *Autorennen* boten genau das, was der Name sagte. Bei *Wasserrohrbruch* musste Kramer ein Männchen mit einem Eimer hin und her schicken, damit es große blaue Tropfen auffangen konnte, die von der Decke rieselten. Die Tasten, mit denen man die Polyplay-Spiele bediente, waren ziemlich ausgeleiert. Michael musste wirklich Stunden um Stunden damit verbracht haben. Das *Merkspiel* verlangte das Memorieren und Nachbilden einfacher Melodien. Bei *Schmetterlinge* war Kramer erstaunt: Es war der kleine Maulwurf aus dem Westfernsehen seiner Kindheit, der die Schmetterlinge fangen musste. Alles fiepte und zwitscherte in elektronischen Tönen, die seit über zehn Jahren außer Mode waren.

Beim Spielen hatte Kramer das sichere Gefühl, beobachtet zu werden. Lobedanz, dachte er. Na und? Ich ermittle. Als Kramer die Spiele alle einmal so leidlich durchhatte, begriff er es immer noch nicht. Ein Ausnahmekopf wie Michael Abusch investierte mindestens die Hälfte seiner Freizeit in diesen Kinderkram? Das war doch fast nicht zu glauben. Kramer ließ die Tastatur los, lehnte sich in seinem Bürostuhl zurück und merkte erst jetzt, wie sehr ihn das Spielen angestrengt hatte. Seine Achselhöhlen, seine Stirn und seine Hüften waren schweißnass, sein Kopf schwirrte, vor seinen Augen flimmerte es.

»Alle Achtung«, sagte jemand hinter ihm.

Kramer drehte sich auf dem Stuhl um. »Kannst du nicht klopfen?«, fragte er Pasulke, der grinsend am Türrahmen lehnte.

»Hab ich doch. Aber du hast nich geantwortet. Stattdessen nur dieses Gezwitscher aus deinem Büro, das mir irgendwie bekannt vorkam. Da hab ich einfach mal reingeschaut. Und siehe da? Oberleutnant Rüdiger Kramer spielt Polyplay, selig wie ein Pennäler.«

»Wie lange stehst du schon da?«, fragte Kramer.

»Ooch«, sagte Pasulke und machte sein unschuldigstes Gesicht, »so Stücker zehn Minuten … vielleicht?«

»Du bist ein Blödmann, weißt du das?«

»Ja«, rief Pasulke aus, »aber ich bin ein Blödmann, der dir was mitgebracht hat. Michaels besten Freund. Natschinsky und Schumacher sind doch schon ein paar Tage in der Schule zugange. Vorsortieren. Und jetzt meinen sie, ein gewisser Sebastian Verner wär stark fischig. Ich tät da mit mir mal hinfahren, wenn ich du wäre. Natürlich nur, falls du dich von deinen hochwichtigen Ermittlungen hier loseisen kannst.«

Kramer grinste.

Das Carl von Ossietzky-Gymnasium war eine Erweiterte Oberschule wie aus dem Bilderbuch. Jedenfalls von außen. Modern und alt geschickt vereint, geschmackvolle Sachlichkeit, alles wie aus dem Ei gepellt, mit Kieswegen im properen Schulpark. Ob der Laden Ossietzky gefallen hätte? Kramer wusste zu wenig über ihn.

Sie meldeten sich im Sekretariat an. Das Sekretariat war ein wenig ungehalten über nochmaligen Polizeibesuch, aber Kramer und Pasulke gingen auf die Ungehaltenheit nicht ein.

»Es ist die 11c«, sagte die ebenfalls geschmackvolle Sekretariatsleitung betont korrekt. »Pädagogischer Leiter der heutigen Unterrichtseinheit *Politische Ökonomie* ist Dr. Neff.«

»Pädagogischer Leiter?«, fragte Kramer Pasulke auf der Treppe zum dritten Stock. »Keine Lehrer mehr?«

»Sach ma, Rüdiger, manchmal muss ich mich schon sehr wundern. Der XIII. Parteitag der SED hat in aller wünschenswerten Klarheit festgestellt, dass die zügige Modernisierung unserer Bildungseinrichtungen –«

»Ach Scheiße, Jochen. Und deswegen heißen die Lehrer jetzt pädagogische Leiter?«

»Korrekt, Genosse Kramer.«

»Und wie heißen die Schüler jetzt?«

»Pädagogisch Leidende.«

»Blödmann.«

Klassenraum 251, 11c. Hinter der Tür quakte eine einsame Stimme vor sich hin. Klang wie ein Referat. Kramer klopfte an die Tür und öffnete sie, ohne auf eine Aufforderung zu warten. Er und Pasulke traten in die Blicke von schätzungsweise zwanzig Schülern und einem pädagogischen Leiter. Kramer hörte wie in Schultagen das seltsam bewegte und gespannte Schweigen der Klasse, wenn das Unerhörte geschah: ein Bruch in der Routine.

»Meine Damen und Herren, keine Aufregung«, sagte Kramer, »ich bin Oberleutnant Kramer von der Polizeiinspektion Friedrichshain, und das hier ist mein Kollege Leutnant Pasulke. Wir würden gerne an Ihrer heutigen Unterrichtseinheit teilnehmen. Genosse Pädagogischer Leiter, Sie haben doch nichts dagegen?«

Der pädagogische Leiter sah aus, als habe er ganz bestimmt etwas gegen die Polizeikarawane, die seit ein paar Tagen durch seine Schule und seinen Unterricht hindurchlatschte, aber er sagte nur resigniert: »Bitte.«

Als sich Kramer neben Pasulke auf einen der hinteren Plätze setzte, dachte er: Lehrer quälen, ganz offiziell. Mal was anderes. Thema war heute: Der Müller-Lohmann-Prozess und seine historische Rolle bei der Wiedervereinigung Deutschlands.

»Fahren Sie bitte … fahren Sie bitte fort, Herr Brinkmann«, sagte Dr. Neff mit einem unsicheren Seitenblick zu Kramer und Pasulke. Auch der Schüler Brinkmann schien sich seiner Sache nicht allzu sicher. Er zögerte leicht und verlas sich am Anfang oft.

»Die Systemkrise des westlichen Wirtschaftssystems hatte sich 1989 so verschärft, dass der endgültige Zusammenbruch unmittelbar bevorstand. Die BRD, die … die im Anschluss an die Weltwirtschaftskrise für zwei Jahre scharf sich verschlechternde ökonomische Indikatoren aufzuweisen gehabt hatte, litt zusätzlich unter der Last eines politischen Systems, das nicht einmal mehr den Anschein von einer Demokratie erwecken wollte und sich nicht von innen heraus erneuern konnte. Die politische Führung unseres Landes, die nach dem Tod des Staatsvorsitzenden, äh, Staatsratsvorsitzenden Honecker neu konstituiert worden war, erkannte in der revolutionären

Technologie des Müller-Lohmann-Prozesses sofort die Chance, den unter dem Staatsratsvorsitzenden Honecker schon in Angriff genommenen Prozess der Modernisierung und Erneuerung der DDR …«

So ging es weiter, bla-bla-bla, und Kramer war nach zehn Minuten zu dem irgendwie auch beruhigenden Schluss gekommen, dass sich trotz der »zügigen Modernisierung unserer Bildungseinrichtungen« nichts geändert hatte: Die Schulen waren nach wie vor die Tempel der Redundanz, und auch diese Schüler mussten erdulden, was er einst erduldet hatte. Brinkmann spulte offensichtlich ab, was er abspulen sollte, die Langeweile war Programm, und dass über der ganzen Veranstaltung noch der Tod von Michael Abusch schwebte, das Bewusstsein, dass einer fehlte, trug nur zur allgemeinen Depression bei.

»Die Volksabstimmung vom 3.10.1991 war dafür nur ein Beispiel.«

Wofür? Kramer hatte nicht zugehört. Wie früher auch.

»Der Unmut der Bevölkerung der neuen DDR über die Unklarheiten in der Markenfrage rief nach einer demokratischen Entscheidung. Es war schwer zu vermitteln, dass teilweise ein und dieselben Konsumgüter unter Verwendung verschiedener Namen, einmal West, einmal Ost, in die Regale eingestellt wurden, und so überließ die Führung der DDR der Bevölkerung selbst, wie das heißen sollte, was seit der Wende unter Hinzugewinnung der westlichen Produktionskapazitäten in unserem Land produziert und konsumiert werden sollte. Zitat *Neues Deutschland*, 4.10.1991 aus dem Leitartikel *Sieg der sozialistischen Demokratie.*«

Die Westler haben ganz schön gemotzt, erinnerte sich Kramer. Dass die Nobelschlitten aus Sindelfingen »Wartburg L« (L wie »Luxus«) getauft werden und dass im Westen hergestellte Produkte »Malimo«, »Fit« und »Florena Red-White« heißen sollten, auch wenn sie früher auf die Namen GoreTex, Pril und Mentadent C gehört hatten, stieß manchen sauer auf. Es kam sogar zu öffentlichen Boykottdrohungen, und dieser Unfug hörte erst auf, als auch dem verstocktesten Wessi klar wurde, dass die Qualität allgemein auf das Vorkrisenniveau West angehoben wurde, die Preise aber nicht. Auch im Osten war man damit zufrieden, dass »Heilpunkt Husten-Perlen« jetzt besser schmeckten, weil sie tatsächlich von einem Betrieb hergestellt wurden, der früher auch Haribo gemacht hatte. Die Frage nach der lustigsten Umbenennung war für Kramer übrigens immer leicht zu beantworten gewesen: »Prozac«, das Mode-Antidepressivum aus dem Westen, hieß jetzt in der ganzen DDR »Auf Zack«, und die VEB Pharmazeutische Wirkstoffe Bitterfeld, die den alten Hersteller geschluckt hatte, wurde vom Volksmund West und Ost einhellig nur noch »VEB Gehirnchemie« genannt.

»Danke, Herr Brinkmann«, sagte Dr. Neff.

Kramer stand auf und rief in die aufschrillende Pausenklingel hinein: »Vielen Dank, vielen Dank. Herr Sebastian Verner möchte doch bitte hier bleiben, wenn die anderen in die Pause gehen, wir würden uns gerne mit ihm unterhalten.«

Blond, schlank und gut aussehend, gab Verner das Bild eines jungen Aristokraten ab. Er lehnte mit eingeübter Grazie am Lehrerpult und strahlte eine umwerfende Arroganz aus, die auf Kramer wie Nervengift wirkte. Er bekam schon Kopfweh, wenn er diesen Jungen nur ansah. Kaum fünf Minuten hatte er mit ihm gesprochen, da fand er seinen Kinderwunsch von neulich durch und durch idiotisch.

»Du hast Michael Abusch gut gekannt?«, fragte Kramer.

»Sie«, antwortete Sebastian Verner.

»Was?«

»Ich würde es vorziehen, mit ›Sie‹ angesprochen zu werden.«

»Ah so, natürlich. Sie haben Herrn Abusch gut gekannt?«

»Ich war sein bester Freund, wie man so sagt.«

Kramer atmete tief durch. Bester Freund. Wie man so sagt.

»Wie war er denn so, der Michael? Ich würde mir gern ein Bild von ihm machen, wissen Sie?«

Sebastian Verner lächelte. »Michael war begabt.«

»Begabt? In welcher Hinsicht?«

»In vielerlei Hinsicht. Vor allem, was Computer anging.«

Jetzt war es an Kramer zu lächeln. »Ja. So sagt man.«

Pasulke, der mit dem Rücken zum Fenster hinter Sebastian Verner stand, rollte mit den Augen.

»Sagen Sie, Herr Verner – sind Sie in dieser Hinsicht auch begabt? Was Computer angeht? Sie haben doch beide bei einer Station Junger Techniker mitgemacht, nicht wahr?« Kramer wollte seine Stimme von Sarkasmus freihalten, aber es gelang ihm nicht ganz.

»Ich komme ganz gut zurecht, doch. Allerdings nicht so wie Michael.«

»Was wissen Sie über Polyplay?«, fragte Kramer.

Sebastians Lippen öffneten sich leicht, er blinzelte. »Sie meinen dieses Computerspiel? Michael war richtig versessen darauf. Er hatte da so eine Theorie.«

»Ach?«

»Ja. Er glaubte, es gebe außer den normalen Spielen noch andere. Oder zumindest ein anderes. So spezifisch war er mit der Anzahl der Spiele nicht. Jedenfalls mussten seiner Meinung nach hinter den acht normalen Spielen noch andere existieren. Die ›Geisterspiele‹ nannte er sie. Er wollte diese Spiele unbedingt finden.«

»Finden?«

»Genau. Wenn ich ihn richtig verstanden habe, war er überzeugt, dass es über die normalen Spiele irgendwie einen Zugang zu den Geisterspielen geben müsse. Irgendein besonderes Level oder eine Kombination bestimmter Umstände oder eine bestimmte Punktzahl, irgendwas. Ich habe ihn ein paarmal gefragt, warum er das glaubte, aber darauf hat er mir keine richtige Antwort gegeben. Wenn Sie mich fragen, war diese ganze Theorie ein Täuschungsmanöver.«

»Wie das?«

»Ich weiß nicht, ob Sie Polyplay kennen. Es ist wirklich primitiv, ein Spiel für Idioten.«

Kramer vermied es, Pasulke anzusehen.

»Es stammt aus einer Ära, in der Computer für richtige Spiele noch nicht leistungsfähig genug waren. Michael war süchtig nach Polyplay, aber er wollte sich das nicht eingestehen und phantasierte sich geheimnisvolle ›Geisterspiele‹ zusammen, nach denen er angeblich mit viel Aufwand suchte. In den letzten Wochen redete er fast nur noch davon. Es wurde lästig. Vor etwa einer Woche rief er mich aufgeregt an und erzählte mir, er habe eine Entdeckung gemacht. Er müsse mir das unbedingt zeigen, könne aber am Telefon nicht darüber reden.«

»Und?«

»Nichts und. Ich erklärte ihm, ich sei nicht interessiert. Und ich war es auch nicht. Ich muss zur Zeit an meinen schulischen Leistungen arbeiten, und ich hatte keine Lust auf Michaels Spinnereien. Schließlich wollte ich in der Schule nicht so aussehen wie er. Michael legte einfach auf. Dann kam er zwei Tage nicht zur Schule, was in letzter Zeit auch öfter vorgekommen war, und dann hörte ich von seinem … erfuhr ich, dass er tot war.«

»Sie haben nicht herausgefunden, was es mit dieser Entdeckung auf sich hatte?«

»Nein. Es fehlte mir auch der Ehrgeiz dazu.«

»Irgendeine Vermutung?«

»Michael wollte mir weismachen, er habe die Geisterspiele gefunden.«

»Die es Ihrer Meinung nach nicht gibt.«

»Ich habe dazu keine besondere Meinung. Selbst wenn es sie gibt, na und? Höchstwahrscheinlich genauso dürftiges Zeug wie die normalen Spiele. Interessiert mich nicht.«

Kramers Kopfweh war mittlerweile ziemlich unangenehm. Er rieb sich die Stirn – möglichst unauffällig, aber den aufmerksamen Augen von Sebastian Verner entging es nicht. Mit diesem altklugen Kind zu kämpfen war eine Qual.

»Gut«, sagte Kramer. »Sie hören von uns.«

Sebastian stand auf. Er war schon beinahe aus der Tür hinaus, als Kramer ihn noch einmal zurückhielt.

»Herr Verner! Verstehen Sie eigentlich etwas von Kryptographie?«

Auch das brachte den jungen Grafen nicht aus dem Gleichgewicht.

»Kryptographie? Nicht viel. Ich spiele derzeit sowieso nicht so viel an Computern herum. Die Schule geht vor, wie gesagt. Warum fragen Sie?«

»Nur so ein Gedanke, Herr Verner. Schönen Tag noch.«

»Boah«, sagte Pasulke im Auto. »Was ein Kotzbrocken.«

»Klingt plausibel, was er sagt«, bot Kramer an.

»Und ist trotzdem alles Scheiße«, gab Pasulke zurück.

»Du sagst es. Hast du gemerkt? Kryptographie hat nicht immer was mit Computern zu tun. War aber sein erster Gedanke.«

Der Verkehr in Berlin wurde immer schlimmer. Das kam von der allgemein hohen Lebensqualität. Wenn auch die öffentlichen Verkehrsmittel konkurrenzlos günstig blieben, wollten doch die meisten was Eigenes. Seitdem sich die neuen Brennstoffzellen mehr und mehr durchsetzten, konnte man nicht einmal mehr behaupten, das Autofahren verschmutze die Umwelt. Das Gewissen der Besitzer war so rein wie die Abgasbilanz ihrer Motoren, und Kramer sah den Tag voraus, an dem ganz Berlin rund um die Uhr im Stau stehen würde – mit Autos, aus deren Auspuff nichts als Wasser kam. Es war noch nicht so schlimm wie in Westberlin vor 1987, aber bald hatte die Hälfte der DDR-Bewohner ein Auto, und das waren nicht die Trabbis und Wartburgs von einst, sondern richtige Schlitten mit allen Schikanen. Warum Kramer selbst nicht U-Bahn fuhr? Er dachte stattdessen daran, seinen BMW auf Brennstoffzelle umrüsten zu lassen.

Er beschloss, nicht daheim zu Abend zu essen, sondern in einer der kleinen polnischen Suppenküchen, die in den letzten Jahren wie Pilze aus dem Boden geschossen waren. Die Polen hatten den Schnellspeisemarkt im Osten Berlins fest in der Hand, abgesehen von den paar Vietnamesen, die mit ihnen konkurrierten. Kramer mochte, was die Polen anboten. Wie gut, dass die Cotheniusstraße direkt an seinem Heimweg lag: Dort gab es einen kleinen Fressladen neben dem andern. Der Form halber waren alle diese Läden in PGHs zusammengefasst. Diese Genossenschaften mussten auch Pläne und Gegenpläne aufstellen und waren nach oben rechenschaftspflichtig. Aber de facto war der einzelne Garküchenbesitzer autonom, solange er den Oberflächensozialismus nicht in Frage stellte und seine Steuern zahlte. Kramer aß eine Biersuppe mit Sahne und Weißkäse und blätterte dazu eine polnischsprachige Zeitung durch (in der DDR gedruckt), von der er kein Wort verstand. Der Suppenkoch wünschte ihm einen guten Abend.

Als er auf die Straße trat, empfing ihn ein überraschender Anblick. Fünfzig Meter vom Ausgang des Restaurants entfernt hatte sich eine ziemliche Menschenmenge angesammelt. Der Mob wirkte ungewöhnlich dunkel und dicht, und während Kramer noch zögerlich darauf zulief, zersprang die angespannte Stille mit einem schneidenden Geräusch, das wie eine Mischung aus Kreissäge und Düsentriebwerk klang. Als er am Perimeter des Pulks ankam, wurde alles klar: Die Leute sahen nach oben, zu einem Mann mit Elektrogitarre, der auf dem Absatz einer eisernen Treppe stand und den Menschensalat zu seinen Füßen mit großer Gelassenheit betrachtete.

Der Mann hatte seine dick verfilzten Haare zu einem wulstigen Nest zusammengebunden. Er trug eine Lederhose und einen schwarzen Pullover mit einem großen, fünfzackigen roten Stern. Irgendwie konnte Kramer sich trotzdem nicht vorstellen, dass der Gitarrist ein braves FDJ-Mitglied war. Er hatte natürlich längst begriffen, dass das hier ein »NKO-Konzert« sein musste. Die Regierung lockerte seit einiger Zeit auch in der Kunst die Zügel und nannte diese Politik NKO: Neue Kulturelle Offenheit. Das bedeutete, dass hin und wieder größere Zusammenrottungen erlaubt wurden, die vorgaben, einem künstlerischen Interesse zu dienen und dem staatlichen Kulturprogramm nicht allzu direkt widersprachen.

Die Menschenmenge um ihn herum war ihm so dunkel und kompakt erschienen, weil hier fast jeder schwarz trug. Er sah ein paar schwarze Punk-Hahnenkämme, schmale Figuren mit schwarzen ponchoartigen Umhängen und langen Stöcken in der Hand, die ihm neu waren, und Grufties mit bleichen Gesichtern und Ankh-Kreuzen um den Hals.

Kramer befand sich mitten in einem Auflauf oppositioneller Jugendlicher. Mit seinem hellen Malimoblouson und seinen Jeans kam er sich ziemlich fehl am Platz vor, etwa wie ein Spitzel, den man nicht über die herrschende Kleiderordnung aufgeklärt hatte. Er hatte ein mulmiges Gefühl und erkannte ziemlich schnell den Grund dafür. Die Szenerie erinnerte ihn entfernt an den unangenehmsten Polizeieinsatz, den er je mitgemacht hatte: die Räumung der Mainzer Straße im November 1990. Damals, nach dem Tod dieses 17-jährigen Hausbesetzers, hatte er daran gedacht, alles hinzuschmeißen. Jetzt war seine Neugier stärker.

»Also gut, Leute«, sagte der Gitarrist, und seine verstärkte Stimme drang mühelos überallhin, »geht gleich los.«

Kramer drehte sich noch einmal kurz um, in die Richtung, aus der er gekommen war, und er fand den Fluchtweg von Kollegen versperrt. Vorsorglich hatten sie Helme, Knüppel und Schilde mitgebracht und eine ganze

Menge Mannschaftswagen und Gefangenentransporter auch. Wo waren die so schnell hergekommen? Gute Organisation ist alles, dachte er. Einige FDJ-Ordnungsgrüppler und Helfer der Volkspolizei waren auch dabei. In den Nebenstraßen mochten zwei oder drei Wasserwerfer mit laufendem Motor warten: Die Neue Kulturelle Offenheit fand unter Aufsicht statt.

Dann ging es wirklich los, und wie. Der Gitarrist schrubbte seine Saiten, dass die Wände wackelten. Wie Kramer erst nach einiger Zeit erkennen konnte, hatte er auch noch einen Freund mitgebracht, der die rostige eiserne Treppe als Schlagzeug benutzte, und so wummerten und schepperten sich die beiden innerhalb weniger Minuten in einen Krachtaumel hinein, der kein Auge trocken ließ. Jedenfalls nicht bei Kramer. Die Menge um ihn herum nahm das Kulturangebot eher gelassen wahr, aber Kramer war schon bald kurz davor, sich die Ohren zuzuhalten und wegzulaufen.

Andererseits, und das erstaunte ihn, gefiel ihm der Krach. Kramer war ein Mensch mit wenig ausgeprägtem Musikgeschmack. Malerei und Literatur waren ihm immer wichtiger gewesen, teilweise so wichtig, dass es seine Kollegen befremdete. Seine Plattensammlung war sehr bescheiden, und er behandelte sie stiefmütterlich. Er hatte bisher ganz gewiss wenig Kontakt zu einer Musik wie dieser gehabt, aber je länger der Exzess dauerte, desto besser gefiel er ihm. Die Musik war so laut, dass sie unmittelbar körperliche Auswirkungen hatte. Das schrille Gefiepe auf den letzten Gitarrenbünden kreischte in seinen Ohren wie eine Stahlfräse, die Bässe gingen ihm in den Magen, das Gedengel auf der Treppe mit Steinen, Eisenstangen und normalen Trommelschlegeln traf seinen Körper wie leichte Schläge. Weltuntergang für Fortgeschrittene, und zwar mit Gitarre und Eisentreppe in C-Dur: C wie Chaos.

Chaos? Eher nicht. Endlich ging auch die Menge mit, und die komplizierten Schwankbewegungen, die die Leute zu der Musik ausführten, machten den komplexen Rhythmus des Krachs deutlich, wie eine schwarze Wasseroberfläche, die in unregelmäßigen Abständen von Windböen überzogen wird. Richtig tanzen konnte man dazu natürlich nicht, aber einige versuchten es, auch eine Frau gleich neben ihm. Ihre Bewegungen waren sehr geschmeidig, und auf eine unerklärliche Weise traf ihr Tanz den Charakter der Musik genau. Sie schien mit deren Struktur im Einklang, jede Stimmungsänderung, jeden Effekt, jeden Wechsel der Tonart kommentierte sie mit einer passenden Geste. Meine Güte, dachte Kramer, meine Güte. All das war ihm unheimlich, aber er konnte kaum wegsehen, und wenn er es doch tat, merkte er, wie sein eigener Körper nach Wegen suchte, mit dieser Musik umzugehen. So ging das eine Weile.

Etwa zwanzig Minuten hatte das Konzert gedauert, da kam eine neue

Bewegung in die Menge, eine andere, zielgerichtetere. Jetzt waren auch Schreie zu hören. Kramer verstand überhaupt nicht, was geschah, aber er wurde von der andrängenden Menge weggeschoben wie von einem schwarzen Handschuh, und nach ein paar Metern sah er ein, dass er laufen musste, um nicht überrollt zu werden. Es roch nicht mehr nach ekstatisch-gemütlichem Schweiß, wie noch einige Minuten zuvor, jetzt lagen Panik und Gewalt in der Luft. Plötzlich brach die Musik ab, und die Straße war voller Gebrüll. Wo liefen sie hin? Auf die Polizeiketten zu, die sich ihnen mit gehobenen Schilden und Schlagstöcken in den Weg stellten. Als die Menge auf die Polizistenphalanx prallte, sausten sofort die Knüppel auf sie nieder, aber die Nachdrängenden schoben die Vorderfront einfach weiter, die Polizeikette brach, und Kramer, der als einer der Ersten mit durchgeschoben wurde, sah von den Mannschaftswagen weiter hinten Kollegen abspringen, bereit, die Flüchtenden zu empfangen. Kramer lief automatisch weiter, bis er umgerissen wurde.

»Ich bin Polizist!«, schrie er, auf dem Boden liegend, während mindestens zwei seiner Kollegen auf ihm knieten. »Aufhören! Polizeiinspektion Friedrichshain! Oberleutnant Kramer! Polizeiinspektion Friedrichshain!«

Jemand wühlte in seiner rechten Jackentasche und zog den Geldbeutel heraus. Dann eine Stimme: »Aufhören! Es stimmt, er ist Polizist!«

Kramer rappelte sich auf, geholfen wurde ihm dabei nicht. Er suchte nach der Hand, die seinen Geldbeutel hielt, und fand sie. Ungeschickt steckte er sein Eigentum wieder ein und hoffte, dass es vollständig war.

»Was denn hier los? Alle verrückt geworden, oder was?«, keuchte er mühsam.

Seine Kollegen sahen ihn schweigend an. Hinter ihnen war eine wüste Schlägerei im Gange. Polizisten prügelten sich mit Konzertbesuchern, Konzertbesucher prügelten sich mit Leuten, die Kramer bisher überhaupt noch nicht wahrgenommen hatte: grüne Bomberjacken, kurze Haare, Jeans, Springerstiefel. Wo kamen die Skins denn plötzlich her? Und dann sah er, wie zwei Polizisten aus dem dicksten Getümmel eine Frau wegzogen, die Kramer wegen ihrer hellen Kleidung sofort auffiel. Sie sah in seine Richtung. Es war Katharina Abusch. Kramer war verblüfft, und das half ihm, wieder zu sich zu kommen.

»Einsatzleitung«, sagte Kramer und wischte sich die Haare aus der Stirn. »Wo ist die Einsatzleitung?«

»Und was haben Sie hier eigentlich zu suchen?«, knurrte ihn einer der Bereitschaftspolizisten an. »Dienstlich oder privat hier?«

»Zufällig«, keuchte Kramer, immer noch außer Atem. »Ich bin zufällig in das Konzert hineingeraten. Ich will wissen, was los ist.«

Der Bereitschaftspolizist trat einen Schritt auf Kramer zu. Er hielt seinen Knüppel immer noch in der Hand. »Ich gebe Ihnen einen guten Rat, Genosse Oberleutnant. Gehen Sie nach Hause.«

Kramer verstand zwar immer noch nicht, was hier gespielt wurde, aber er merkte, dass er nicht erwünscht war. Die Flüche, die ihm auf der Zunge lagen, schluckte er runter, während er davontaumelte. Sein Auto vermutete er in der Kampfzone, deswegen kümmerte er sich erst gar nicht darum. Eine Nebenstraße weiter wischte er sich noch einmal die Haare aus der Stirn. Erst da bemerkte er, dass er blutete.

»Wie siehst du denn aus?«, fragte Anette erschrocken, als er ins Wohnzimmer kam.

Kramer grinste. »Ich war auf einem Konzert.«

Die Abendnachrichten erzählten von dem Aufruhr nichts.

Kölner Passion

Das Büro von Major Achim Lobedanz war sehr ordentlich. Die Möbel waren ein bisschen moderner als einen Stock tiefer, und alles war auch ein bisschen sauberer. Hier gingen eben nicht so viele Leute aus und ein, und wenn doch Besuch da war, benahm er sich. An den Wänden hingen die Verleihungsurkunden zu den wichtigsten Orden, die Lobedanz bekommen hatte: »Ehrenzeichen der Deutschen Volkspolizei«, »Medaille für treue Dienste in der Deutschen Volkspolizei«, »Verdienstmedaille der DDR«, »Verdienstmedaille der Organe des Ministeriums des Innern« (in Gold) usw. usf. Die dazugehörigen Klunker hingen an Lobedanz' Ausgehuniform, die er so gut wie nie anzog – und wenn doch, dann sah er darin peinlich aus.

Auch auf dem Tisch fanden sich die Spuren eines Lebens im Dienste von Recht, Ordnung und der sozialistischen Menschengemeinschaft: Da war einmal die gläserne rote Fahne, die Kramer auch bei der Majorin Schindler gesehen hatte. Außerdem gab es einen hölzernen Arm mit geballter Faust, der ein wenig an eine Prothese erinnerte. Wie Kramer wusste, handelte es sich dabei um ein Geschenk äthiopischer Polizisten aus der Mengistu-Ära an den Polizeipräsidenten von Berlin, das dieser zu hässlich gefunden und Lobedanz aufgenötigt hatte. Zu guter Letzt stand auch noch eine verkleinerte Replik des bekannten *Kalle und Fritze*-Denkmals vom Marx-Engels-Forum auf dem Schreibtisch, in schwarzem, weiß geädertem Marmor: ungefähr 6000 ccm^3 schlechter Geschmack. Hätte das Teil eine passende Vertiefung besessen, hätte man es als Aschenbecher benutzen können; so diente es Lobedanz nur als zuverlässiger Briefbeschwerer. Er hatte Kramer einmal damit überrascht, dass er sagte: »Furchtbarer Kitsch, nicht?«

Kramer hatte damals noch nicht gewusst, was er von Lobedanz zu halten hatte, und die Wende war noch nicht lange her gewesen. Also hatte er nur geantwortet: »Na ja …«

Hier oben konnte man interessanterweise die Fenster wirklich öffnen, ein Detail, das Kramer bisher entgangen war.

Lobedanz war trotzdem ausgesprochen schlecht gelaunt.

»Diese Abusch-Sache. Habt ihr da jetzt mal was? Ich meine, abgesehen von fehlgeschlagenen Eildurchsuchungen und Abstechern in die NKO-Szene?«

Kramer sah Pasulke kurz an. Der hatte auch zur »Lagebesprechung« antanzen dürfen.

»In dieses Konzert bin ich aus Versehen reingeraten. Und was die Genossen von der Bereitschaftspolizei da fabriziert haben, war astreine Scheiße. Wie damals in der Mainzer Straße.«

Ob das klug gewesen war, dieser Nachsatz? Kramer dachte kurz daran, auch die Anwesenheit von Katharina Abusch bei dem Konzert zu erwähnen, ließ es dann aber bleiben. Er war sich nicht mehr sicher, ob es wirklich sie gewesen war, die er gesehen hatte.

Lobedanz sagte langsam: »Rotring. Das war auch astrein, mein Lieber. Und was würdest du für ein Gesicht machen, wenn dir ein Kollege von der BP mit seinen Riesenlatschen in deine Ermittlungen reinspringt? Du würdest ihm raten, sich zu verziehen. Genau das hast du zu hören gekriegt. Gleiches Recht für alle.«

Diesmal vermied es Kramer, Pasulke anzusehen. Lobedanz hatte die Aktion mit den zwei Deppen vor dem Chinarestaurant mitgeschnitten. Gar nicht gut. Wirklich gar nicht gut.

»Aber lassen wir das. Ich will nur wissen, ob ihr Fortschritte macht.«

»Fortschritte ist zu viel gesagt«, antwortete Kramer in einem diensteifrigen Tonfall, der ihm selbst nicht gefiel. »Langsam krieg ich einen Plan, worum es eigentlich gehen könnte. Der große Rahmen ist Computerkriminalität. Aber was genau, wer mit wem und vor allem warum: keine Ahnung. Was die Sache mit der Hausdurchsuchung bei Abuschs angeht, kennst du ja meine Meinung. Ich denke immer noch, wir sollten mal nach diesem Rechner sehen. Merz denkt übrigens genauso.«

Kramer machte eine kurze Pause und überlegte, ob es fair war, Merz so zu vereinnahmen. Doch, fand er dann. War schon in Ordnung.

»Und dieser Verner weiß mehr als er sagt. Das ist amtlich. Ich denke, wir sollten uns den mal ernsthaft vorknöpfen. Vielleicht fällt was aus ihm raus, wenn wir ihn kräftig schütteln. Im übertragenen Sinne.«

Lobedanz warf seinen Kugelschreiber auf den Schreibtisch. »Im übertragenen Sinne. Soso. Dieser Verner ist Parteiadel, wisst ihr beiden das eigentlich? Carl von Ossietzky-Gymnasium, wenn ihr versteht. An dieser Schule gibt es fast nur Parteiadel. Wenn wir da nicht vorsichtig sind, kriegen wir Ärger, den könnt ihr euch gar nicht vorstellen. Ich finde das furchtbar, aber ich kann's nicht ändern.«

Kramer konnte diese Melodie nicht mehr hören. »Sollen wir jetzt ermitteln oder das Lied von der Partei singen?«

Daraufhin war es eine Weile still. Alle schauten ein wenig drein, als habe Kramer einen fahren lassen.

»Also gut«, sagte Lobedanz. »Was meinst du, Jochen?«

»Rüdiger hat schon Recht. Wenn wir bei Katharina Abusch gar nichts machen dürfen, ist komplette TK-Überwachung bei Sebastian Verner das Mindeste. Telefon, Internetz, Fax, alles. Der hat Dreck am Stecken, Chef.«

Lobedanz stöhnte. »Noch was?«

»Ja«, sagte Kramer schnell, »wir müssen nach Köln.«

»Nach Köln?«, fragte Lobedanz. »Karneval war aber schon, oder?«

»Polyplay wurde vom VEB Polytechnik Karl-Marx-Stadt hergestellt. Im Zuge der Umstrukturierung unserer sozialistischen Wirtschaft und besonders jener Sektoren, die für den wissenschaftlich-technologischen Fortschritt relevant sind, hat die Polytechnik aber rübergemacht. Heißt jetzt VEB Spielgeräte Fritz Theilen. Sitzt in Köln. Mit denen würde ich mich gern mal bereden. Über Geisterspiele und so 'ne Sachen.«

»Und das geht nicht per Telefon? Oder per Videokonferenz?«

»*Manches muss man sich persönlich anschauen*. Ihre Rede, Chef.«

»Mann, Mann, Mann«, sagte der Major Achim Lobedanz. Und dann: »Haut schon ab.«

Die »Deutsche Reichsbahn« hieß jetzt nicht mehr so. Nach der Wiedervereinigung hatte die DDR die »Deutsche Reichsbahn« in »Sozialistische Verkehrsbetriebe Bahn«, kurz SVB, umbenannt. Nicht alle fanden den neuen Namen gelungen, im Volksmund hieß das Unternehmen »die Bahn«. Trotzdem prangte auf dem Dach des Ostbahnhofs der Schriftzug: »SVB Ostbahnhof Berlin«. Direkt darunter hing ein gigantisches Plakat, auf dem zu lesen war: »Roter Mars 2019«. Das hatte nichts damit zu tun, dass man jetzt mit der Bahn zum Mars fahren konnte: Im Ostbahnhof selbst und im anliegenden Postbahnhof fand gerade eine Ausstellung zu den Marsplänen der DDR statt. Wie Kramer fand, erinnerte die sozialistische Ornamentik auf dem Plakat stark an den Weltraumkitsch aus den frühen Sechzigern. Irgendwie war den Genossen Grafikern noch nichts richtig Neues eingefallen.

Der Bahnhof war nach einer mehrjährigen Renovierung gerade wiedereröffnet worden. Alles war so neu, dass es beinahe unecht wirkte; durch die Raumfahrtexponate wurde dieser Eindruck noch verstärkt. An ausgebrannten alten Sojuskapseln, interaktiven 3D-Schirmen und vielen aufgeregten Vätern mit vielen aufgeregten Kindern vorbei bahnten sich Kramer und Pasulke ihren Weg. Wenn sie etwas mehr Zeit gehabt hätten, wäre Kramer da und dort stehen geblieben, Weltraum hatte ihn schon immer interessiert. Aber sie waren in einen Stau geraten, und der Zug würde in fünf Minuten abfahren. Eigentlich hätte auch Merz mit dabei sein sollen, aber der war krank, und so blieben sie bei ihrer Köln-Expedition auf sich gestellt, zumindest, was den Computersachverstand anging. Kramer kaufte an einem Kiosk noch schnell die *Tageszeitung* (Berlin-Ausgabe), und dann mussten sie laufen, um den Zug nicht zu verpassen.

Wie erwartet, stand der MSE Clara Zetkin längst abfahrbereit. Die DDR hatte es sich aus lauter Jux und Dollerei geleistet, ein Magnetschwebenetz zu bauen, wie es in Westdeutschland mit dem »Transrapid-Projekt« geplant gewesen war. Dieses zweite Bahnnetz hatte Unsummen gekostet, und sein Ausbau verschlang jährlich noch immer Milliarden, aber das Ergebnis konnte sich wirklich sehen lassen. Die flachen, aerodynamischen Züge wirkten wie aus der Zukunft, ganz besonders in diesem neuen Bahnhof. Der Volksmund nannte die Magnetschwebezüge »Chromflundern« – ein wenig übertrieben, denn sie waren eher grau wie gebürstetes Aluminium. Die Außenhaut wurde von der SVB übrigens als »verschleißfrei« beschrieben.

Kramer drückte auf den Knopf der Verriegelung, und die massive Druckkabinentür glitt mit einem leichten Zischen zur Seite. Kramer und Pasulke ließen sich in ihre Sitze fallen. Eine Zugbegleiterin, die wirklich ausnehmend hübsch war, fragte sie nach ihren Wünschen. Kramer wünschte ein Mineralwasser, Pasulke ein Bier zur besseren Verdauung seines Frühstücks. Kramer konnte nicht umhin, der Zugbegleiterin hinterherzuschauen: Ihre Beine waren wohl geformt.

Pasulke sagte: »Oh, oh, Glubschaugenalarm.«

»Tja, bei mir gibt's extra Alarm, bei dir sind die Glubscher Standard.«

»Pah«, sagte Pasulke und schaute zum Fenster hinaus.

Kramer schlug seine Zeitung noch nicht auf, denn die Zugbegleiterin würde ja noch die Getränke bringen, und er wollte ihr dann unbedingt dabei zusehen. Der Zug glitt wie von Engeln getragen aus dem Bahnhof hinaus. Fahrzeit Berlin-Köln: 2 Stunden, 45 Minuten.

Die Fahrt wurde dann doch nicht so angenehm wie erhofft. Schon auf der Höhe von Braunschweig hatte sich ein Mitreisender so zugesoffen, dass er zu randalieren begann. Als die hübsche Zugbegleiterin ihm nicht noch ein Bier bringen wollte, hielt er seine Stunde für gekommen. Er stand im fahrenden Zug auf, stellte sich in den Mittelgang und rief ihr hinterher:

»Ick bin der Sekretär für Wissenschaft, Volksbildung und Kultur der … Bezirksparteiorganisation Berlin der … Sozialistischen Einheitspartei … Deutschlands! Und wenn ick sahre, wenn ICK sahre, ick will 'n BIER, dann krieje ick 'n BIER! Ham'se mir verstandn, Frollein? Hä!?«

Das »Frollein« war schon weit außer Reichweite und dachte wohl ohnehin nicht daran, den Bedürfnissen des Genossen Sekretärs für Volksbildung undsoweiter zu entsprechen. Als der begriff, dass er auf sein Bier würde verzichten müssen, machte er sich anders lustig. Er sang:

»Die Partei, die Partei, sie hat immer Recht
und Genossen, es bleibe dabei,
wer da kämpft für das Recht, der hat immer Recht
gegen Lüge und Ausbeuterei.
Wer das Leben beleidigt, ist dumm oder schlecht,
wer die Menschen verteidigt, hat immer Recht
So, aus Leninschem Geist, wächst, von Stalin geschweißt,
die Partei, die Partei, die Partei!«

Kramer glaubte, sich zu verhören. Aber nein, es war alles wahr und wirklich. »Das Lied der Partei«. Niemand regte sich. Niemand fuhr dem Sekretär in die Parade. Er amüsierte sich königlich, lief mit erhobenem Zeigefinger auf dem Mittelgang hin und her und rezitierte immer noch einmal zentrale Passagen des Liedes, das er soeben zum Besten gegeben hatte. Damit andere auch was davon hatten, sprach er sie direkt an, um ihre Meinung zu seiner Show zu erfahren:

»... die Partei, sie hat immer Recht, oder?«, hörte Kramer ihn schwadronieren. »Wat meenste, Dickerchen, is det ooch wahr? Ick denk ja schon, aber wat so 'n Penner wie du is, det sieht mir janz nach kleenem Konterrevolutionär aus. Hihi!«

An Kramers und Pasulkes Sitzbank angekommen, war seine pädagogische Energie noch immer nicht verpufft. Kramer starrte in seine Zeitung und bebte vor Wut. Pasulke tat so, als würde ihn die vorbeirauschende Landschaft mächtig interessieren. Die Fahne des Sekretärs war toxisch, denn er hatte nicht nur gesoffen, sondern auch Zwiebeln gegessen. Außerdem schwitzte er wie ein Schwein.

»Na, ihr zwee Süßen? Ihr kleenen Schwuchteln, ihr? Wo wollt ihr'n hin? Seid ihr ooch schon alt jenuch für Bahnfahrn? Oder braucht ihr noch wat von der Bahnhofsmission?«

Kramer blätterte seine Zeitung um. Pasulke schaute weiter nach draußen. Der Betrunkene schwankte noch ein Weile neben ihnen hin und her, dann sagte er »Olle Spielverderber« und suchte sich neue Opfer. So ging das eine gute halbe Stunde. Dann setzte er sich wieder auf seinen Platz, wo er fröhlich ein Liedchen nach dem andern trällerte; allerdings beschränkten sich seine Darbietungen jetzt nicht mehr nur auf sozialistisches Liedgut, sondern er schob hin und wieder auch einen unpolitischen Schlager ein: »La Paloma« zum Beispiel, oder »Auf der Reeperbahn nachts um halb eins«, oder »Es gibt kein Bier auf Hawaii«. In Kassel holten ihn dann zwei Transportpolizisten aus dem Zug. Kramer beobachtete die Genossen bei der Arbeit und staunte: Sie gaben sich äußerst milde. Sie wirkten überhaupt nicht wie seine Kollegen in Berlin, sondern eher wie die Polizisten eines besetzten Landes.

»Genosse Bezirkssekretär«, sagte der eine, »kommen Sie bitte mit. Sie sind betrunken und stören die anderen Fahrgäste. Wir müssen Sie mitnehmen.«

»ICK?«, schrie der Sekretär. »ICK, besoffen? Ick bin der Sekretär für Wissenschaft und Volksbildung ... und Kultur ... und ick bin nich besoffn! Ick lass mir doch von euch Scheißwessis nich beleidijen. Finger weg! Loslassen!«

Die Trapos zogen den Sekretär so sanft wie möglich aus dem Sitz, und als er merkte, dass sie unnachgiebig blieben, setzte er sich nicht mehr zur Wehr, sondern maulte nur noch herum.

Schade, dachte Kramer, der hätte eins auf die Fresse gebraucht. Den ganzen Rest der Fahrt war er schlecht gelaunt. Es half ihm auch nicht, als er den Grund dafür erkannte: Er schämte sich nämlich für den Genossen Bezirkssekretär.

Am Bahnhof in Köln wurden sie von der Fahrbereitschaft des Präsidiums abgeholt. Der Vopo-Mercedes glänzte wie neu, und der Fahrer hielt Pasulke und Kramer die Türen auf. Sein Verhalten wirkte, als sei es ihm kürzlich antrainiert worden. Der Weg durch Köln war noch mühsamer als der durch Berlin. In Westdeutschland gehörte ein eigenes Auto wohl noch mehr dazu als im Osten. Kramer war erst einmal im Westen gewesen, kurz nach der Wende. Das Gemisch aus übertriebener Hoffnung und kleinlicher Besitzangst, dieser offensichtliche Wunsch, sich den Pelz zu waschen, ohne nass zu werden, die Gier nach Müller-Lohmann-Energie bei gleichzeitigem Hass auf alle Roten, das alles hatte ihm nicht gefallen. Er fand das Vorurteil seiner Landsleute im Osten fast bestätigt: Diesen Wessis musste man bloß ein paar kubanische Bananen hinhalten, und sie tanzten den Sozialismus. Ihm schien der Verdacht berechtigt, dass ein höheres Gebot von anderer Seite mit der gleichen falschen Loyalität und Unterwürfigkeit belohnt werden würde.

Als er jetzt im Fond eines bequemen Wagens durch Köln rollte und über seine damaligen Gefühle nachdachte, fand er sie fragwürdig: Erst kommt das Fressen, dann die Moral, hatte Brecht gesagt. Die Westdeutschen hatten nichts mehr zu fressen gehabt und die Moral der Sieger in der Systemkonkurrenz angenommen. Wer wollte es ihnen verübeln? Seinen Standpunkt hätte man auch als einen Luxusstandpunkt begreifen können: Er hatte in einer gesicherten Position in der DDR gelebt, während im Westen 1987 die Lichter ausgegangen waren. Woher nahm er die Arroganz, sich moralisch erhaben zu fühlen?

Und dennoch: Das Gefühl der »Einheit«, das von der Führung ständig beschworen wurde, wollte sich bei der Fahrt durch Köln nicht einstellen.

Obwohl hier schon überall die unvermeidlichen Transparente zum 1. Mai hingen, obwohl die Straßen nicht viel anders aussahen als in Berlin, fühlte er sich fremd. Vielleicht lag es daran, dass Bonn so nah war. Dort hatte die BRD immerhin vierzig Jahre lang ihren Regierungssitz gehabt. Es gab ja angeblich immer noch Wessis, die Bonn für die Hauptstadt Deutschlands hielten, und das zehn Jahre nach der Wende. Kramer bildete sich ein, in Köln rieche es katholisch: Der Kölner Dom überragte das Stadtbild während der ersten Minuten der Fahrt wie ein künstliches Gebirge.

Im Grunde wusste er: Ganz Westdeutschland war anders als der Osten. Das ließ sich an vielem festmachen. Ein kleines Beispiel, das auch mit dem Einfluss der Kirchen zu tun hatte: Die »Jugendweihe« war in Westdeutschland nicht sehr populär, und wo sie doch gefeiert wurde, hatten meistens Pfaffen die Oberaufsicht. Was den Neofaschismus anging, so war auch darin der Westen eine ganz andere Hausnummer als der Osten: In industriellen Ballungsräumen, die die Wirtschaftskrise von 1987 besonders hart getroffen hatte (Ruhrgebiet, Saarland, Schwaben), aber auch vielerorts auf dem flachen Land, waren die Neonazibanden ausgesprochen stark. Manchmal sympathisierte die Westpolizei offen mit ihnen, so dass eine stärkere Kontrolle aus den Bezirkshauptstädten und Berlin notwendig wurde.

Gegen seinen Willen wurde Kramer vom Fahrer in ein Gespräch über das Wetter hineingezogen. Er machte fein Männchen, weil er nicht für einen arroganten Ossi gehalten werden wollte, und als Pasulke unaufgefordert die Schauermär vom Bezirkssekretär zum Besten gab, merkte Kramer, dass auch sein Vize so dachte. Sie baten den Fahrer, auf dem Firmenparkplatz zu warten, und er sagte: »Selbstverständlich.«

Kramer schaute hoch zum First des grauen Fabrikgebäudes. Er hatte sich über die Firma kundig gemacht, so gut es ging. Der Betrieb hatte vor der Wende Leiterplatten hergestellt, die hauptsächlich in sprechendem Spielzeug aus Fernost zum Einsatz gekommen waren. Die Planungskommission hatte den Betrieb mit beträchtlichen Schulden in Treuhand genommen, und selbst die verstocktesten Reaktionäre in der Arbeiterschaft gaben zu, dass dies seine Rettung gewesen war. Jetzt stellte er die Innereien für die beliebte »Freundschaft«-Computerkonsole her, die in der neuen DDR Standard war und an die Kunden im Ausland ging, die sie bezahlen konnte.

Einen ehemaligen Kölner Edelweißpiraten zum Namenspatron für eine Spielzeugfabrik zu machen, hatte noch einmal für böses Blut gesorgt: Im Westen waren die Edelweißpiraten selten einmütig abgelehnt worden, und auch in der DDR hatten sie eher Unbehagen als Begeisterung hervorgerufen. Manchem Parteibonzen wäre es lieber gewesen, es hätte sie gar nicht gegeben, denn sie waren bis auf Ausnahmen keine Kommunisten gewesen und hatten doch die Nazis aus einer Situation heraus bekämpft, die aussichtslos zu nennen Schönmalerei gewesen wäre. Aber durch irgendeinen Kniff in den verworrenen Vorgängen zur Neubenennung des Betriebs, durch irgendeinen Tagesordnungs-Winkelzug, wegen irgendwelcher Beziehungen hieß das Werk jetzt VEB Spielgeräte Fritz Theilen Köln. Kramer schaute hoch zu dem leuchtenden Schriftzug. Über die Fassade dachte er: Müsste mal gestrichen werden.

Drinnen sah der Laden anders aus. Alles war so gut wie neu, vom Fußboden bis zu den Stühlen im Empfangsbereich. Stolze Schautafeln in der Loggia verkündeten, dass in diesem Betrieb die neuesten Erkenntnisse der sozialistischen Organisationswissenschaft beachtet wurden. Wie Kramer bei einem Blick aus dem Fenster in das weiträumige Hofareal feststellte, war das Werk viel größer, als es das vierstöckige Hauptgebäude vermuten ließ. In dem großen Hof schienen noch viele kleinere Nebengebäude, Baracken und Lagerschuppen zu liegen. Das Hauptgebäude selbst hatte noch mindestens einen lang gestreckten Seitenflügel, der von vorne ebenfalls nicht sofort auffiel. Es hätte ihn auch gewundert. Dieser VEB belieferte die ganze DDR und das benachbarte Ausland.

»Butenand«, sagte der Mann im grauen Anzug, der ihm in der Eingangshalle mit ausgestreckter Hand entgegenkam. »Ich bin der Betriebsdirektor.«

Butenand, so dachte Kramer sogleich, hatte es nicht sehr mit dem Lächeln, er war ein Mann der Vernunft. Er sah Kramer mit einer gewissen Ungeduld an, als gebe es Wichtigeres zu tun. In seinem linken Reversaufschlag steckte ein daumennagelgroßes Parteiabzeichen.

»Kramer, Kriminalpolizei Berlin. Das hier ist Leutnant Pasulke, mein Mitarbeiter. Wir haben telefoniert.«

Butenand nickte und führte sie zum Aufzug. Zwei andere Angestellte stiegen mit zu. Sie waren sehr viel bessere Lächler als Butenand. Bis zum vierten Stock fand der Betriebsdirektor noch Zeit, die beiden vorzustellen. Wegen der Enge in dem Aufzug geriet die Vorstellung ein wenig kabarettistisch.

»Tja, meine Herren, ich möchte Sie schon einmal miteinander bekannt machen, weil ich im Moment nichts für Sie tun kann, außer Sie zu Ihrem Konferenzraum zu begleiten. Oberleutnant Kramer, Leutnant Pasulke, das sind Herr Dr. Frei und Herr Päffgen, die Betriebsleiter TKO und Sicherheit. Herr Päffgen, Herr Frei: Oberleutnant Kramer und Leutnant Pasulke von der Kriminalpolizei Berlin, Polizeiinspektion Friedrichshain.«

»Angenehm«, sagte Kramer und wunderte sich darüber, wie ironisch das in seinen eigenen Ohren klang. Technische Kontrollorganisation und Sicherheit. Wie interessant, dachte er.

Die Tür öffnete sich im vierten Stock, und Butenand trat noch mit der Vierergruppe hinaus auf den Gang.

»Wenn Sie mich dann bitte entschuldigen würden. Ich habe eine wichtige Besprechung mit dem Leiter der Kreisplankommission, die sich so kurzfristig nicht mehr verschieben ließ. Ich hoffe, Ihr Gespräch wird fruchtbar sein.« Damit trat er zurück in den Aufzug, gerade rechtzeitig, bevor sich die Tür wieder schloss.

»Hier entlang«, sagte Dr. Frei und lächelte dabei.

»Ach, das mit den Geisterspielen«, sagte Herr Frei. »Dass das immer noch im Umlauf ist. Dafür hätten Sie nicht herkommen müssen, wirklich nicht. Das ist ein alter Mythos in der Polyplaygemeinde, dass es da noch andere Spiele außer den acht bekannten gegeben hätte.« Er lächelte.

»Es hat also nie andere Spiele als die acht existenten gegeben?«

»Nicht, soweit wir wissen. Es ist natürlich nicht völlig ausgeschlossen, dass experimentelle Versionen von irgendwelchen weiteren Spielen existiert haben, aber in den Handel sind nur die acht gekommen, wie wir anhand der Dokumentationen zweifelsfrei belegen können. Aber warum interessiert Sie das überhaupt? Der Junge wird sich doch nicht zu Tode gespielt haben, oder?«

»Wir ermitteln in einem Mordfall und gehen allen Spuren nach, die wir für interessant halten«, entgegnete Kramer scharf. »Es muss Sie nicht interessieren, warum wir das tun.«

Der dickliche Herr Frei und der schmale Herr Päffgen gingen Kramer gewaltig auf die Nerven. Bis jetzt hatte er nur unverständliches Techno-Kauderwelsch und ausweichende Phrasen gehört, und dafür war er nicht extra aus Berlin hergekommen. Das kleine, schäbige, leicht schmutzige Büro, in dem sie saßen, verbesserte seine Laune nicht. An der Decke hing eine schlichte Lampe in Grau, und die glühende Birne wurde hektisch von einer dicken Fliege umsurrt, die auf den schmuddeligen Fliegenstreifen neben der Lampe bisher nicht hereingefallen war. Es gab nichts zu trinken, von Essen ganz zu schweigen. Man hatte sicher lange gesucht, um für die Besprechung eine Umgebung zu finden, die so öde war wie diese.

»Sie haben eben von weiteren Steckplätzen für diese … diese Module in der Hauptplatine von Polyplay gesprochen.« Verdammt, warum war Merz nicht hier. Der hätte diesen ganzen Budenzauber auf einen Blick durchschaut.

Frei seufzte. »Ja. Wie ich schon sagte: Diese Steckplätze wurden nie belegt. Das weist darauf hin, dass zusätzliche Spiele für Polyplay tatsächlich geplant waren, aber wir haben nicht den Hauch eines Hinweises darauf, dass sie tatsächlich implementiert wurden.«

»Und in den bestehenden … ROMs können sie nicht versteckt sein?«

»Nein, ausgeschlossen. Dafür reicht der Speicherplatz einfach nicht aus. Diese ROMs waren auch keine EPROM-Bausteine, die man im Nachhinein hätte verändern können. Es tut mir Leid. Ihr Michael Abusch hat seine Zeit vergeudet.«

Und wir, willst du damit sagen, tun das auch. Was bist du nur für ein schlimmer, schlimmer Klugscheißer. Die Fliege stieß jetzt fortwährend an den blechernen Lampenschirm; das zehrte an Kramers Nerven. Ihm fiel auch nichts mehr ein, was er noch hätte fragen können, dafür war er technisch nicht beschlagen genug. Dr. Frei lächelte. Päffgen sah aus, als würde er demnächst vor Langeweile vom Stuhl fallen. Zu Kramers Überraschung griff jetzt Pasulke, der noch keinen Ton gesagt hatte, in das Gespräch ein.

»Sehen Sie, Dr. Frei, es gibt einen Grund, warum wir so hartnäckig hinter diesen Geisterspielen her sind. Der beste Freund von Michael Abusch ist der gleichen Meinung wie Sie. Er sagt, er halte nichts von dieser Geisterspieltheorie. Wir haben aber ein Problem mit seiner Aussage, weil er ein zutiefst unglaubwürdiger Mensch ist. Um genau zu sein, hat uns diese Unglaubwürdigkeit erst auf die Idee gebracht, die Geisterspiele könnten doch existieren. Oder Michael Abusch habe zumindest Gründe gehabt, ernsthaft danach zu suchen.«

Oha, dachte Kramer und lehnte sich genüsslich zurück. Plötzlich waren alle im Raum aufgewacht, Päffgen eingeschlossen. Die Grinsemaske des Dr. Frei ließ einen Hauch Unsicherheit durchschimmern.

»Sagen Sie, Dr. Frei«, fuhr Pasulke fort, »könnte irgendjemand, der sich gut mit der Polyplay-Konsole auskennt, die frei gebliebenen Steckplätze genutzt haben, um dort Sachen unterzubringen, die nicht dort sein sollen? Sie wissen, was ich meine?«

»Nicht genau, Herr Leutnant.«

»Porno. Gewaltkram. Illegale Computerspiele. Etwas, was es in der DDR offiziell nicht zu kaufen gibt. Wir sind immer noch auf der Suche nach einem Motiv für den Mord an Michael Abusch. Stricken wir doch einmal an einer ganz wilden Verschwörungstheorie. Nehmen wir einmal an, es habe diese Geisterspiele gegeben. Und nehmen wir weiterhin an, sie seien hochgradig illegal gewesen, aus welchem Grund auch immer. Dann brauchen wir als weitere Zutat noch einen Zirkel, eine Gruppe, eine Subkultur, die sich mit diesen illegalen Spielen auskennt, sie weiterverbreitet, mit ihnen Geschäfte macht. Und zu guter Letzt könnte man phantasieren, Michael Abusch habe in irgendeiner Weise mit dieser Subkultur zu tun gehabt und sie gefährdet, entweder absichtlich oder unabsichtlich. Aber um uns all diese weit hergeholten Ideen überhaupt einfallen lassen zu können, brauchen wir eine Aussage zu der Frage, ob zusätzliche Spiele überhaupt möglich sind. Was meinen Sie, Herr Dr. Frei? Sind sie es?«

Kramer hätte Pasulke am liebsten geküsst. Offenbar hatte auch Pasulke die Schnauze voll und setzte mal die Daumenschrauben an. Geschickt, sehr geschickt.

Dr. Frei lächelte immer noch, aber auf seiner Stirn war ein leichter Schweißfilm zu sehen, und er atmete tiefer und schneller als vorhin. Er tat so, als denke er ernsthaft über Pasulkes Fragen nach, und sagte dann vorsichtig: »Das ist sehr, sehr unwahrscheinlich. Dazu bräuchte es eine Menge Fachwissen. Man müsste unkontrolliert an EPROM-Speicherbausteine herankommen. Man müsste programmieren können. Und man müsste sehr genau über Polyplay Bescheid wissen. Außerdem: Warum Polyplay? Unsere ›Freundschaft‹-Konsole ist technisch viel weiter fortgeschritten und kann viel realistischere Sachen darstellen. Im Vergleich dazu ist Polyplay doch ein toter Hund. Sehr unwahrscheinlich.«

»Gut«, sagte Pasulke in gnädigem Tonfall, »halten wir einmal fest, dass es nicht völlig unmöglich ist. Warum Polyplay? Nun, vielleicht weil bei Polyplay niemand solche Tricks vermutet? Für die ›Freundschaft‹ sind ja schon eine Menge illegaler Spiele aufgetaucht. Aber wer würde bei einem toten Hund wie Polyplay nach so etwas suchen? In der Öffentlichkeit ist ja nicht einmal wirklich bekannt, dass Polyplay noch ernsthaft gespielt wird. Wissen Sie, Mitte der achtziger Jahre war ich ein richtiger Fan dieses Spiels. Und wir hätten uns damals, in der alten DDR, die Finger nach neuen Spielen für die Konsole geleckt. Hätte uns etwas Verbotenes abgeschreckt? Nicht im Geringsten. Es hätte uns angezogen wie Motten das Licht. Wie es vielleicht Michael Abusch angezogen hat. Alles nur so Ideen, wie gesagt!« Pasulke hob begütigend die Hände. »Aber Sie haben eben gesagt, man bräuchte gewisse Voraussetzungen, um so einen kleinen Plan durchzuziehen. Hardware, Software usw. Wäre es nicht denkbar, rein theoretisch denkbar, dass einer der Mitarbeiter dieses Betriebs, oder vielleicht eher eine Gruppe von Mitarbeitern, so etwas ausheckt? Rein theoretisch?«

Dr. Frei war das Lächeln endgültig vergangen. Er hatte jetzt die Arme verschränkt und sah aus, als habe er eine frische Zitrone gegessen.

»Rein theoretisch ist es natürlich möglich, dass unerforschte Teile des Mondes aus grünem Käse bestehen. Was Sie hier unterstellen, ist ziemlich absurd. Ein illegaler Vertriebsring für Polyplayspiele in meinem Betrieb? Lächerlich! Wissen Sie überhaupt, wie genau hier Warenein- und -ausgänge kontrolliert werden? Das hier ist kein Kindergarten, Herr Leutnant. Alles, was recht ist.«

Hat ihm schon, dachte Kramer bewundernd.

»Ich unterstelle gar nichts«, sagte Pasulke bestimmt. »Aber ich wäre dankbar – und ich glaube, ich kann da auch für den Genossen Oberleutnant sprechen – ich wäre dankbar für eine genaue Aufstellung Ihrer Warenbewegungen, vor allem, was Speicherbausteine betrifft. So etwa das letzte Jahr würde genügen. Damit können wir uns schon ein recht klares Bild machen. Und da wir den Genossen Betriebsleiter Sicherheit schon mal hier haben«, er zeigte mit der flachen Hand auf Päffgen, »wäre ich stark an einer kompetenten Führung durch die relevanten Bereiche interessiert. Ich glaube, Oberleutnant Kramer würde sich dieser Führung ebenfalls gerne anschließen.«

»Aber ja«, sagte Kramer begeistert.

Bevor die Führung richtig losging, war sie schon wieder vorbei. Päffgen, der sie bis dahin eher zögerlich und wortkarg durch das Hauptgebäude geschleust hatte, erhielt einen Anruf auf seinem Mobi. Er bat Kramer und Pasulke in einen kleinen Aufenthaltsraum. Dort sollten sie warten, während er einer besonders dringenden, sicherheitsrelevanten Verpflichtung nachging.

»Bin in zehn Minuten wieder hier«, sagte er zum Abschied.

Kramer und Pasulke setzten sich. Eigentlich, fand Kramer, unterschied sich dieser Raum nur durch den verschmuddelten Kaffeeautomaten von demjenigen, in dem sie sich gerade eben noch aufgehalten hatten.

»Sach mal«, fragte Kramer, »glaubst du an das, was du da eben erzählt hast? Mit illegalem Vertriebsring und so?«

»Nö«, sagte Pasulke fröhlich. »Der Schleimscheißer ist mir auf den Sack gegangen, und ich hab ihn ein bisschen rumgeschubst. Du hattest ja echt keinen Biss.«

»Nee, hatte ich nicht. Alle Achtung, wie du den gepackt hast, du Leutnant. War schon bühnenreif. Und wie der nachher abgezogen ist. Mit so einem Hals!«

»Gelernt ist gelernt. Und was machen wir jetzt?«

»Jetzt warten wir, bis Päffgen zurückkommt. Und dann lassen wir uns richtig durch die Firma führen.«

Aber daraus wurde nichts. Als Päffgen nach zwanzig Minuten immer noch nicht zurück war, als Kramer alles gesehen hatte, was es vom Fenster dieses Aufenthaltsraums aus zu sehen gab, und als er festgestellt hatte, dass der Kaffeeautomat sich nur mit betriebsinternen Wertmarken bedienen ließ, sagte er zu Pasulke: »Der verarscht uns.«

»Seh ich auch so.«

»Dann geh ich mal allein auf Führung. Du bleibst hier, wartest auf Päffgen und erzählst ihm, dass ich auf dem Klo bin, wenn er wiederkommt.«

Pasulke runzelte die Stirn. »Muss das sein? Ich sitz dumm rum, während du hier rumstrolchst?«

»Muss. Wenn Päffgen zurückkommt, und wir sind beide weg, gibt der doch sofort Alarm. Du hältst ihn einfach noch ein bisschen hin, und ich gewinne ein paar Minuten für mein Sightseeing. Halt dich wacker. Krisst auch 'n Orden.«

»Na ja.«

Kramer schloss die Tür des Aufenthaltsraums hinter sich und lief den Gang hinab. Er suchte nach einem Weg in den Hof. Nach fünf Minuten stand er auf dem sonnenwarmen Asphalt. Er war sich nicht sicher, wohin er jetzt gehen sollte. Er wusste auch nicht sicher, wonach er eigentlich suchte. Möglicherweise handelte es sich bei seinem eigenmächtigen Ausflug ohnehin nur um eine Trotzreaktion. Aber wenn er sich selbst gegenüber ehrlich war, dann genoss er dieses kleine Indianerspiel sehr. Kramer setzte eine entschlossene Miene auf und überquerte den Hof. Zwei Arbeiter, denen er auf seinem Weg begegnete, grüßte er freundlich und bestimmt, wie ein Vorgesetzter auf einem Inspektionsrundgang. Die Wirkung war durchschlagend: Er wurde verbindlich zurückgegrüßt, man hielt ihn für einen Werksangehörigen.

Als er ein graues Quergebäude mit verhängten Fenstern umrundet hatte, lag eine lang gestreckte Baracke vor ihm: rotbraunes Holz, länger nicht gestrichen; Fenster, Regenrinne, Dachpappe, fertig. Er hatte dieses Gebäude eben schon aus dem vierten Stock gesehen und sich gefragt, welchem Zweck es wohl dienen mochte. Na wunderbar, dachte er, jetzt find ich's raus.

Neben der Eingangstür hing ein Schild, das in veralteter Schrift sagte: »Abteilung IV d, Wiederaufbereitung«. Das gefiel ihm richtig gut; er wollte wissen, was da wiederaufbereitet wurde. Dass die Tür verschossen war, beeindruckte ihn nicht weiter. Kramer hatte sein Pick-Set immer dabei, und damit umgehen konnte er, seit ihm Mitschüler auf der Hochschule der Deutschen Volkspolizei Karl Liebknecht das Schlossknacken beigebracht hatten. Nach einer halben Minute konzentrierter Arbeit war die Tür offen, und Kramer betrat die Abteilung Wiederaufbereitung.

Zunächst war er enttäuscht. Die Baracke schien nichts weiter zu enthalten als zwei Regalreihen, die bis obenhin mit Elektromüll voll gestopft waren: alte Monitore und Computer aus West und Ost, inklusive Zubehör. Kramer sah Modems, obsolete externe Festplatten und Drucker – sogar Telefone und Fernseher waren dabei. Manche der Geräte sagten ihm rein gar nichts. An den Regalen vorbeistreifend las er immer wieder die gleichen Namen auf den Gehäusen: »Robotron«, »IBM«, manchmal auch »Zenith« und »Acorn«. Das verbarg sich also hinter dem hochtrabenden Titel »Wiederaufbereitung«: ein Computerfriedhof. In der Baracke war es stickig, der Staub tanzte in den schmalen Bahnen Sonnenlicht, die durch die verdreckten Fenster hindurchfanden.

Kramer lief einfach weiter. Weiter hinten gab es Kisten mit ausgebauten Kleinteilen bis hinab zu einzelnen Schrauben, noch weiter hinten eine ausgedehnte Sammlung mit Computerhandbüchern seit der Entwicklung des binären Zahlensystems durch Leibniz im Jahre 1703: *DEC PDP-8 Referenzhandbuch, Bürocomputer A5110, A5120, A5130 – Systembeschreibung und Nutzererfahrungen, Datenverwaltung REDABAS 3.* Du meine Güte, dachte Kramer. Er wischte sich die Hände ab, als er die Bücher wieder in die Regale zurückgestellt hatte.

Er wollte schon umdrehen, als er die Tür entdeckte. Sie war unauffällig in die Querwand eingelassen, eine einfache graue Tür mit einer Standardklinke in abgegriffenem Chrom und einem großen Kratzer fast quer über das ganze Türblatt. Vielleicht war es der Kratzer, der Kramers Aufmerksamkeit erregt hatte. War das nur der Hinterausgang dieser Baracke? Er drückte die Klinke: abgeschlossen. Er besah sich das Schloss und pfiff durch die Zähne: ein ziemlich neues Bohrmuldenschloss, absolut nicht angemessen für einen einfachen Hinterausgang. Diesmal brauchte Kramer über fünf Minuten. Er kam richtig ins Schwitzen, und das nicht nur wegen der Temperatur. Als die Tür aufschwang, nahm er sich vor, in nächster Zeit wieder mehr zu üben.

Hinter der Tür befand sich eine menschenleere Werkstatt. Auf Tischen, die an den Wänden umliefen, lagen Werkzeuge, elektronische Bauteile und Geräte ziemlich bunt durcheinander. Pro Arbeitsplatz hing von der Decke ein Stromkabel mit einer Mehrfachsteckdose herab, so dass jeder Techniker an seinem Tisch unabhängig von den anderen hantieren konnte. Nach Kramers laienhafter Auffassung war die Ausstattung für einen reinen Ausschlachtbetrieb zu aufwändig. Hier wurde anscheinend wirklich wiederaufbereitet. Was ihn aber erstaunte, war die Tatsache, dass an fünf von schätzungsweise zehn Arbeitsplätzen Polyplay-Konsolen standen. Eine davon war sogar eingeschaltet und betriebsbereit. Der Bildschirm forderte ihn auf: »Wählen Sie Ihr Spiel!« Auf dem zugehörigen Tisch lag ein Schaltplan, der die Innereien der Konsole verzeichnete. Kramer erkannte das an dem Aufdruck: VEB Polytechnik Karl-Marx-Stadt. Merz hätte hier gleich durchgeblickt. Merz war in Berlin.

»Was machen Sie da?«

Kramer drehte sich um. Er war wirklich erschrocken. Vor ihm stand ein Mann in grüner Uniform. Seine Abzeichen und Ärmelbänder wiesen ihn als Angehörigen des polizeilichen Betriebsschutzes aus. Er hielt seine Pistole in der rechten Hand. Warum habe ich ihn nicht kommen hören?, fragte sich Kramer verärgert.

»Kramer, Kriminalpolizei Berlin. Ich ermittle in einem Mordfall.«

»Können Sie sich ausweisen?«

Unangenehme Stimme. Unangenehme Augen.

»Erschießen Sie mich, wenn ich mir in die Tasche greife?«

Kramer hatte nicht witzig sein wollen. Es war ihm ernst gewesen mit der Frage. Aber der Wachmann fühlte sich offenbar verscheißert. Er richtete seine Pistole auf Kramer und spannte sogar den Hahn. Eindeutig vorschriftswidrig.

»Mitkommen.«

Im Büro von Herrn Butenand wurde es richtig eng. Zwei Betriebsschützer, Päffgen, Frei, Butenand – und natürlich Kramer und Pasulke, die wie begossene Pudel dasaßen, direkt vor Butenands Schreibtisch. Päffgen stand mit einem der Betriebsschützer auffällig nah bei der Zimmertür. Offenbar bestand akute Fluchtgefahr.

Kramer versuchte sich nicht unterkriegen zu lassen. »Herr Päffgen ließ uns in dem Aufenthaltsraum sitzen und hatte nicht die Freundlichkeit, wieder aufzutauchen. Wir wollten da nicht verschimmeln.«

»Aha«, sagte Butenand. »Und das gibt Ihnen also das Recht, in der Firma herumzuschnüffeln und Betriebsgeheimnisse auszuspionieren?«

Das war eine Drohung. Die Begriffe »Spionage« und »Betriebsgeheimnisse« rochen sehr nach dem Strafgesetzbuch der DDR, das zwar 1996 novelliert worden war, aber für »Spionage«, »Sabotage« und dergleichen immer noch drastische Strafen vorsah.

»Hat Ihr Betrieb denn Geheimnisse?«, gab Kramer zurück.

Butenand atmete hörbar aus. »Wissen Sie was, Oberleutnant Kramer? Sie gehen mir auf die Nerven. Und damit stehe ich nicht allein. Eben habe ich mich mit Ihrem Vorgesetzten, Major Lobedanz, unterhalten. Er lässt Ihnen ausrichten, dass Sie die Aktion sofort abbrechen und auf dem schnellsten Weg nach Berlin zurückkehren sollen. Ich persönlich hätte ja schon noch ein paar Fragen an Sie und Leutnant Pasulke. Aber ich glaube, es ist besser, wenn Sie der Anregung Ihres Vorgesetzten umgehend nachkommen. Herr Päffgen? Wenn Sie unsere beiden Gäste bitte zum Ausgang begleiten würden. Meine Herren, ich wünsche Ihnen eine gute Heimreise.«

Kramer stand auf, Pasulke auch.

Auf dem Firmenparkplatz stellten sie fest, dass Fahrer und Wagen verschwunden waren.

»Oh nein«, dachte Wes, »nicht schon wieder!« Auf seinem Bildschirm blinkte ein rotes Licht. Maschinenraum 1, Serverrack 9, RAID-Controller: System error. Schon wieder eine abgeschmierte Festplatte in Serverrack 9. Und er würde sie austauschen müssen. Wes sah sich unauffällig in der Kontrollzentrale um: Bisher hatte keiner von den anderen das Blinken bemerkt. Was leider nichts an der Tatsache änderte, dass er demnächst runtergehen und die kaputte Festplatte gegen eine neue austauschen musste. Die Daten auf der kaputten Festplatte waren sicher. Das RAID-Datensicherungssystem war mehrfach redundant, und die Wahrscheinlichkeit, dass es zu irgendeiner Form von Datenverlust kam, war astronomisch gering. Die Festplatte musste trotzdem ausgetauscht werden, und zwar sofort. Die Kunden der Festung bezahlten nicht für Schlamperei und Laisser-faire, sie bezahlten für AUSFALLSICHERHEIT und HOCHVERFÜGBARKEIT. Wenn er in fünf Minuten nicht reagiert hatte, würde der Sicherheitsdienst anfragen, was los war. Und wenn er dann die Verzögerung nicht begründen konnte, würde sie nach oben gemeldet werden. Musste nicht sein. War diesen Monat schon einmal passiert, und so bizarr das Leben auf der Festung auch sein mochte, interessant war es allemal, und die Bezahlung war mehr als üppig.

Er holte sich den Schichtplan des Sicherheitsdienstes auf den Schirm und stöhnte auf: Masters hatte Dienst. Von allen sechs Sicherheitsleuten war ihm Masters der unangenehmste. Der Kerl war ein ehemaliger Royal Marine der britischen Flotte. Er litt an einem Komplex. Jedem US-Amerikaner musste er stets und ständig zeigen, was er vom amerikanischen Militär im Allgemeinen und den US-Marines im Besonderen hielt: Für ihn waren das alles Weicheier, verglichen mit den unsterblichen, ruhmreichen Helden von den britischen Royal Marines. Wes war Amerikaner. Er kam mit Masters nur klar, wenn er sich nicht provozieren ließ.

»Masters«, sagte er in sein Mikrofon, während er die Ruftaste gedrückt hielt, »wir müssen runter. System error in Maschinenraum 1.«

»Ihr Penner«, kam es prompt zurück. »Könnt ihr den Saftladen nicht mal fünf Minuten auf Kurs halten? Geht hier ja zu wie im Taubenschlag!«

»Wir müssen runter«, sagte Wes, »bis gleich.« Er ließ die Ruftaste los. Keine Lust auf weitere Beschimpfungen von Masters.

Er stand auf und reckte sich. Anatol grinste ihn dreckig an. »Na? Wieder tauchen gehen?«

Wes zeigte ihm den Finger und ging nach draußen. In dem kahlen Raum zwischen den beiden Aufzügen war es kühl, und hier konnte man den Sturm deutlicher hören und spüren als in dem hermetisch abgedichteten Kontrollraum. Wes mochte keine Stürme. Er wusste, dass die Festung bisher noch jedem Orkan standgehalten hatte, aber er fühlte sich bei Sturm trotzdem nicht wohl. Ganz im Gegensatz zu Masters, der auf seine typisch finstere Art blendend gelaunt war.

»Verdammte Schifferscheiße«, sagte er, »wegen euch krieg ich noch mal graue Haare.«

Wie immer war er bewaffnet, als gelte es, die Argentinier von den Falkland-Inseln zu vertreiben: Heckler & Koch Maschinenpistole und Walther-Halbautomatik (»Das können die Krauts!«), schusssichere Weste, viel Munition und die üblichen Accessoires. Sogar seinen Helm hatte er aufgesetzt. Der stammte auch aus deutscher Produktion. Masters hasste die Deutschen, aber deutsche Wertarbeit fand er gut.

Wes fragte sich manchmal, was der ganze martialische Aufzug der Sicherheitsleute eigentlich sollte. Praktisch die ganze Festung bestand aus Beton. Hier drinnen mit Schusswaffen zu kämpfen wäre der reine Selbstmord gewesen, so viel kapierte auch er. Es musste wohl eher mit den Hormonen zu tun haben, und davon hatte Masters eindeutig eine Überdosis abbekommen.

Wes drückte auf den Aufzugknopf, und die Tür der winzigen Kabine öffnete sich. Einer der Gründe, weswegen er Servicearbeiten in den Maschinenräumen hasste, war dieser Aufzug. Ihn mit einem der Sicherheitsleute zu benutzen bedeutete in jedem Fall Tuchfühlung. Man steckte praktisch Nase an Nase und Bauch an Bauch in dieser beleuchteten Sardinenbüchse und versuchte so zu tun, als sei das völlig normal.

Wes und Masters sanken nach unten. Es gab noch andere Gründe für Wes' Unbehagen. Seine Abneigung gegen Stürme verstärkte sich exponentiell, wenn Platzangst hinzukam. Und allein bei dem Gedanken an Maschinenraum 1 bekam er schon Platzangst: Er lag gute zehn Meter unter der Wasserlinie und man konnte sich kaum darin bewegen, weil er am meisten Equipment enthielt. Wes assoziierte den Maschinenraum 1 jedes Mal mit einem Grab am Boden der Nordsee. Kalt, eng, nass, bedeckt von fünfzig bis hundert Metern schäumendem, schmutzig braunem Wasser. Diese Vorstellung verursachte ihm Übelkeit.

Masters grinste. Wes hatte ihm nie von seinen Gefühlen in Bezug auf Maschinenraum 1 erzählt, aber er glaubte, dass Masters ihn durchschaute, weil der Angst besser roch als ein Bluthund.

Der Aufzug hielt an, und die beiden drückten sich durch die schmale Tür. Wes öffnete das Kombinationsschloss eines schmalen Spindes neben der Eingangstür zu M 1 und zog die Atemmaske und die Sauerstoffflaschen heraus. Man konnte die Maschinenräume nur mit Atemschutz betreten, weil sie mit reinem Stickstoff gefüllt waren. Warum? So konnte kein Feuer ausbrechen, metallische

Teile rosteten nicht, und Unbefugte ohne Atemschutz erstickten. Darum. Das Dumme war nur, dass Wes auch mit Atemschutz beinahe erstickte. Er wusste, dass draußen der Sturm gegen den Betonmantel der Festung wummerte, und versuchte nicht daran zu denken, als er sich die Atemmaske aufsetzte. Er prüfte den Gasdruck in den Flaschen, atmete einmal tief durch und legte dann seine Hand auf den Biometriescanner an der Gasschleuse. Die Tür öffnete sich, und er betrat die Schleuse, die noch enger als der Aufzug war.

Bevor die Schleusentür sich schloss, zeigte Masters ihm einen OK-Daumen. Auch er hatte eine Atemmaske angelegt. In seiner Montur und mit der Maske sah er aus wie das Mitglied eines außerirdischen Stoßtrupps während eines Kommandounternehmens. Soweit Wes das erkennen konnte, lächelte der Außerirdische ironisch. Er war der Einzige, der Wes möglicherweise helfen konnte, wenn im Maschinenraum 1 etwas schief ging.

Früher hatte Wes den Film 2001 – Odyssee im Weltraum immer sehr gemocht. In der Tat war dieser Film ein entscheidender Anstoß gewesen, sich mit Computern zu beschäftigen. Nach anderthalb Jahren auf der Festung hasste er den Film, Kubrick und alles, was ihn nur entfernt daran erinnerte. Vor allem hasste er die Szene, in der Dave Bowman HAL 9000 abschaltet, weil er genau wusste, wie sich Dave Bowman dabei fühlte. Es war heiß. Es war eng. Er durfte keine Fehler machen. Wes schob sich vorsichtig an den Serverracks vorbei und achtete peinlich genau darauf, dass er nichts berührte, was nicht zu seiner aktuellen Aufgabe gehörte. Die Vorschriften in dieser Hinsicht waren sehr strikt.

6, 7, 8, 9: voilà. Serverrack 9. Das zweite Mal in dieser Woche. Die Festplatten des RAID-Systems waren »hot-swappable«, das hieß, sie konnten einzeln oder zu mehreren aus dem Gerät herausgezogen werden, ohne dass es abgeschaltet werden musste. Das war gut so, denn sonst hätte womöglich das ganze Serverrack abgeschaltet werden müssen, und dafür hatten die Kunden nicht bezahlt.

Das Statuslicht neben dem dritten Einbauschacht von oben leuchtete rot: Das war die defekte Platte. Er hörte sich in der Maske atmen, das mochte er überhaupt nicht. »Alles klar, Wes?«, fragte Masters von draußen, und er antwortete: »Alles klar, Masters, ich hab sie.« Er zog sie an ihrem Handgriff heraus und untersuchte sie. Von außen war rein gar nichts zu erkennen. Die Platte wirkte wie neu. Er fragte sich, was im Serverrack 9 eigentlich vor sich ging, dass hier so viele Platten verschlissen wurden. Das war eine dumme Frage, denn es ging ihn nichts an. Es ging nicht einmal seine Firma was an. Die Kunden bezahlten nämlich außer für Ausfallsicherheit und Hochverfügbarkeit auch noch für DISKRETION. Juristisch gesehen gehörten die Server und die ganze Computerausrüstung nicht der Firma, sondern den Kunden. Die Firma wartete nur die Geräte und die Kunden konnten mit ihnen machen, was sie wollten, *vorausgesetzt, sie bezahlten den Preis für die Wartung und die entsprechenden Internet-Verbindungen.*

Wenn jemand ein Online-Casino aus einem Land heraus betreiben wollte, in dem jede Form von Glücksspiel illegal war: bitte schön. Hardcore-Pornografie für iranische Auftraggeber: kein Problem. Diskrete Transaktionen für die Kunden von Schweizer Banken, deren Nummernkonten in der Schweiz vor staatlicher Neugier nicht sicher waren: alles möglich. Es gab ein paar Ausnahmen, wie Kinderpornografie und gewerblicher Internet-Spam, aber davon abgesehen war alles erlaubt. Die Firma ging es einfach nichts an, was ihre Kunden mit ihren Geräten auf der Festung machten, und Wes ging es dreimal nichts an.

Wes steckte die kaputte Festplatte in einen speziellen Behälter, den er mitgebracht hatte. Gleich nachher, wenn er aus der Gasschleuse heraustrat, würde er diesen Behälter Masters übergeben. Masters würde ihn mit nach oben nehmen und unter Aufsicht der Kollegen vom Sicherheitsdienst die Festplatte so zerstören, dass ihr Inhalt selbst mit den modernsten Technologien nicht mehr rekonstruierbar war.

Eine neue Festplatte hatte Wes mitgebracht, und als er sie vorsichtig in den leeren Schacht hineinschob, hoffte er sehr, das rote Licht würde auf Grün springen. Wenn es das nicht tat, durfte er das ganze System prüfen, und das konnte Stunden dauern. Das Licht sprang auf Grün, und er atmete durch. »Masters«, sagte er, »alles in Butter. Ich komm jetzt raus.«

Dänisches Intermezzo

Das Wasser kitzelte Kramers Zehen, und mit jeder Welle, die den Sand unter seinen Sohlen herausspülte, sank er ein wenig tiefer in den Schlick ein. Er fand das passend, denn ihm war nach Einsinken zumute. Er schaute übers Wasser, in Richtung Deutschland, und fühlte sich schlecht. Und das, obwohl der Sommer in Dänemark früh gekommen war, zu früh für die durchschnittlichen Urlauber aus Deutschland, so dass die Strände leer waren. Kramer fühlte sich schlecht, obwohl ihm eine attraktive Mitdreißigerin heute Morgen ziemlich deutlich schöne Augen gemacht hatte. Er fühlte sich schlecht, obwohl er sich hätte zurücklehnen können. Er hatte den Abusch-Fall versaut. In nur fünf Tagen. Absoluter Rekord. Und das Schlimmste war: Ihm war nicht klar, warum. Sicher, es war einiges schief gelaufen, von Anfang an. Die Sache mit den Ekelwessis vor dem China-Restaurant. Der Terz bei dem NKO-Konzert. Und zum Schluss die Panne in Köln. All das waren lässliche Sünden in Kramers Augen, und er war sich im Grunde sicher gewesen, dass Lobedanz genauso dachte. Aber Lobedanz hatte absolut nicht so gedacht. Lobedanz hatte ihm mit Suspendierung gedroht und ihm Zwangsurlaub verpasst, eine Woche mindestens, »bis die Scheiße hier wieder einigermaßen in Ordnung kommt«. Der Fall war jemand anderem übertragen worden. Pasulke hatte ihm traurig in die Augen gesehen und mit den Schultern gezuckt, und Kramer hatte sich in den Zug nach Stralsund gesetzt. Ohne Anette. Die konnte nicht, wegen der Arbeit.

Auf der Fähre war ihm schlecht geworden, bei fast völliger Windstille und spiegelglatter See. Er hatte das für ein schlechtes Omen gehalten. Seit drei Tagen erfüllte sich dieses Omen, mit tatkräftiger Unterstützung Kramers selbst, denn er mied den Kontakt zu den wenigen anderen Urlaubern (besonders den zu der attraktiven Mitdreißigerin), aß zu viel von dem guten dänischen Eis, was seinem Magen nicht bekam, und tat ansonsten fast nichts, außer auf die Anrufe seiner Frau zu warten. Anette bedauerte ihn aus der Ferne und erzählte ihm, dass ihr Bericht bei Speidel nicht gut angekommen war. Sie musste nachbessern. Auch so Geschichten.

»Haste schon einen Kurschatten?«, fragte sie ihn.

»Nee«, sagte er, »hier scheint den ganzen Tag die Sonne. Von allen Seiten.«

Dänemark hatte sich durch den Tourismus gerettet. Die Spätfolgen der Endachtziger-Krise waren auch hier noch spürbar, aber als Kurbad der reichen DDR kam das Land ganz gut über die Runden. In dem gemütlichen kleinen Städtchen, in dem Kramer Urlaub machte, waren zwar einige Läden geschlossen, aber es gab genug Eisbuden, Restaurants und andere Annehmlichkeiten, die das Touristenleben leicht machten, und die freundlichen Dänen sprachen alle fließend Deutsch. Sie akzeptierten Zahlungen in Mark.

Kramer wollte nicht viel reden und er wollte auch nicht viel Geld ausgeben, weil der Urlaub unbezahlt war. Das Essen war lecker, sein Zimmer war schön, das Wetter war traumhaft, und Kramer fühlte sich beschissen. Immer wieder musste er an den Abusch-Fall denken. Er wünschte sich sehnlichst einen Clou, einen kriminalistischen Gedankenblitz, mit dem er aus dem Urlaub zurückkehren und seinen Chef davon überzeugen konnte, dass er der richtige Mann für diesen Fall war. Aber da kam nichts. Kein Vorurteil, wie Dr. Schwernik gesagt hätte. Überhaupt, der mit seinem Todesgarten. Kramer wünschte sich mehr als je zuvor, den Mörder von Michael Abusch zu schnappen. Aber er hatte nicht den geringsten Anhaltspunkt, keinen Ansatz, keinen Hebel. Die Kölner hatten sich verdächtig verhalten, sicher, Katharina Abusch wusste einiges, was Kramer auch gerne gewusst hätte, Pasulkes Theorien zu der Stasi-Connection und selbst seine Idee von der Polyplay-Verschwörung waren nicht völlig witzlos, aber es passte einfach nicht. Nichts passte.

Der Abend brach herein. Kramers Füße waren mittlerweile völlig von Sand bedeckt. Er zog sie mit einem schmatzenden Geräusch heraus und setzte sich in Bewegung, auf einen kleinen Bootssteg zu, den er am ersten Abend seines Urlaubs entdeckt hatte. Auf dem Bootssteg sitzend, schaute er den vereinzelten Seglern zu, die auf dem Wasser der Bucht kreuzten. Am Horizont glitten die Positionslichter größerer Schiffe vorüber. »Lass es doch«, sagte er zu sich selbst. »Du bist draußen aus dem Fall.«

In den nächsten Tagen bemerkte er, dass dieses Dänemark hervorragend sein »Hüttensyndrom« bediente. So nannte er eine Gemütslage, die sich durch ein gesteigertes Interesse an verfallenen Bauwerken, kleinen Nischen und Winkeln unter alten Brücken, schiefen Gartenhäusern und ähnlichen verlassenen und prekären Örtlichkeiten ankündigte. Das hatte sich nach einem beruflichen Misserfolg, während einer besonders schwierigen Phase mit Anette schon öfter eingeschlichen, und er kannte es mittlerweile: Es war die Suche nach einem Ort, der ihm blieb, wenn alles andere wegbrach. Wohin denn ich?, so hatte der Dichter Hölderlin gefragt – einer der wenigen Textbausteine, die Kramer vom Deutschunterricht geblieben waren. Und wenn es ihm über längere Zeit schlecht ging, dann fielen ihm als Antwort auf diese Frage ein: abgestellte Eisenbahnwaggons, Waldarbeiter-Wagen, die übrig gebliebenen Pfortenhäuser abgerissener Fabriken, verfallenes Fachwerk in der sächsischen Provinz, Geräteschuppen, Wasserhäuschen und dergleichen. Klein mussten die Buden sein und heruntergekommen, und manchmal fragte er sich ernsthaft: Könnte ich darin schlafen? Würde das reichen? Würde man mich dann in Ruhe lassen? Eine Marotte.

Während er an der dänischen Küste spazieren ging, blühte diese Marotte in ungeahnter Pracht. Verfallene Strandhütten. Ein abgewracktes Hotel mit fensterloser Gartenlaube. Ein Blechverschlag, militärisch grün, davor ein Betonkreis, aus dem rostige Stutzen ragten und über dem die heiße Luft flimmerte – vielleicht die Überreste einer Radarstellung. Ein altes Bienenhaus, ohne Bienen. Uferhöhlen, gerade groß genug für ein Indianerspiel, mit Überresten von Feuerstellen darin. Als er daran dachte, in einer aufgelassenen Fischerkate (mit Ziegenstall) zu übernachten, nur für eine Nacht, nur probehalber, riss er sich am Riemen: Jetzt ist aber gut, dachte er. Du kommst noch auf die schiefe Bahn.

Er flirtete dann doch noch ein wenig mit der Mitdreißigerin. Aus Notwehr gegen das Hüttensyndrom. Eines Morgens setzte sie sich einfach zu ihm an den Tisch, und Kramer war zu überrascht, um sie wegzuschicken. Mona Lebrecht hieß sie, stammte aus Gera und war Kreispionierleiterin. Braune Haare, grüne Augen, lebhaftes Gesicht. Kramer nannte sich selbst einen Polizisten, als er sich vorstellte.

»Da muss ich Sie gleich verhaften«, sagte die Pionierleiterin Mona. »Spielen Sie Tennis?«

Kramer hatte in seinem Leben noch keinen Tennisschläger in der Hand gehabt. »Nein«, sagte er lachend, »ich bin Handballer.«

»Das macht überhaupt nichts«, sagte sie ernsthaft, als sei Handball eine Art Behinderung. »Ich bringe Ihnen Tennis bei. Heute. Gleich nachher. Sie lernen das ganz schnell. Das spüre ich.«

Aus Spaß sagte Kramer zu. Warum noch länger bei schönem Wetter auf seinem Zimmer hocken und an Michael Abusch denken? Tennis? Also schön.

Sie gingen auf den hoteleigenen Platz, der ein wenig heruntergekommen und nicht mehr völlig eben war, und Kramer gab sich redlich Mühe. Er stellte sich tatsächlich nicht völlig blöd an, und Mona stemmte nach einer halben Stunde die Hände in die Hüften.

»Sie wollen mich verulken. Natürlich haben Sie schon mal Tennis gespielt. Sie haben bis vor ein paar Jahren sogar ziemlich gut Tennis gespielt, und dann haben Sie es aus irgendeinem Grund sein lassen.«

»Ich verrate Ihnen was«, gab Kramer zurück. »Eigentlich heiße ich Boris Becker.«

»So ein Quatsch«, sagte Mona und schlug auf. Kramer konnte gerade noch ausweichen.

»Hee, hee«, sagte er. »Das ist ja Körperverletzung, was Sie da machen.«

Nach dem ungleichen Tennismatch wollte Mona schwimmen gehen, wegen der Abkühlung. Kramer hatte nichts dagegen, holte seinen Schwimmkram und legte sich mit seiner Urlaubsbekanntschaft an den Strand. Der Tag war wunderbar, am Himmel nicht eine einzige Wolke, sie hatten den Strand fast für sich, und am Fuß der Steilklippe, die sie vor dem zugigen Ostwind schützte, wurde es richtig warm. Mona planschte im Wasser herum, und Kramer fiel deutlich auf, dass sie eine gute Figur hatte.

»Kommen Sie jetzt rein, Herr Becker, oder soll ich das Wasser zu Ihnen hinbringen?«

Kramer missfiel sein Bauchansatz, als er auf sie zulief.

Sie machten eine Inseltour und zwei längere Spaziergänge. Sie sahen sich in einem winzigen Dorfkino einen alten amerikanischen Film mit dänischen Untertiteln an. Ein Kellner behandelte sie wie ein Ehepaar. Aber bis zum Schluss blieb es beim »Sie«. Zum Abschied gab Mona ihm ihre Adresse in Gera, und das war es dann.

Kramer machte sich keine großen Gedanken darüber, was Mona Lebrecht an ihm attraktiv gefunden hatte. Er glaubte nicht, dass es seine männliche Ausstrahlung gewesen war. Wahrscheinlich hatte sie sich auch bloß gelangweilt und das nicht so selbstverständlich hingenommen wie er. Noch im Zug nach Berlin freute er sich darüber, dass sie den Mut gehabt hatte, den ersten Schritt zu tun.

»Merz ist tot.«

Kramer setzte sich vor Überraschung gleich wieder hin, nachdem er aufgestanden war, um Pasulke zu begrüßen. Er war relativ gut gelaunt zum Dienst angetreten, hatte im Treppenhaus sogar zwei Stufen auf einmal genommen und dabei Mozarts »Kleine Nachtmusik« vor sich hin gepfiffen. Er hatte seine E-Mails durchgesehen, er hatte sich mental darauf vorbereitet, von Lobedanz zur Besprechung gerufen zu werden. Und jetzt stand Pasulke vor ihm und erzählte ihm unverständliche Dinge.

»Nein«, war alles, was Kramer dazu einfiel.

»Doch. Selbstmord, mit seiner Dienstwaffe. Vor vier Tagen. Wird übermorgen beerdigt. Falls sie nicht noch mal obduzieren.«

»Selbstmord?«, stammelte Kramer. »Aber ... wieso?«

»Weiß keiner. Seine Frau is so fertig, die musste in die Charité. Kein Abschiedsbrief, keine Erklärung, nix.«

»Du willst mich veralbern, oder?«

»Ganz bestimmt nicht, Rüdiger. Nee.«

Kramer starrte Pasulke an: Sein Kollege hatte Tränen in den Augen. Das hatte Kramer bei ihm noch nie gesehen, und er kannte ihn jetzt über zehn Jahre. Es war auch nur zu verständlich. Merz war beliebt gewesen, aus einem ganz einfachen Grund: Er hatte Humor gehabt, und sein Ehrgeiz hatte der Arbeit gegolten, nicht der Karriere. Von seiner Hilfsbereitschaft in Computerfragen ganz abgesehen.

»Tut mir Leid, Jochen.«

»Is schon in Ordnung«, sagte Pasulke und wandte sich zum Gehen.

»Jochen«, fragte Kramer. »Gehen alle zusammen hin?«

»Denke doch. Kränze und so sind schon bestellt.«

»Was ist eigentlich mit dem Abusch-Fall?«, fiel Kramer gerade noch ein, als Pasulke schon fast aus der Tür war.

»Was soll mit dem sein? Der ist eingestellt.«

Bei der Beerdigung schien die Sonne. Genau genommen war das der erste richtige Frühlingstag, wenn auch nicht für Kramer, der in Dänemark schon einen Vorgeschmack auf den Sommer bekommen hatte. Fast die ganze Inspektion war da. Die einen schwitzten in Uniformen, die anderen in Zivilanzügen. Auch der stellvertretende Polizeipräsident war zugegen. Er hielt eine Rede, die Merz als Vorbildpolizisten im Dienst an der sozialistischen

Menschengemeinschaft feierte. Auch sein Humor wurde erwähnt. Den Tod von Merz fand der Vizepräsident tragisch und unverständlich. Er sei umso schwerer zu akzeptieren, als er so vielen Menschen einen hervorragenden Genossen geraubt habe, und das im besten Mannesalter. Als sich Kramer das anhörte, dachte er: Das war früher immer der Punkt, an dem die Pfaffen von Gottes unergründlichem Plan sprachen.

Die Sonne schien in das offene Grab. Die Trauernden defilierten in einer langen Reihe daran vorbei und warfen Blumen und Erde hinein. Kramer bemerkte die vielen roten Schleifen an den Kränzen, die an einem großen Ständer auf ihre Verwendung warteten. »In ehrendem Gedenken«, »Einem tapferen Genossen«, »Wir denken an dich«: »Die Polizeiinspektion Friedrichshain«, »Der Polizeipräsident in Berlin« und »Freunde und Kollegen«. Orden für Tote.

Pasulke weinte tatsächlich, als er ein Schäufelchen Erde ins Grab schüttete. Akkermann, der zufällig kurz vor ihnen dran war, entblödete sich nicht, am offenen Grab die Faust zum Rotfront-Gruß zu ballen. Und genau in diesem Moment zuckten die Blitzlichter der Pressefotografen auf, was höchstwahrscheinlich bedeutete, dass der Berlin-Teil des *Neuen Deutschland* am nächsten Tag mit Akkermann und seiner geballten rechten Faust aufmachen würde. Als Kramer das sah, hätte er dem eitlen Fatzke am liebsten persönlich in den Hintern getreten. Andererseits: Dann wäre diese Flasche vielleicht zusammen mit Merz beerdigt worden, und das wollte Kramer dem Toten nun auch nicht zumuten.

Franziska, Merzens Witwe, stand offensichtlich unter Medikamenten. Sie nahm die Kondolenzen der Trauergäste völlig unbewegt entgegen. Ihr Gesicht war so bleich und starr wie helles Kerzenwachs, der Lippenstift wirkte wie einer Puppe aufgeschminkt. Eine Frau, die Kramer als Psychologin vom POD kannte, und eine ältere Dame, offensichtlich ihre Mutter, standen an ihrer Seite. Ihre beiden Töchter versteckten sich hinter ihren Beinen. Kramer dachte noch einmal an seinen Kinderwunsch von vor zwei Wochen. Lieber nicht, dachte er, wenn das Leben mit solchen Szenen aufwartet. Dann lieber nicht.

Kramer konnte Franziska Merz nicht in die Augen sehen, als er ihr die Hand gab. Er murmelte vor sich hin, dass er sehr betroffen und traurig sei, und verhaspelte sich dabei auch noch. Was dieser Frau hätte helfen können, wusste er nicht. Vielleicht irgendeine Religion. Oder die Spezialisten vom POD.

Die Stimmung beim Leichenschmaus war sehr niedergeschlagen. Der Polizeipräsident hatte sich schon verabschiedet; auch Franziska Merz nahm nicht teil. Offensichtlich hatten viele keinen rechten Appetit, und nur die

Alkoholiker unter den Kollegen machten sich über den Schnaps her. Pasulke, Natschinsky und Schumacher bildeten eine Gruppe für sich. Sie waren in ein leises und angeregtes Gespräch vertieft, und Kramer, der ein paar Plätze weiter vor seiner immer kälter werdenden Suppe saß, wollte sie nicht dabei stören.

Als er später aufs Klo ging, traf er Lobedanz vor der Tür zu den Pissoirs. Er hatte mit seinem Chef noch nicht sprechen können, seit er aus Dänemark zurück war, denn Lobedanz war immer beschäftigt gewesen, und Kramer hatte sich nicht aufdrängen wollen. Jetzt ergriff er die Gelegenheit beim Schopf.

»Achim.«

»Rüdiger.«

»Diese Abusch-Sache.«

»Ja?«, fragte Lobedanz in leicht gereiztem Tonfall, während er sich die Hände rieb, die noch ein wenig feucht waren.

»Jochen hat mir gesagt, der Fall ist abgeschlossen.«

»Richtig.«

»Ich hab noch nie von einem Mordfall gehört, der nach drei Wochen abgeschlossen wird. Außer, wenn er geklärt ist.«

Lobedanz sah auf. »Jetzt hör mir mal gut zu. Wir haben keine Spuren. Wir haben keine Zeugen. Wir haben nichts von der Gerichtsmedizin. Du merkst, dass dieser Fall politisch heiß ist; ich merke es auch. Ich bin gern bereit, ein Tänzchen zu wagen, wenn ich etwas in der Hinterhand habe, aber hier bringt das überhaupt nichts. Wenn wir irgendeinen Hebel finden, irgendetwas Substantielles, dann können wir weitermachen. Sonst nicht.«

Er richtete seinen Zeigefinger auf Kramer.

»Du lässt auf jeden Fall die Finger davon. Du bist draußen.«

»Und wenn der Tod von Merz was damit zu tun hat?«, entgegnete Kramer.

Lobedanz sah ihn kopfschüttelnd an. »Manchmal denke ich, du hast sie nicht alle.«

Genau in diesem Moment kam Akkermann die Treppe herunter, und Lobedanz nutzte die Gelegenheit, das Gespräch abzubrechen. Als Akkermann an Kramer vorbeiging, grinste er breit. Er hat gelauscht, dachte Kramer.

»Mach dir die Hosen nicht nass«, sagte er, als Akkermann im Klo verschwunden war.

Am Abend überraschte ihn Anette mit zwei Kinokarten für den neuesten Film mit Armin Müller-Stahl. Der Film war mäßig, aber danach schliefen sie miteinander, zum ersten Mal seit Monaten. Für einen Abend vergaß Kramer Abusch, Akkermann und den ganzen Rest.

Auch am 1. Mai war noch spektakulär gutes Wetter. Die Mai-Demonstration verlief in entspannter Atmosphäre. In den Jahren seit der Wende hatte sie sich immer mehr in ein Volksfest zum Frühlingsanfang verwandelt. Kramer lief zwar mit den Genossen von der Polizeiinspektion zum Alexanderplatz (einige von ihnen waren schon regelrecht besoffen), aber dort angekommen traf er sich mit Anette und ihren Kollegen und Kolleginnen von der Wismut, die er schon bei früheren Treffen angenehm gefunden hatte.

Im Vorjahr war Fidel Castro auf Staatsbesuch gewesen und hatte auf dem Alexanderplatz eine seiner gefürchteten siebenstündigen Revolutionsmeditationen abgehalten. Erstaunlicherweise hatte die Berliner Bevölkerung das als eine Art Happening begriffen. Ganze Freundschaftscliquen waren mit Bier und Schnaps hingezogen, etwa wie zu den Motorradrennen am Schleizer Dreieck, und nach der Rede hatten sie die hübschen Kubanerinnen gesucht, von denen Castro einige mitgebracht haben sollte.

Die Stimmung am 1. Mai war seit einigen Jahren ähnlich. Rede des Staatsratsvorsitzenden, Musik für verschiedene Geschmäcker auf fünf verschiedenen Bühnen, Volksfest. Kramer hörte sich gemeinsam mit Anette die Rede von Modrow an, die erwartungsgemäß vom Sozialismus handelte, aber erfrischend kurz war.

Kramer und seine Frau wanderten auf dem Platz herum, der von Buden gesäumt war wie bei einem Jahrmarkt. Sie trafen Bekannte. Es wurde viel getrunken. Aus der einen oder anderen Ecke wehte der Geruch von selbst gezogenem Marihuana heran. Die letzte Ernte schien ertragreich gewesen zu sein. Gegen Mittag gab es noch ein paar Schauflüge der Luftwaffe mit Hubschraubern und Düsenjägern – die DDR hatte die MiG 29 mittlerweile in eigener Regie weiterentwickelt und zeigte das Ergebnis gerne vor. Die Düsenjäger zogen schwarze, rote und gelbe Rauchbänder hinter sich her, und die Zuschauer duckten die Köpfe, wenn die Flugzeuge über sie hinwegdonnerten. Auf die ermüdenden NVA-Paraden verzichtete man mittlerweile, und alle waren froh darüber.

Erst auf dem Weg nach Hause merkte Kramer, wie angespannt und nervös er war. Auch das Gewitter am Abend brachte keine Erleichterung.

»Wie war meine Beerdigung?«

Kramer fuhr herum. Er hatte in seinem Büro wieder einmal Polyplay gespielt, an dem alten Rechner von Michael Abusch. Mittlerweile konnte er den Ton abstellen, so dass Pasulke ihn nicht immer belustigt ansah, wenn er auf die Toilette ging. Er glaubte zuerst, sich verhört zu haben. Aber nein, vom Bildschirm seiner R-610 grinste ihn das Jungengesicht von Uwe Merz an. Wie er leibte und lebte. Auch wenn er nicht sehr gesund aussah und das Grinsen eher wie das eines magenkranken Geiers wirkte.

»Bitte erschrick nicht. Das ist alles aufgezeichnet. Ich bin schon tot. Ich bin verrückt.«

Kramer rollte auf seinem Stuhl näher an den Bildschirm heran. Er sah sich einmal um, ob er auch wirklich allein war. Lobedanz fiel ihm ein. Wenn der jetzt lauschte, konnte er wenig dagegen tun.

»Du musst keine Angst haben. Lobedanz stört uns nicht. Schließlich habe ich sein kleines Spionageprogramm geschrieben, also kann ich es auch sabotieren. Sogar mit Zeitschaltuhr.«

Merz lachte. Diese Lache war Kramer von Merz nicht gewöhnt.

»Und natürlich bist du es selbst, Rüdiger. Man kann dich an der Art erkennen, wie du auf einer Computertastatur schreibst, weißt du das? Du verschreibst dich oft beim t, nicht wahr? Rutscht immer mal wieder ein z dazwischen. Menschen sind so einfach.«

Wieder dieses aasige Lachen.

»Du fragst dich sicher, was das hier soll. Ob ich vor meinem Tod völlig durchgedreht bin. Richtig. Bin völlig durchgedreht. Fast völlig. Ich muss jetzt bald gehen.«

Merz hielt seine Dienstwaffe ins Bild. Bitte nicht, dachte Kramer. Nicht vor meinen Augen.

»Aber vorher, da hab ich noch einen Rat für dich.«

Merz lehnte sich in seinem Stuhl zurück.

»Ich kenn dich doch. Sie haben dich in Urlaub geschickt, weil du ein bisschen Scheiße gebaut hast. Und du weißt natürlich, dass das nicht der wahre Grund ist. Deswegen reizt dich das Ganze jetzt doppelt. Mit der Kinderlandverschickung nach Dänemark hat dich Lobedanz erst recht scharf gemacht. Jetzt willst du es wirklich wissen. Warum die Stasi bei dir rumfingert, warum die Abusch nicht durch die Mangel gedreht werden darf, warum in diesem Fall alles so verfahren und dicht und zugeknöpft ist, bis oben hin. Hat Lobedanz den Deckel schon zugemacht? Besser so. Der weiß, was gut für ihn ist.«

Merz fuchtelte mit der Pistole herum.

»Aber du, du bist ein richtiger Idiot. Du willst die Wahrheit wissen, ja? Du willst durchblicken. Du lässt dich nicht verarschen.«

Kramer fühlte eine irrationale Lust in sich aufsteigen, den Bildschirm von seinem Sockel zu stoßen. Merz war immer ein Witzbold gewesen, und er hatte auch nie ein Blatt vor den Mund genommen. Aber so hatte der echte Merz, der gesunde Merz, nie mit ihm geredet. Das war einfach nicht sein Stil gewesen. Andererseits, und das ärgerte ihn doppelt, hatte der Merz mit der Pistole in der Hand Recht. Kramer war wirklich neugierig. Er wollte die Wahrheit wissen.

»Ich hab's rausgefunden. Ich weiß die Wahrheit. Zumindest einen großen Teil davon. Michael war auch nah dran. Deswegen ist er tot. Üble Sache. Ich geb dir einen guten Rat: Lass die Finger davon. Fang mit dem Rechner an, auf dem du so fleißig Polyplay spielst. Schmeiß ihn aus dem Fenster. Vergiss die ganze Angelegenheit. Trainier's dir ab, daran zu denken. Vergiss es so gründlich wie du kannst. Bitte.«

Merz lehnte sich auf seinem Stuhl vor und rückte dadurch wieder näher. Seine Augen waren groß.

»Du kannst nicht gewinnen, Rüdiger. Lass es sein.«

Als wäre er wirklich hier, dachte Kramer. Als spräche er mit mir.

»Ich muss jetzt bald gehen. Du hättest nichts tun können. Es gibt keinen Himmel.«

Merz zündete sich eine Zigarette an, was mit der Pistole in der Hand nicht ganz leicht war. Eigentlich war er Nichtraucher gewesen.

»Gib dir keine Mühe. Die Datei, die löscht sich selbst. Selbst wenn das nicht funktioniert, kannst du sie nicht finden. Such erst gar nicht danach. Mach's gut.«

Das Fenster verschwand, und der Computer startete sich automatisch neu. Kramer fühlte sich, als sei er im falschen Film.

Die Arbeit erledigte er an diesem Tag wie in Trance. Es gab einen Raubmord, den er aufzuklären hatte, aber die beiden anstehenden Vernehmungen führte hauptsächlich Pasulke, und er machte seine Sache gut. Kramer war nicht wirklich beteiligt, ihm ging immer nur ein und derselbe Satz durch den Kopf: *Es gibt keinen Himmel.* Pasulke fragte ihn einmal, was los sei. Kramer sagte, ihm sei nicht gut. Pasulke riet ihm, sich auszuruhen, und vielleicht ein oder zwei Tage freizunehmen. Er ging früher nach Hause. Anette war schon da. Sie setzte sich zu ihm, als er sich aufs Sofa legte. Auf ihre besorgten Nachfragen antwortete er nur, er habe vielleicht etwas Falsches gegessen. Anette machte ihm einen Kamillentee.

Am nächsten Morgen war er bereit, die posthume Botschaft von Merz als Teil einer spontanen psychotischen Episode zu betrachten, die auch zu seinem Tod geführt hatte. Merz war durchgedreht. So was kam vor. Vor ein paar Jahren hatte ein Polizist aus Moabit in einem Anfall von Wahnsinn seine ganze Familie ausgelöscht, auch mit der Dienstwaffe. Merz war an einen ähnlichen Bruchpunkt gekommen, und weil er sich schämte und nicht weiterwusste, hatte er seinen Nachforschungen zu den verschlüsselten Dateien Michael Abuschs einen Sinn untergeschoben, den sie nicht hatten. Kramer kannte das von Leuten, die mit einem Mord an den Händen vor ihm saßen und ihm erzählten, sie seien es nicht gewesen oder sie hätten das Opfer doch nur geschubst. Merz hatte eine Rechtfertigung für eine Verzweiflungstat gesucht, deren wirkliche Ursachen vielleicht nicht einmal er selbst kannte. Und diese Rechtfertigung war ihm wichtig genug gewesen, um sie Kramer noch nach seinem Tod auf die Nase binden zu wollen. Die arme Franziska Merz. Hoffentlich hatte er ihr nicht etwas Ähnliches hinterlassen. Kramer sprach mit niemandem über die Eskapade von Merz. Er wollte sein Andenken nicht beschädigen.

Gerade an diesem Morgen wurde ihm die Macht des Gewissens demonstriert. Der Raubmord, den Lobedanz ihm vor zwei Tagen zugeschustert hatte, erwies sich als leichter Fall. Der Hauptverdächtige, noch nicht verhaftet, aber nahe dran, verwickelte sich bereits massiv in Widersprüche, und nach ein wenig Hin und Her hatten Pasulke und Kramer ihn so weit, dass er zugab, »im Prinzip« mit dem Tod des Opfers etwas zu tun zu haben. Das ganze stellte sich als eine miese kleine Geschichte aus dem kriminellen Milieu heraus. Der Täter war ein Einbrecher. Er hatte Spielschulden und brauchte dringend Geld. Daher hatte er in der Verzweiflung einen Rentner erschlagen, um an dessen Ersparnisse zu kommen. Beute: 308,74 Mark und einige Scheine in altem Westgeld, das der Rentner aufbewahrt hatte, obwohl es schon lange keinen Wert mehr hatte.

Die Sachlage war eindeutig. Die Fingerabdrücke passten, die Tatwaffe war bei dem Täter gefunden worden, und nach seinem »prinzipiellen« Teilgeständnis war die Sache ohnehin gelaufen. Aber immer noch behauptete er, dass der Rentner nicht wirklich von ihm getötet worden war, obwohl er ihn »im Prinzip« schon geschlagen habe, das ja, aber nicht fest genug. »Der muss wat jehabt haben.« Berlin im Jahre 2000. Kramer verhaftete ihn vom Fleck weg.

Beim Abfassen seines Berichts achtete er ganz bewusst darauf, »t« nicht mit »z« zu verwechseln.

Kramer war auf der Jagd nach einem Buch und einem Blumenstrauß. Der Raubmordfall war abgeschlossen (Kramer hatte kurz vor Dienstschluss noch einmal mit Lobedanz darüber geredet), und weil sonst nichts Gewichtiges anlag, war er etwas früher gegangen als sonst. Nach den Aufregungen der letzten Zeit wollte er sich mit einem guten Buch belohnen. Anette hatte schon länger keine Blumen mehr von ihm bekommen. In einem »florist«-Geschäft der OGS fiel ihm ein schönes Bouquet aus Fresien und weißen Röschen auf. Er ließ es noch ein wenig mit Gartengrün und schönem Einschlagpapier verzieren und fand es dann sehr passend. Der hohe Preis ärgerte ihn, und er musste über seinen Geiz lachen.

Die Volksbuchhandlung Friedrichshain war ganz in der Nähe. Das neue *FDJ-Kochbüchlein* von Benjamin von Stuckrad-Barre war gerade erschienen. Stuckrad-Barre, ein junger schreibender FDJ-Kader, hatte sich mit seinen süffisanten Possen über den Staatsapparat der DDR einen Namen gemacht. Alles, was er schrieb, war frech genug, um die Bedürfnisse eines begeisterten Publikums nach ein wenig Motzerei und Satire zu befriedigen, und gleichzeitig harmlos genug, um bei den Behörden kein ernsthaftes Stirnrunzeln auszulösen. Sein *FDJ-Liederbuch* mit leicht umgedichteten Parteihymnen, Fahrtenliedern und ähnlichem war einhunderttausend Mal gedruckt worden, und er wies in Interviews immer wieder darauf hin, dass es auch einhunderttausend Mal gekauft worden war – »derzeit vergriffen« hieß es, wenn man es bestellen wollte. Das *FDJ-Kochbüchlein* war nach demselben Strickmuster aufgemacht: kleine Spitzen gegen den bürokratischen DDR-Alltag, verpackt in neckische Anekdoten um Kochen, Backen und Braten. Da wurde vieles in die Pfanne gehauen, anderes brutzelte im eigenen Saft vor sich hin, und Kramer legte das Buch beiseite, nachdem ihn auf Seite drei die Langeweile übermannt hatte.

Der neue Grass war auch da: *Ein weites Feld.* Reich-Ranicki hatte das Buch im »Literarischen Quartett« als »langweiligen Bildungsextrakt« mit »tendenziell antisozialistischem Subtext« verrissen, aber die Leser kauften es trotzdem. Besonders im Westen waren Grass' Kritik an der sozialistischen »Turbovereinigung« und seine bitteren Glossen über »neusozialistische Wendehälse« eingeschlagen wie eine Bombe, aber auch im Osten fand er seine Leser. Kramer war das Buch zu dick.

Dann fiel ihm der neue Kolbe in die Hände: *Vineta.* Er erinnerte sich, in der *Jungen Welt* etwas darüber gelesen zu haben. Der schmale Lyrikband mit vier Dutzend Gedichten hatte dem Rezensenten des FDJ-Organs nicht sehr behagt, auch wenn Kolbe eine »hohe Sprachbeherrschung« und ein allgemein »hohes ästhetisches Niveau« bescheinigt wurde. Der Rezensent kolportierte die Geschichte, dass Uwe Kolbe 1987 knapp vor der Republikflucht gestanden habe, und vermutete, er habe in *Vineta* seine »Liebe zur untergegangenen BRD verschlüsselt«. Und wenn schon, dachte Kramer. Er kaufte den Band.

Als er in eine schmale Seitenstraße einbog, um schneller zu seinem Auto zurückzukommen, wurde er Zeuge einer miserablen Szene. Vier Skinheads traten und prügelten auf einen Mann ein, der bereits am Boden lag. Dazu schrien sie Sachen wie: »Ich bring dich um, du Scheißpolack!« und »Polackensau!« Die Straße war menschenleer. Nur wenige Autos säumten den schadhaften Asphalt. Als Kramer nach oben sah, ging ein Fenster zu und eine Gardine wurde vorgeschoben. Der Himmel in dem schmalen Spalt zwischen den Häusern war strahlend blau.

Eine kalte Wut stieg in Kramer auf. Buch und Blumenstrauß warf er zu Boden, dann zog er seine Pistole und lief auf die Gruppe zu. »Polizei!«, schrie er. »Stehen bleiben! Aufhören!«

Die Skinheads sahen auf, als sie ihn über ihrem eigenen Geschrei verstehen konnten, zögerten kurz verschreckt und flüchteten. Kramer hatte Lust, ihnen hinterherzuschießen, aber er ließ es bleiben.

Der Mann am Boden wimmerte. Als Kramer sich neben ihn kniete, versuchte er sich aufzustützen. Sein Gesicht sah wirklich schlimm aus. Er blutete aus dem Mund, die Augen waren zugeschwollen, und als er sich schließlich in Sitzposition manövriert hatte, hielt er sich ächzend den Bauch. Kramer war hilflos und fuchtelte mit den Händen in der Luft herum, um den Verletzten von weiteren Bewegungen abzuhalten. Es dauerte eine Zeit, bis er seine Pistole wieder eingesteckt hatte, die ihn beim Herumfuchteln behinderte. Der Mann murmelte vor sich hin. Nach dem, was Kramer mitbekam, sprach er tatsächlich Polnisch. Er schien ihn gar nicht wahrzunehmen. Als er auch noch aufstehen wollte, begann Kramer zu protestieren.

»Um Himmels willen, bleiben Sie sitzen! Sie sind verletzt!«

Aber der Mann wollte nicht hören. Mit unglaublicher Sturheit rappelte er sich hoch. Dabei murmelte er ständig unverständliches Zeug, nestelte mit der einen Hand in seiner Jacke herum und wehrte mit der anderen Kramers Versuche ab, ihn zur Vernunft zu bringen. Als er schließlich schwankend und blutend vor Kramer stand, zog er etwas aus seiner Jacke, drückte es Kramer in die Hand und taumelte, stolperte, lief los. Kramer steckte reflexartig ein, was der Mann ihm gegeben hatte, und folgte ihm.

»Mann! Bleiben Sie stehen! Halt! Ich rufe einen Sanka!«

Der Mann rannte einfach weg. Kramer wollte ihm auf den Fersen bleiben, aber das war nicht einfach, denn er wählte gleichzeitig auf seinem Mobi die 115. Mit dem Telefon am Ohr verfolgte er den Fliehenden, der gerade um eine Ecke bog. Als Kramer diese Ecke erreichte und sich in alle Richtungen umsah, war der Mann wie vom Erdboden verschluckt.

»Hallo, Schnelle Medizinische Hilfe hier, wo brennt's denn?«

Kramer drehte sich hin und her, um den Verletzten vielleicht doch noch irgendwo zu entdecken, aber da war niemand. Resigniert nahm er das Mobi vom Ohr.

»Hallo? Hallo?«, tönte es aus dem Hörer.

Kramer schaltete das Telefon ab und steckte es ein.

»Scheiße!«

Er konnte immer noch nicht glauben, dass er von einem Halbtoten abgehängt worden war, und lief noch ein paar Meter in die eine Richtung, dann in die andere. Vielleicht hielt sich der Mann in einem Hauseingang oder in einer Toreinfahrt versteckt? Aber warum war er überhaupt geflohen? Er hatte Kramer für einen der Angreifer gehalten, das war die einzig mögliche Erklärung. Der Mann blieb verschwunden.

Buch und Blumenstrauß fand Kramer nicht mehr.

»Wird heute später«, stand auf dem Zettel, der in einer Untertasse auf dem Küchentisch lag. Kramer war enttäuscht. Er hätte gerne mit Anette über sein seltsames Erlebnis gesprochen, und er hätte ihr auch gerne erzählt, dass er Blumen für sie gekauft hatte. Aber es würde später werden. Kramer ahnte: so spät, dass ein Gespräch dann nicht mehr lohnte.

Er versuchte sich vor dem Fernseher zu entspannen. Das misslang. Der Hauptbericht der Aktuellen Kamera handelte von Helmut Kohl. Der letzte Kanzler der BRD hatte versucht, ein Urteil des Bezirksgerichts Bonn gegen ihn durch das Oberste Gericht in Berlin aufheben zu lassen. Die Haftstrafe, die das Bezirksgericht verhängt hatte, war jedoch vom Obersten Gericht bestätigt worden, und die *Aktuelle Kamera* zeigte ihn auf dem Weg in den Knast, begleitet von zwei Kollegen Kramers, die ihn an den Armen hinter sich herzogen. Das wirkte fast komisch: Der dicke Riese wurde von zwei Männern eskortiert, die beide um einen Kopf kleiner waren als er; die drei sahen aus wie Zirkuswärter mit ihrem Tanzbären.

Die *Aktuelle Kamera* erwähnte, dass es Zweifel an der Rechtmäßigkeit von Kohls Haftstrafe gab, die aber unbegründet seien. Kohls Rechtsanwalt wurde interviewt und behauptete, das Bonner und das Berliner Urteil hätten keine echte gesetzliche Grundlage. Der vor drei Jahren neu geschaffene Straftatbestand »Korruption« sei eine »Lex Kohl«, und die DDR sperre den ehemaligen Bundeskanzler für ein Vergehen ein, das es zum Zeitpunkt der Tatbegehung in der DDR gar nicht gegeben habe und noch heute nicht gebe: illegale Parteienfinanzierung. Ein Verfassungsrechtler der Bonner Universität erwiderte: Korruption sei in jedem zivilisierten Land der Erde strafbar, daher seien die Urteile gegen Dr. Helmut Kohl gerecht. Kohl durfte noch einmal seinen Fans winken, die ihn bis vor die Tore der Haftanstalt Preungesheim begleitet hatten, dann schloss sich die graue Stahltür hinter ihm. Kramer schaltete ab. 19:48 Uhr zeigte die alte digitale Küchenuhr. Viel zu früh, um schlafen zu gehen. Viel zu spät, um den Abend noch richtig zu planen.

Kramer hängte seine Jacke an die Garderobe. Bei seiner Heimkehr hatte er sie achtlos über das Sofa im Wohnzimmer geworfen, jetzt räumte er sie weg, weil Anette umherliegende Klamotten im Wohnzimmer hasste. Er fischte sein Mobi aus der Innentasche, um es in die Ladestation zu stellen. Dabei erwischte er auch ein zerknittertes, gefaltetes Papier. Kramer stutzte: Ach ja, das hatte ihm der Verletzte gegeben, bevor er losgelaufen war. Er öffnete es.

Bei dem Papier handelte es sich um eine Werbepostkarte für die *Frankfurter Allgemeine – Zeitung für Deutschland,* die mindestens zehn Jahre alt sein musste. »Die Frankfurter Allgemeine (Zeitung für Deutschland) sendet jedem Leser kostenlos ein Buch im Werte von DEUTSCHE MARK – Zwanzig – UND MEHR, wenn er der Frankfurter Allgemeinen Zeitung einen neuen Abonnenten (der noch nicht ihr Bezieher war) für mindestens sechs Monate zuführt«, las Kramer. Er musste ein wenig über den Begriff »zuführen« schmunzeln, der in der DDR immer noch »verhaften« bedeutete. Alternativ zu dem Buch versprach die Werbeabteilung der Zeitung dem Zuführer einen »Leuchtglobus«, der aber erst abgesandt wurde, wenn die Bezugsgebühren für zwölf Monate bezahlt waren. Zehn Jahre? Nach Machart und Stil war diese Karte mindestens zwanzig Jahre alt. Vielleicht stammte sie sogar aus der Mitte der Siebziger, die Sprache passte. Was sollte das? Seines Wissens war die *Frankfurter Allgemeine* nach der Wende mit der *Frankfurter Rundschau* zur *Frankfurter Zeitung* zusammengelegt worden. Wer konnte ein Interesse daran haben, jahrzehntealte Werbepostkarten einer Zeitung aufzubewahren, die es schon lange nicht mehr gab?

Kramer drehte die Postkarte um. Rechts oben, unter der Markierung für die Briefmarke (»Gebühr bezahlt Empfänger«), war etwas mit Bleistift notiert worden. Die Handschrift war zittrig, der Bleistift war hart gewesen, und Kramer entzifferte mühsam: »S. 29, R.!«

Na denn, dachte Kramer und ging in die Küche, um das Mobi zu versorgen und die dämliche Postkarte wegzuwerfen. Dabei kam er durchs Wohnzimmer, und ihm fiel auf, dass das Buch über die Finanzdelikte auf dem Couchtisch lag. Er wollte gerade weitergehen, als ihm siedend heiß einfiel, dass die Leihfrist für das Buch längst abgelaufen war. Er versuchte sich das Gesicht der Bibliothekarin vorzustellen, wenn er wie ein armer Sünder bei ihr auftauchte, um ein Buch zurückzugeben, das mehrere Wochen zu lange in seinem Besitz gewesen war. In seinem Kopf klickte etwas. Nein, das war ein wirklich zu verrückter Gedanke. Aber wie unter Zwang nahm er das Buch und blätterte bis zur Seite 29 durch. Er zitterte. Auf Seite 29 begann das Kapitel »Zur Latenz bei Finanzdelikten unter Missbrauch der EDV«. Unten, gleich neben der Seitenzahl, stand eine Notiz, wiederum mit Bleistift geschrieben, wiederum in schwer lesbarer Handschrift. »5.5. Späthbrücke, 21.00 Uhr«. Kramer blätterte die Seiten durch: nirgendwo sonst Randbemerkungen oder etwas dergleichen. Er ging in die Küche.

Das ist doch klassisch, oder? So fängt eine Psychose an, nicht wahr? Zusammenhänge dort sehen, wo keine sind, Bedeutung in Zufälle hineinlegen, die keine haben, Verschwörungstheorien, die Idee, dass man *beobachtet* wird. Nicht zur Späthbrücke gehen. Einen Arzt aufsuchen. Frau Dr. Lorenz in der Charité. Vielleicht hat sie ja heute Abend Dienst. Er prüfte noch einmal Postkarte und Buch: alles wie gehabt. Ein Zufall. Ein extrem unwahrscheinlicher Zufall. Nichts überstürzen.

Quatsch mit Soße, meldete sich eine Stimme in ihm. Kramer erkannte sie gleich. Es war die Stimme der Vernunft. Nüchtern, unpathetisch, klar. So viel Zufall gibt's gar nicht. Das hier hat auf jeden Fall eine Bedeutung. Entweder bin ich verrückt, oder jemand will mir was sagen. Ich find's nicht heraus, wenn ich nicht hingehe. 20:01 Uhr. Aus der Küchenschublade zog er einen zerfledderten Plan von Großberlin (Hauptstadt der DDR) und suchte nach der Späthbrücke. Sie lag in Britz (Bez. Neukölln) und führte über den Teltowkanal nach Johannisthal (Bez. Treptow). Eine vergleichsweise dünn besiedelte Gegend, wie auf der Karte zu sehen war. Wenn er sich beeilte, konnte er es schaffen.

Die Späthbrücke lag wirklich in einer sehr dünn besiedelten Gegend. Kramer kam sich beinahe wie auf dem flachen Land vor. Ihm war schon öfter erzählt worden, Berlin bestehe noch heute aus Dörfern; hier stimmte es. In der Ferne die roten Dächer von Späthsfelde. Die Brücke: verlassen. Kein Auto, kein Mensch. 21:03 Uhr. Konnte es sein, dass er schon zu spät war? Konnte es sein, dass er sich hier zum Narren machte, weil er Sachen zusammenrechnete, die nichts, aber auch gar nichts miteinander zu tun hatten? Wie würde er sich fühlen, wenn er einen halben Abend damit verbracht hatte, zu einer gottverlassenen Kanalbrücke am Rande Berlins und zurück zu fahren, nur weil er glaubte, dort Hinweise auf einen abgeschlossenen Mordfall zu finden?

Die Brücke war unspektakulär, um nicht zu sagen, hässlich. Eine Konstruktion aus Eisenstreben, die eine Fahrbahn für Autos und zwei Gehwege zur Verfügung stellte, einer rechts lang, einer links, fertig. Die Brücke überspannte den Teltowkanal, dessen träges und glattes Wasser Kramers Silhouette spiegelte, als er von der Brücke hinuntersah. Er konnte keine Strömung ausmachen. Das Wasser war vollkommen still. Kramer überlegte sich eine Strategie, um auf sich aufmerksam zu machen. Er würde, so sein Plan, immer über die Brücke hin- und hergehen, auf dem linken Gehweg nach Treptow und auf dem rechten nach Neukölln zurück, hin und her, so lange, bis entweder was passierte oder bis es ihm zu peinlich wurde. Auf diese Weise würde er bestimmt nicht übersehen werden. Wenn ihn jemand treffen wollte, ob er nun zu Fuß, per Boot oder per Auto kam: Einen Mann, der auf dieser kurzen Brücke immer hin- und herging, konnte man kaum übersehen.

Das war völlig idiotisch und so unkriminalistisch wie nur möglich, aber ihm fiel einfach nichts Besseres ein. Er hatte es schon früher so gemacht, wenn er auf keinen Fall übersehen werden wollte, zum Beispiel, wenn er zum ersten Mal ein Mädchen traf. Als Jugendlicher hatte er ganz *sicher* gehen wollen und bei den vereinbarten Treffpunkten stets die exponierteste Stelle eingenommen, um nur ja aufzufallen. Auch bei Anette war das noch so gewesen. Die Weltzeituhr auf dem Alex, bei der sie sich zum ersten Mal getroffen hatten, war ein schwerer Fall für diese Methode: Sie war gleichzeitig rund und relativ groß, und er konnte sich nicht entscheiden, wohin er sich stellen sollte, um aus möglichst vielen Richtungen sichtbar zu sein. Also wanderte er immer um die Uhr herum, wie ein Tibeter um seine Gebetsmühle, eine Viertelstunde lang, bis er schließlich Anette beinahe anrempelte, die er, von seiner Kreiswanderung völlig absorbiert, fast übersehen hätte. Ihre erste Frage war gewesen: »Was machst du da?« Und ihre erste Auskunft: »Ich hab mich ein wenig verspätet.« Seitdem, dachte Kramer bitter, sind die Verspätungen immer deutlicher ausgefallen.

Diesmal schien der Trick nicht zu funktionieren. Es kamen zwar ein paar Autos vorbei, eines passierte ihn sogar in Schritttempo, aber niemand nahm wirklich Kontakt mit ihm auf. Kein Ruderer, kein Fußgänger, niemand. Nach zwanzig Minuten hatte Kramer genug. Er beschloss, zu seinem Auto zurückzukehren, die Postkarte, den Eintrag in dem Buch und die Brücke zu vergessen und diesen Abend endgültig abzuhaken.

Vor seiner letzten Kanalüberquerung (er war wieder auf dem Weg nach Neukölln) kam er zum x-ten Mal an einem Verkehrsschild vorbei, das Fahrzeugen mit mehr als 7,5 Tonnen Gewicht den Weg über diese Brücke verbot. Irgendjemand hatte das Schild als Zielscheibe benutzt. Die Einschüsse deuteten auf ein Kleinkalibergewehr hin. Am Fuß des Schildmastes lag eine Schachtel, die anscheinend achtlos weggeworfen worden war. Bis jetzt war sie ihm nicht aufgefallen. Kramer ging in die Hocke, weil sie eine interessante Farbe hatte: Das Blau leuchtete in der Dämmerung. Er hob die Schachtel auf und hätte sie beinahe wieder fallen lassen, weil sie sich so seltsam anfühlte. Sie lag wunderbar samtig und schwer in seiner Hand, eine eigenartige Mischung aus metallischem Gewicht und organischer Sanftheit.

Kramer öffnete sie. Darin lag ein Gegenstand, wie er ihn noch nie gesehen hatte: Das Ding hatte in etwa die Größe und Form eines Daumens und glänzte silbern-anthrazitfarben. Er nahm das Fundstück aus der Schachtel heraus. Für seine Größe war es überraschend schwer. Dort, wo bei einem Daumen der Fingernagel gewesen wäre, war ein Zeichen oder eine Markierung eingeprägt: drei Kerben, spitz zulaufend, wie sehr feine und schmale Klingen, wie ein Keilschrift-Zeichen für die Zahl Drei. Kramer hatte dieses Zeichen schon einmal gesehen, aber er konnte sich nicht erinnern, wo. Abgesehen von den Kerben war der Gegenstand unmarkiert. Fabrikat, Hersteller, Seriennummer: nichts von alledem. Wozu diente dieses Ding? Kramer hatte keinen blassen Schimmer. Aber er wusste intuitiv, dass es aus derselben Quelle stammte wie der seltsame Rechner auf dem Schreibtisch von Michael Abusch: Es strahlte dieselbe Aura der Hypermodernität aus, dieselbe quasi-organische Qualität, dieselbe Kompromisslosigkeit der Gestaltung.

Kramer legte den Gegenstand in die Schachtel zurück. Er wog sie in seiner Hand. Sein Ausflug zur Späthbrücke war nicht umsonst gewesen. Aber wie weiter? War das eine Falle? Wollte die Stasi ihn in irgendeinen Mist hineinziehen, der mit Schmuggelaktivitäten zu tun hatte? Aber warum? Er wusste, dass die Stasi zu völlig absurden Konstruktionen neigte, aber das hier schmeckte anders. Es wirkte weitaus bizarrer als die Majorin Schindler und ihre Obsessionen. Fest stand nur, dass irgendjemand ein Spiel mit ihm spielen wollte. Er hockte mit der blauen Schachtel in der Hand vor dem Verkehrsschild und hatte gute Lust zum Mitspielen. Genau, Uwe, dachte er. Ich will wissen, was hier vor sich geht. Ich will es verdammt noch mal wissen.

Auf dem ganzen Weg nach Hause war er gut gelaunt. Er fuhr durch den milden Frühlingsabend. An einer Ampel lächelte ihn ein hübsches Mädchen an. Die Schachtel lag auf dem Beifahrersitz, und er streichelte sie ab und zu, weil sie sich so wunderbar anfühlte. Er nahm sich vor, Anette nichts von seinem Ausflug zu erzählen, allein schon wegen ihrer ständigen Zuspätkommerei. Außerdem wollte er sie nicht mit Angelegenheiten belästigen, die sie nichts angingen. Das war ein ungeschriebenes Gesetz zwischen ihnen: Er schwieg über laufende Ermittlungen, sie schwieg über ihre Arbeit bei der Wismut.

Als er die Tür seiner Wohnung hinter sich zugeschlagen hatte, wusste er sofort, dass sie noch gar nicht da war: Ihr Haken an der Garderobe war leer. 22:12 Uhr. So spät war es schon lange nicht mehr geworden. Aber Kramer wollte sich nicht ärgern. Auch gut, dachte er, dann kann ich noch einmal einen Blick auf die Schachtel werfen. Er legte sie auf den Küchentisch. Weil er Durst hatte, goss er sich ein Glas Mineralwasser ein, trank es auf einen Zug leer und schenkte noch einmal nach. Er holte eine zweite Flasche Margonwasser aus dem Kühlschrank.

Das Material, aus dem die Schachtel gemacht war, faszinierte ihn. Es fühlt sich wie Samt an, dachte er. Wie sehr kurz geschorenes, feines Fell. Aber in Wirklichkeit hatte er keine Vergleiche dafür. Er strich darüber hin und freute sich an dem seltsamen, neuartigen Gefühl. Daraus sollten sie mal Klamotten machen, dachte er, nicht aus dem blöden Malimo.

Als er den Gegenstand aus der Schachtel herausholte, stellte er zu seiner Verblüffung fest, dass die drei Kerben goldfarben leuchteten. Er sah genauer hin: Wenn das Leuchtdioden waren, dann hatte Kramer diesen Typ noch nie gesehen. Nein, nein, das Licht kam aus dem Inneren des Gegenstands. Kramer bekam Bedenken. Was mochte die Ursache für das Leuchten sein? Während seiner Zeit auf der Polizeihochschule war ihm natürlich auch der Umgang mit Leuchtstoffen beigebracht worden. Er konnte sich vage daran erinnern, dass Leuchtstoffe häufig radioaktiv waren. Verstrahlte ihn das Ding gerade?

Das Licht wurde sprunghaft intensiver. Weil es ihn blendete und weil er es wirklich mit der Angst bekam, legte er das Ding auf den Küchentisch, neben die Schachtel. Vielleicht war es aber in der Schachtel besser aufgehoben. Er schloss den Deckel, und sofort begann die ganze Schachtel zu leuchten, blaugolden. Kramer wusste nicht, was er tun sollte. Alles aus dem Fenster werfen? Die Feuerwehr rufen? Andererseits war er noch immer neugierig. Er wollte wissen, wie das Licht aus der Schachtel ohne die Küchenbeleuchtung aussah. Als er die Hängelampe über dem Tisch ausgeschaltet hatte, war das Licht aus der Schachtel schon stark genug, um Schatten zu werfen. Und mit jeder Sekunde wurde es stärker. Sprach- und fassungslos sah Kramer zu, wie das Leuchten schließlich die ganze Küche erfüllte: ein kaltes Feuer, durch das blaue und goldene Funken tanzten. Alles war eingehüllt in dieses Licht: Decken und Wände, die Küchenmöbel, Kramer selbst. Jetzt gab es keine Schatten mehr. Trotz seiner Angst ging Kramer mit ausgestreckten Händen auf die Schachtel zu. Als er die Hand darauflegte, strahlte sie in schmalen Bahnen zwischen seinen Fingern hervor und warf das Abbild seiner Hand vielfach vergrößert an die Decke.

Dann, mit einem Schlag: Dunkelheit. Nichts mehr. Kramer stand in der finsteren Küche, die Finger um die Schachtel gelegt, und wusste immer noch nicht, wie ihm geschah. Es dauerte eine Weile, bis er bemerkte, dass das Telefon klingelte. Langsam ging er rückwärts aus der Küche. Auf dem Weg zum Telefon warf er mehrere unsichere Blicke zurück zur Küchentür. Er betrachtete einige Sekunden lang stumpf den Hörer, bevor er abhob.

»Hallo?«, sagte jemand.

»Anette?«

»Ist was, Rüdiger? Du klingst so komisch?«

Nein dachte er, nichts ist. Ich habe nur gerade die Feen tanzen sehen. In unserer Küche.

»Nein«, sagte er. »Nichts. Ich bin nur müde. Ich bin vor dem Fernseher eingeschlafen.«

»Ach so«, sagte Anette. »Ich wollte dir nur sagen, dass hier das absolute Chaos herrscht. Es hat einen Computerausfall gegeben, und Speidel hat uns allen eine Sonderschicht verordnet, damit das wieder in Ordnung kommt. Nicht auf mich warten.«

»Gut.«

»Wirklich alles in Ordnung? Du klingst so komisch!«

»Ja. Alles in Ordnung. War ein langer Tag heute. Muss ich dir mal erzählen.«

»Ja. Aber nicht jetzt. Die Arbeit ruft.«

»Gut. Wir sehen uns morgen.«

»Bis morgen«, sagte Anette und legte auf.

Kramer hörte sich eine Weile das Freizeichen an. Es klang so beruhigend normal. Dann ging er in die Küche. Die Schachtel lag völlig harmlos auf dem Tisch. Wurde er verrückt? Er musste mit jemandem reden. Aber nicht mit Anette.

Pasulke hatte sein Bier noch nicht angerührt. Sie saßen im *Bierkönig*, der fürchterlichsten Kneipe Berlins. Der Laden war die ostdeutsche Nachahmung einer Kneipe von Westdeutschen, die seinerzeit eine bayrische Beiz mit Biergarten in Mallorca nachgeahmt hatte, verfeinert durch Reminiszenzen an ehemalige nordamerikanische Diners, wie den »echten Barspiegel« des Hard Rock-Cafés aus Los Angeles. Ein surrealer Alptraum. Pasulke hatte diese Kneipe aufgetan. Er war mit Kramer immer dann dorthin gegangen, wenn es etwas wirklich Ernsthaftes zu bereden gab. Etwas Wichtiges, von dem er gleichwohl wollte, dass es schnell erledigt war. Sie hätten auch in der Inspektion aufs Klo gehen können, aber dort gab es kein Köstritzer.

Diesmal hatte Kramer Pasulke in den *Bierkönig* gebeten, um ihm die Geschichte mit dem seltsamen Fundstück von der Späthbrücke zu erzählen. Bis jetzt schien Pasulke unbeeindruckt. Vielleicht weil Kramer die Episode mit dem Licht ausgelassen hatte. Er hatte es einfach nicht übers Herz gebracht. Ihm kam sein Erlebnis selbst zu unglaubwürdig vor.

»Zugegeben. Sieht schon eigenartig aus«, sagte Pasulke lahm, während er das Ding zwischen seinen Fingern hin und her rollte, als wolle er eine Zigarre prüfen.

»Eigenartig?«, gab Kramer zurück. Seine Stimme überschlug sich fast. Er musste sich beherrschen. »Ich werde von einer uralten Werbepostkarte und einem Buch aus der Präsidiumsbücherei zur Späthbrücke geschickt. Dort finde ich das hier.« Er zeigte auf die Schachtel. »Eigenartig nennst du das? Hast du so was überhaupt schon mal gesehen?«

»Ja«, sagte Pasulke trocken und legte den Silberdaumen in die Schachtel zurück. »Zumindest das Zeichen auf dem Ding kommt mir ziemlich bekannt vor. Kennst du die NATA?«

Was für eine Frage, dachte Kramer. Natürlich kannte er die NATA! Dieser neue Dienstleistungsbetrieb, der beinahe alles machte, vom Pizzaservice bis zum Schuheputzen, war ja kaum zu übersehen. Weiß gekleidete Mitarbeiter und ein Werbefeldzug in den Medien hatten die NATA innerhalb kürzester Zeit zum Stadtgespräch gemacht.

»Ham denn die damit zu tun?«, fragte er.

Bevor Pasulke antworten konnte, fiel bei ihm der Groschen. Die NATA führte außer drei blauen Strichen auch noch einen dicken roten Punkt in ihrem Firmenzeichen, aber die Ähnlichkeit zu den drei Kerben auf dem Fundstück war unübersehbar.

»Die werfen doch Unmassen von kleinen Geschenken unters Volk. Kugelschreiber, Kaffeetassen, sogar Billigmobis.«

»Jochen«, sagte Kramer beschwörend. »Ist das ein Kugelschreiber? Wozu ist dieses Ding überhaupt gut?« Es hat geleuchtet, fügte er in Gedanken hinzu. Und wie es geleuchtet hat. Fast wünschte er sich, es möge das jetzt auch tun, hier, mitten im *Bierkönig*. »Ich finde bei Michael Abusch einen Rechner, den es nicht geben darf. Uwe bringt sich um, nachdem er sich mit verschlüsselten Dateien von Michael Abusch beschäftigt hat. Irgendjemand lotst mich mit einem höchst komplizierten Verfahren zu einem Treffpunkt, an dem ein Gegenstand auf mich wartet, der genauso fremdartig wie der mysteriöse Rechner ist und ihm außerdem von der ganzen Machart her auch noch gleicht. Da ist doch was am Laufen!«

Er hatte zu laut gesprochen. Am Nachbartisch drehte sich jemand zu ihnen um. Pasulkes Gesicht verfinsterte sich.

»Hab ich mir doch gedacht. Du murkst das mit der Abusch-Kiste zusammen.«

»Was heißt denn hier ›ich murkse‹? Das sieht doch ein Blinder, dass da was stinkt!«

»Nee, Rüdiger, so nich. Alles, was ich seh, ist ein Prototyp von einem Werbegeschenk und zwei traurige Geschichten, von denen die eine mich immer noch mitnimmt, weil Uwe ein dufter Kerl war. Und außerdem sehe ich einen Oberleutnant der Deutschen Volkspolizei, der zwar kürzlich erst in Dänemark war, der aber einen längeren Urlaub trotzdem gut gebrauchen könnte. So drei oder vier Wochen. So sieht's aus.«

»Ich brauche deine Hilfe«, sagte Kramer schwach. »Ich weiß, dass hier was faul ist, wie seinerzeit bei den Schillerparkfällen. Ich spüre das.«

Pasulke ging nicht darauf ein. »Meine Hilfe brauchst du? In Ordnung. Ich helfe dir mit einem guten Rat. Wenn du wirklich wissen willst, was das hier ist« – er griff nach der Schachtel und schüttelte sie –, »dann geh zur NATA und lass es dir erklären. Vergiss Michael Abusch. Der Fall ist abgeschlossen. Aus. Fini. Erledigt.« Pasulke sah ihn herausfordernd an, wie er das immer machte, wenn er wütend war. »Und noch eins zu Uwe: Vielleicht hat dir das noch niemand erzählt, aber der hat sich umgebracht, weil er Lungenkrebs hatte. Und jetzt ist unsere Mittagspause um. Können wir zahlen?«

»Lungenkrebs?«, fragte Kramer zurück.

»Ja.«

Kramer schüttelte den Kopf. Dann atmete er aus und lehnte sich in seinem Stuhl zurück. »Mann«, sagte er. Etwas anderes fiel ihm nicht ein.

Die NATA residierte in einem beeindruckenden Klinkerbau aus der Gründerzeit, direkt am Rand des Grunewalds: Sprungschanzenweg 11. Die Adresse hatte er erst nach ausgedehnten Recherchen im Netz herausgefunden; für eine Telefonnummer hatte er die Deutsche Post bemühen müssen. Immerhin war er jetzt angemeldet, bei einem gewissen Günter Karau, »Direktor für Absatz und Öffentlichkeitsarbeit« bei der NATA.

NATA was? VEB, PGH oder was sonst? Auf dem Dach oder am First des Firmensitzes war nichts zu sehen, und wenn Kramer nicht neben der Haustürklingel ein Messingschild mit der simplen Prägung »NATA« gesehen hätte, hätte er geglaubt, es mit einer ganz anderen »Firma« zu tun zu haben. War es nicht Gesetz, dass die Gesellschaftsform eines Betriebes genannt wurde? Machten es nicht alle so?

»Bitte nehmen Sie den Aufzug. 3. Stock.«, sagte eine Stimme aus der Wechselsprechanlage, noch bevor er sich vorgestellt hatte.

Als sich die Türen des Aufzugs öffneten, dachte Kramer noch einmal kurz an das Gespräch mit Pasulke. Lungenkrebs, dachte er. Aber wie passt das zu Uwes irrer Botschaft? Das war nicht alles, das war nicht alles! Der Aufzug hielt butterweich. Kramer spürte das Gewicht des blauen Kästchens in seiner Jackentasche.

»Oberleutnant Kramer, nehme ich an«, sagte der Direktor für Absatz. »Was führt Sie zu uns?« Gut aussehend. Mitte vierzig. Überfester Händedruck. Der Blick aus seinem Bürofenster ging auf den Grunewald hinaus.

Kramer zog die Schachtel aus seiner Jackentasche, bevor er sich setzte, und packte den Silberdaumen aus.

»Können Sie mir sagen, was das ist?«

Karau nahm das Fundstück in die Hand und betrachtete es kritisch.

»Wo haben Sie das her?«, fragte er.

»Ich habe es gefunden.«

»Das ist Firmeneigentum. Ich werde es behalten müssen.«

Kramer dachte, er habe sich verhört.

»Wohl kaum. Es handelt sich um ein Beweisstück in einem ungeklärten Mordfall. Ich möchte von Ihnen nur wissen, was für eine Funktion dieses Ding hat.«

»Sie können machen, was Sie wollen. Das ist Firmeneigentum. Vor ein paar Wochen sind aus unserer Entwicklungsabteilung einige Gestaltungsstudien gestohlen worden. Ich bin mir sicher, dass dies hier«, er hielt den Silberdaumen in die Höhe, »ein Teil der Beute ist. Ihre Kollegen arbeiten an dem Fall. Möglicherweise werden Sie selbst dazu Auskunft geben müssen, wo Sie es herhaben.«

Kramer verschlug es die Sprache. Wie sicher dieser Kerl sich seiner Sache war. Sein Blick war völlig frei von Zweifeln oder Angst. Was sollte er tun? Seine Waffe ziehen und die Herausgabe der »Gestaltungsstudie« verlangen? Stattdessen legte er seine Hand auf die blaue Schachtel.

»Schauen Sie«, sagte er in dem Tonfall, den er bei hartnäckigen Kriminellen während eines Verhörs verwendete, »das ist ganz einfach. Wir beide werden diesen Raum nicht verlassen, bevor Sie mir das Beweisstück nicht zurückgegeben haben.«

Karau lächelte dünn. »Sie können mir nicht drohen, Herr Oberleutnant. Nicht nur das Recht ist auf meiner Seite. Sondern auch die besseren Argumente.«

Es klopfte an der Tür.

»Herein«, sagte Karau.

Als Kramer sich in seinem Sessel zur Tür umdrehte, betraten zwei Männer das Büro. Sie waren recht groß und trugen blauschwarze Uniformen, wie

Kramer sie noch nie gesehen hatte, und außerdem schwarze Baretts mit dem silberfarbenen Firmenabzeichen daran. Das waren keine Betriebsschutz-Polizisten und keine Betriebskampfgrüppler. Das waren Schläger in den Privatuniformen der NATA. Sie stellten sich rechts und links von Kramers Stuhl auf, und er bemerkte, dass beide schwarze Lederhandschuhe trugen. Er steckte die blaue Schachtel in seine Jackentasche.

»Meine Herren«, sagte Karau gut gelaunt. »Oberleutnant Kramer möchte uns jetzt verlassen. Bitte begleiten Sie ihn zur Haustür.«

Kramer stand auf. Hier war Ende der Fahnenstange, und er gab sich geschlagen.

»Falls es Sie beruhigt, Herr Kramer, kann ich Ihnen versichern, dass die Gestaltungsstudien bisher völlig funktionslos waren. Studien eben. Es ist uns ein Rätsel, warum sie gestohlen wurden, und wir würden dieses Rätsel gerne lösen. Vielleicht haben Sie uns dabei ein wenig weitergeholfen. Ich danke Ihnen.«

Die zwei Sicherheitstypen packten ihn rechts und links an den Armen. Karau stoppte sie mit einer Handbewegung.

»Begleiten, hatte ich gesagt.«

Kramer hielt die Faust um die Schachtel in seiner Jackentasche geballt. Als er die Villa verließ, bemerkte er die Videokamera über der Haustür. Sie surrte leise, während er zur Straße ging.

Wütend. Mehr als wütend war er, als er am Rathaus Steglitz vorbeifuhr. Das gibt's doch nicht!, dachte er. Serviert mich ab wie einen Schulbuben! Und was waren das überhaupt für Typen gewesen, die Karau ins Büro gerufen hatte? Seit wann gab es denn private Sicherheitskräfte, die mit irgendwelchen Phantasieuniformen in der Gegend herumlaufen durften?

Noch schlimmer als seine Wut war seine Einsamkeit. Pasulke brauchte er mit seinem NATA-Reinfall nicht zu kommen. Der würde nur mit den Schultern zucken, so wie er im *Bierkönig* gelaunt gewesen war. »Hab ich's dir nicht gleich gesagt …«

Und so, wie die Dinge lagen, konnte er erst recht nicht zu Lobedanz gehen. Erstens war er ohne Erlaubnis in einem eigentlich abgeschlossenen Fall unterwegs gewesen, zweitens hatte Lobedanz seit einiger Zeit die Hosen gestrichen voll, das war nur allzu offensichtlich. Nur nicht die falschen Leute ärgern, das schien im Moment die oberste Priorität seines Vorgesetzten zu sein. Und nach dem, was Kramer im Sprungschanzenweg erlebt hatte, gehörte die NATA ganz bestimmt zu denen, die Lobedanz nicht ärgern wollte. Meine Güte. In der alten DDR war viel über Schalk-Golodkowski und seine »Kommerzielle Koordination« gemunkelt worden, aber Kramer hatte eigentlich geglaubt, dass die neue DDR solche Schattengesellschaften nicht nötig hatte.

Am meisten ärgerte ihn aber, mit was für einem dämlichen Bockmist ihn dieser Karau hatte abspeisen wollen. »Funktionslose Gestaltungsstudie«. Dass ich nicht lache!, dachte Kramer. Dann war das Feuerwerk in meiner Küche wahrscheinlich auch keine Funktion, sondern ein kleiner Spaß am Rande, den sich der Entwicklungsingenieur geleistet hatte.

Immerhin steckte in seiner Tasche noch das Kästchen. Er vergewisserte sich, dass es noch da war. Nicht ich bin verrückt, dachte er. Die Situation ist es.

Die Schlacht

Masters und seine Leute hatten richtig Spaß. Zum ersten Mal, seit Wes auf der Festung war, hatte sich etwas ereignet, was die geballte Aufmerksamkeit und Kompetenz der Sicherheitsleute erforderte, und sie konnten sich vor Begeisterung darüber kaum lassen. Wie Wespen, die aus ihrem Bau aufgescheucht worden waren, sprangen sie auf dem Ladedeck umher, brachten das schwere Maschinengewehr in Stellung und, wenn Wes die Bilder auf seinem Schirm richtig deutete, sogar einen Granatwerfer. Sie benahmen sich allgemein wie Pfadfinder, wenn das Geländespiel endlich losgeht.

Was war geschehen? Ein Fahrzeug war in den Sicherheitsbereich um die Festung herum eingedrungen! Eine zunächst unidentifizierte Segeljacht! Mittlerweile hatten die Skipper der »Northern Rose«, wie die Jacht hieß, per Funk zwar längst ihre Visitenkarte abgegeben. Sie hatten auch darauf aufmerksam gemacht, dass sie sich der Festung nicht aus Neugier oder mit bösen Absichten genähert hatten, sondern weil sie wegen eines Maschinenschadens und Treibstoffverlusts Hilfe brauchten. Aber Masters und seine Leute waren ein misstrauisches Volk, und die Vorbereitungen für die Schlacht mit den Eindringlingen gingen weiter. Wes und die anderen Techniker betrachteten sich den ganzen Quatsch von der technischen Kommandozentrale aus, weil Masters ihnen verboten hatte, sie zu verlassen: »Wenn einer von euch Lutschern auch nur aufs Klo geht, mach ich euch alle fertig!« Anatol, John und Beatrice lachten über den grimmigen Ernst der Soldaten. Wes war zu genervt dazu. Der Skipper der »Northern Rose«, ein gewisser Tennisson, versuchte Masters zum x-ten Mal zu erklären, dass er nicht gekommen war, um die Festung zu erobern, sondern weil er es aus eigener Kraft wahrscheinlich nicht mehr bis zum nächsten Hafen schaffte. Der Mann hatte einen amerikanischen Akzent.

»Das ist mir egal«, bellte Masters zurück, dem die ganze Angelegenheit anscheinend ein inneres Gartenfest war. »Sie befinden sich innerhalb der Hoheitsgewässer von Sealand. Entweder verschwinden Sie freiwillig, oder wir vertreiben Sie.«

Wes ahnte, was kommen würde.

»Hoheitsgewässer?«, fragte Tennisson. »Wovon reden Sie, Mann? Das hier sind die Hoheitsgewässer des Vereinigten Königreichs. Das Vereinigte Königreich hat internationales Seerecht anerkannt, und laut diesem Seerecht sind Sie verpflichtet, mir zu helfen. Verstehen Sie?«

»Pech gehabt, Meister. Ich spreche hier als Verteidigungsminister des souveränen Fürstentums Sealand. Sealand scheißt auf das internationale Seerecht.

Ihr Eindringen stellt die illegale Verletzung einer Staatsgrenze dar. Wenn Sie sich jetzt nicht augenblicklich verpissen, brennen wir Ihnen eine Salve auf den Arsch, die sich gewaschen hat. Haben SIE das jetzt begriffen?«

Oh Mann, dachte Wes. Mr. Tennisson wusste anscheinend über den »kleinsten souveränen Nationalstaat der Welt« nicht Bescheid, und Masters erklärte ihm die Faktenlage auf seine Art. In gewisser Weise hatte er ja Recht. 1967 hatte Roy Bates, ein durchgeknallter ehemaliger Major der britischen Armee, die aufgegebene Seefestung besetzt und das »souveräne Fürstentum Sealand« ausgerufen. 1968 hatte ihn das Königreich wegen Verstößen gegen das Waffengesetz vor Gericht zerren wollen, aber, surprise, surprise, die zuständigen Richter hatten die Aufnahme des Verfahrens mit der Begründung abgelehnt, die Festung liege außerhalb der 3-Meilen-Zone, die Großbritannien zu dieser Zeit als nationale Gewässer beanspruchen konnte. In den Jahren darauf wurde die Zone auf 12 Meilen ausgedehnt, und andere übrig gebliebene Seefestungen aus der Zeit des Zweiten Weltkriegs wurden gesprengt, um ähnliche Vorgänge zu vermeiden. Aber Fürst Roy von Sealand beharrte auf seiner Unabhängigkeit und druckte Briefmarken und Pässe, suchte die Anerkennung anderer Staaten und erließ 1975 sogar voller Stolz eine eigene Verfassung. Muss lustig gewesen sein, dachte Wes.

Ende der Neunziger hatte sich der Spaß abgenutzt. Fürst Roy war müde und pleite und vermietete seinen Staat an die Veridat Inc. (Dallas/Texas und Fürstentum Sealand), die aus der Festung der Welt sichersten »data haven« machte. Eine gigantische Serverfarm mitten im Meer, mit den neuesten Maschinen, die viel Platz für alles Mögliche boten, was diskret behandelt werden sollte. Ein Schweizer Schließfach für Daten. Die Internetverbindungen zur Außenwelt waren Weltklasse. Und all das war der Grund dafür, dass Wes sich überhaupt auf der Festung befand und dass Masters als »Verteidigungsminister« auftreten konnte. Fürst Roy hatte ihn dazu ernannt.

Mr. Tennisson von der »Northern Rose« war all dies unbekannt, wie 99,999 % der restlichen Menschheit auch, und er fragte zurück: »Sind Sie irre?«

Masters antwortete nicht darauf. Er gab McCollum, dem Vizeverteidigungsminister, den Befehl »Feuer frei!« Blot-blot-blot-blot machte das Maschinengewehr, mit dem man auch niedrig fliegende Flugzeuge abschießen konnte, vorausgesetzt, sie waren nicht zu schnell. Wes dachte: Jetzt geht der Schwachkopf zu weit. Masters war anderer Ansicht. Auch Gabriel, der Mann am Granatwerfer, erhielt den Befehl »Feuer frei!« und führte ihn umgehend aus. Fump! Die Granate verfehlte glücklicherweise ihr Ziel, erzeugte aber eine beachtliche Fontäne, als sie knapp unter der Wasseroberfläche explodierte. Masters stand mit seinem Feldstecher auf dem Lastendeck und sah aus wie der Kapitän der »Hood« im Kampf mit der »Bismarck«.

Tennisson schien die Schnauze voll zu haben. Aus dem schlanken Schornstein seiner Yacht kam dichter Rauch von unsauber verbranntem Schiffsdiesel, und das Boot tuckerte langsam, langsam davon. Masters, der Vollidiot, beglückwünschte McCollum und Gabriel zur heldenhaften Verteidigung der Souveränität Sealands, und in der Kommandozentrale hielten sich alle vor Lachen die Bäuche. Außer Wes.

Du bist eingeladen

Kramer wollte seine Frau berühren, aber er wagte es nicht. Sie war erschöpft von der Arbeit zurückgekommen und hatte ihm in der Küche nur kurz die Hand auf die Schulter gelegt, bevor sie ins Bett gegangen war. Jetzt lag Kramer neben ihr, voller Bitterkeit und Sehnsucht. Jetzt irgendetwas zu erzwingen wäre furchtbar geworden, das wusste er aus Erfahrung nur zu genau. Aber er war einsam! Wie lange sollten sie eigentlich noch so nebeneinanderher leben? Natürlich war sie nicht allein schuld, denn auch er schwieg sich über seine Sorgen und Nöte beharrlich aus. Wie konnte er aber Anette auch von den unglaublichen Erlebnissen der letzten Tage berichten? Was hätte das gebracht? Im schlimmsten Fall den Rat, den auch Pasulke ihm gegeben hatte: das Ganze zu vergessen und mal richtig auszuspannen (das aus Anettes Mund!). Im besten Fall würde sie ihn ernst nehmen und sich zu ihren eigenen Sorgen noch die seinen aufladen. Wäre das fair gewesen? Wohl kaum. Aber er hätte sie so gerne berührt. Sie lag auf der Seite, mit dem Rücken zu ihm. Regelmäßig hob und senkte sich die Decke über ihrem Oberkörper. Er strich ganz leicht darüber hin, so, dass sie es nicht spüren konnte, dass sie nicht gestört wurde in ihrem wohlverdienten Schlaf.

Kramer sank in sein Kissen zurück. Seine private Einsamkeit – seine berufliche Einsamkeit. Es mochte alles wirr und undurchschaubar sein, aber es *gab* einen Zusammenhang zwischen all den seltsamen Ereignissen seit Michael Abuschs Tod. *Verstand* das denn niemand außer ihm? Pasulke hatte ihn schwer enttäuscht. Von ihm hätte er dieses Desinteresse zuletzt erwartet, diese achselzuckende Gleichgültigkeit. Kramer fühlte vor lauter Frustration Tränen aufsteigen und kämpfte sie nur mit Mühe zurück. Selbstmitleid, dachte er, schlimmer Fall. Nüchtern betrachtet hatte Pasulke genauso Recht wie Lobedanz. Wenn er Schumacher und Natschinsky, die den Abusch-Fall wahrscheinlich schon halb vergessen hatten, nach ihrer Meinung gefragt hätte, wäre wahrscheinlich dasselbe herausgekommen: »Vergiss es.« Ach ja, Schumacher hätte wahrscheinlich noch ein leises und bedauerndes »Operation Neescherfett« fallen lassen. Kramer musste fast lachen, als er sich das vorstellte. Lachen und Weinen nah beeinander, dachte er. Was er brauchte, war ein Plan.

Er beschloss, bei dem Buch anzusetzen. Zwar vermutete er, dass von der gespenstischen Bibliothekarin im Präsidium kaum zu erfahren sein würde, wer die Notiz in das Buch hineingeschrieben haben konnte. Außerdem hatte er echte Angst davor, ihr dieses Buch zu spät zurückzugeben. Aber er wollte ihr immerhin die Frage stellen, wer außer ihr noch Zugang zum Buchbestand hatte. Sicherheitshalber kopierte er S. 29, zusammen mit dem Umschlag und den bibliographischen Daten. Er nahm sich dabei vor, das Gekritzel auf der Postkarte und in dem Buch von DORA mit gespeicherten Schriftproben vergleichen zu lassen. Vielleicht war der Verfasser ja schon anderweitig polizeilich in Erscheinung getreten. Außerdem nahm er eine Handschriftprobe von sich selber mit, um der Bibliothekarin beweisen zu können, dass nicht er die Randnotiz verfasst hatte.

Auf dem Präsidium erlebte er eine handfeste Überraschung. Die Tür zur Bibliothek war verschlossen. Das Schild neben der Tür, das noch vor zwei Wochen die Öffnungszeiten und den Namen der Bibliothekarin verzeichnet hatte, war abgeschraubt worden. Man sah noch die helle, viereckige Stelle und die notdürftig zugespachtelten Bohrlöcher der Schrauben. In dem Moment, als Kramer verdutzt vor der verschlossenen Tür stand, kam eine hübsche junge Büroangestellte die Treppe herunter und lief lächelnd an ihm vorbei.

»Entschuldigung«, rief er ihr hinterher. »Hallo!«

Die Frau drehte sich um. Sie war wirklich außergewöhnlich hübsch, und Kramer hätte gern ein wenig mit ihr geflirtet, aber dazu war jetzt die Zeit nicht.

»Können Sie mir sagen, was mit der Bibliothek passiert ist?«

Die Frau runzelte die Stirn. Kramer bedauerte fast, der Anlass dafür zu sein.

»Bibliothek? Welche Bibliothek?«

»Na, die Bibliothek hier«, sagte Kramer und wies mit dem Daumen auf die verschlossene Tür. »Vor zwei Wochen war hier noch die Präsidiumsbibliothek. Jetzt sind die Schotten anscheinend dicht. Ich möchte gern ein Buch zurückgeben, das ich mir ausgeliehen habe, sehen Sie!« Er hielt das Buch über die Finanzdelikte hoch.

»Ich bin … neu hier«, sagte die schöne Unbekannte. »Von einer Bibliothek weiß ich nichts.«

»Ach?«, fragte Kramer. »Schade. Dann muss ich mich woanders erkundigen.«

»Ja«, sagte die Frau fröhlich, offenbar erleichtert darüber, dass das Problem gelöst war. »Das müssen Sie wohl.« Sie lächelte wieder.

»Auf Wiedersehen«, sagte Kramer.

»Auf Wiedersehen«, sagte sie freundlich und wandte sich zum Gehen.

Während sie davonstöckelte, fragte er sich, ob er sie nicht zu einem Kaffee hätte einladen sollen. Er fragte sich allerdings auch, wie neu man eigentlich sein musste, um von der Existenz einer Hausbibliothek nichts zu wissen.

Andererseits war das beim Zustand dieser Hausbibliothek auch kein Wunder. Wahrscheinlich war sie geschlossen worden, weil sich niemand mehr an sie erinnerte.

Sollte er tatsächlich nach dem Verbleib der Bibliothek und der Bibliothekarin forschen? Er entschied sich dagegen. Die Sache erinnerte ihn sehr an die alte DDR von vor zehn und zwanzig Jahren, wo so was dauernd vorgekommen war: Planstellen, die nicht mehr existierten, geschlossene Behörden, die gleichwohl noch geharnischte Erinnerungsschreiben verschickten, und anderes mehr. Es konnte sein, dass er im ganzen Polizeipräsidium von Großberlin niemanden finden würde, der ihm sagen konnte, was aus der Bibliothek geworden war, und er wollte keine Zeit verschwenden, um am Ende mit nichts in der Hand dazustehen.

Manches ändert sich nie, dachte er kopfschüttelnd, während er die Treppen zum Parkplatz hinunterlief.

Der Schriftvergleich brachte auch nichts. Seine R-610 spuckte zwar ein Dutzend Treffer aus, aber die Identitätswahrscheinlichkeit lag immer unter dreißig Prozent, und das reichte einfach nicht aus.

Nach dieser Pleite beschloss Kramer, den ganzen NATA-Komplex beiseite zu legen. Er wollte sich nicht mehr mit der Frage beschäftigen, wie die seltsame Postkarte, das Buch und das Fundstück zusammenhingen, weil er wusste, dass er dieses Rätsel ohne zusätzliche Informationen nicht lösen konnte. Es war ja ohnehin nicht sicher, dass der NATA-Komplex irgendetwas mit dem Tod von Michael Abusch zu tun hatte, auch wenn er nicht glauben konnte, dass die Kausalkette Buch – Postkarte – Späthbrücke – NATA reiner Zufall war. Vielleicht war er tatsächlich zum falschen Zeitpunkt am falschen Ort gewesen, und dieses Spiel galt nicht wirklich ihm.

Unangenehmerweise verlor er aber mit dem NATA-Komplex auch eine der wenigen Spuren, die er überhaupt hatte. Die Bedingungen waren ohnehin schwierig. Offiziell durfte er in dem Fall gar nicht mehr ermitteln, also durfte Lobedanz nichts davon erfahren, dass er es trotzdem tat. Pasulke hätte er bis vor kurzem gerne mit einbezogen, aber Pasulke war nicht interessiert. Mit Unbehagen bemerkte Kramer, dass er seinem Freund, mit dem er seit fast zwanzig Jahren zusammenarbeitete, nicht mehr hundertprozentig traute. Natschinsky und Schumacher kamen ohnehin nicht als Verbündete in Frage. Ansonsten war die Arbeitslast die gleiche wie immer: Kramer musste sich mit Staatsanwälten herumschlagen, Zeugen verhören und Berichte schreiben. Aber all das interessierte ihn nicht. In Gedanken war er immer bei der Leiche in dem Jugendclub. Und gerade damit war er allein. Nach dem NATA-Debakel blieb ihm eigentlich nicht viel übrig, als zum Ausgangspunkt des Falles zurückzukehren: zu Michael Abuschs seltsamer Vorliebe für ein veraltetes Computerspiel. Er konnte im Grunde nur zwei Dinge tun: Polyplay noch besser kennen lernen, um vielleicht einen Schlüssel in dem Spiel selbst zu finden. Und Ausschau nach den ehemaligen Freunden von Michael halten. Ganz kleine Brötchen.

Was Polyplay anging, rechnete er sich keine großen Chancen aus. Michael Abusch war ein kluger Junge mit ziemlich viel Zeit gewesen. Er hatte Polyplay seit Jahren gespielt. Was konnte ein alter Sack wie er in dieser Hinsicht erreichen? Und trotzdem: Vielleicht ging es auch nur um Zufall und nicht um Methode. Vielleicht würde ihm eine zufällige Tastenkombination, eine bestimmte Spielreihenfolge oder -dauer, eine bestimmte Punktzahl, ein bestimmtes Muster auf dem Bildschirm oder irgendeine andere Kombination von Umständen eine Tür öffnen, die Michael in Jahren angestrengter Suche nicht gefunden hatte. Die Möglichkeit war gering, aber sie war vorhanden. Natürlich setzte das voraus, dass Michael wirklich etwas gesucht *hatte* und nicht einfach nur polyplaysüchtig gewesen war. Kramer akzeptierte diese Voraussetzung. Sein Kriminalisteninstinkt sagte ihm, dass ein Stück *Wahrheit* in der Vermutung steckte, Michael Abusch sei einer Spur gefolgt.

Kramer spielte jeden Tag mehrere Stunden lang Polyplay, auch wenn er das Spiel dabei hassen lernte, abends mit geröteten Augen als Letzter die Inspektion verließ und auf dem Weg nach Hause kleine leuchtende Männchen vor seinen Augen herumtanzen sah.

Das »soziale Umfeld Michael Abuschs« hatten Natschinsky und Schumacher schon einmal abgeklopft, aber die Berichte, die sie darüber verfasst hatten, waren unbrauchbar. Kramer entschied: Er würde noch einmal speziell das computerisierte Umfeld seines Opfers beackern müssen. Die Szene, in der sich Michael Abusch früher herumgetrieben hatte, war nicht schwer zu finden. Wo immer öffentliche Spielautomaten aufgestellt waren, in Jugendclubs, Diskotheken, den Hinterzimmern von Restaurants, traf Kramer sie an: die Fünfzehn- und Sechzehnjährigen mit den Taschen voller Kleingeld. Schwarz war die Farbe der Saison. Manche der Jungen (Mädchen gab es unter der Spielern so gut wie keine) trugen T-Shirts mit den Namen ihrer Lieblingsbands. Die Haare trug man kurz, getrunken und geraucht wurde erstaunlich wenig. Das galt anscheinend nicht als »trocken«. »Trocken« oder »groß« waren *die* aktuellen Sommerhits unter den Modewörtern. Alles Gute musste »trocken« oder »groß« sein, der Rest war einfach nur »schlimm«.

Kramer versuchte sich an die Mode seiner Jugend zu erinnern. Zu seiner Zeit hatte es Fleischerhemden gegeben und Römerlatschen. Trampen war in gewesen und »Faustan«. Spätestens bei seinem Eintritt in die Polizeihochschule hatte sich Kramer von diesen Kinkerlitzchen verabschiedet.

Die Zeiten hatten sich geändert. Die Computerspieler waren eine andere Sorte von Kunden. Während Kramers Freunde damals nächtelang durchdiskutiert hatten, waren die Konsolenkinder stumm. Sie standen in stillen Gruppen um die Automaten herum wie Fachleute um eine Versuchsanordnung, und wenn sie redeten, dann benutzten sie einen bizarren Techno- und Spielerslang, der wahrscheinlich extrem »trocken« und »groß« war, aber Kramer überhaupt nichts sagte.

Es brachte nichts, sich zu verstellen, das merkte er gleich. Egal, wie er sich anzog, die jungen Leute sahen ihm auf zwanzig Meter Entfernung an, dass er ein Bulle war. Deswegen entwickelte er bei seinen Besuchen in den Spielhöllen eine bestimmte Vorgehensweise. Er latschte einfach in die Läden rein, setzte sich auf einen Stuhl oder eine Tischkante und wartete darauf, dass einer der Jungs sich von seinen Freunden verabschiedete, zum Klo musste oder neues Münzgeld holen ging. Dann griff er sich den Knaben und hielt ihm ein Bild von Michael unter die Nase, nachdem er sich mit Namen und Dienstgrad vorgestellt hatte. Manche waren verängstigt (»Ich kann mich nicht erinnern, Herr Oberleutnant«), andere gleichgültig (»Kenn ich nich. Nie gesehen.«), und ein Gutteil von ihnen wollte »groß« und »trocken« wirken, auch im Gespräch mit einem Oberleutnant (»Soll 'n das eigentlich?«). Kramer ließ sie.

Es ging ihm nicht darum, jemanden einzuschüchtern oder auszuquetschen. Er suchte nur nach einem Muster. Nach einem roten Faden, an dem er ziehen konnte, um das verworrene Knäuel um Michael Abusch herum aufzudröseln. Das Ergebnis dieser Befragungen war gleichzeitig eindeutig und dürftig: Einige hatten Michael gekannt, gemocht hatten ihn nur wenige. Er war ein Außenseiter gewesen – wegen Polyplay. »Ach, der Pippimat«, bekam er öfter zu hören. »Pippi« gleich PP gleich Polyplay. Manche der Aussagen waren so herablassend, dass sich Kramer absurderweise im Nachhinein Gedanken um den Jungen machte, wie ein Vater, der herausfindet, dass sein heranwachsender Sohn keine Freunde hat. Manchmal fragte er nach illegalen Sachen, von denen er nur vermuten konnte, dass die Jugendlichen Kontakt damit gehabt hatten: verbotene Spiele, Raubkopien usw. Dann wurden die Allermeisten aber extrem einsilbig, und das Wenige, was sie äußerten, hatte bis auf eine Ausnahme nie mit Michael Abusch zu tun. Die eine Ausnahme bestand in der Behauptung, Michael sei öfters mit einem gewissen Mike gesehen worden. Felix »Mike« Ihmels war einer von der Fünferliste, die Kramer seinerzeit von Majorin Schindler erhalten hatte, aber er fand den Zeugen nicht glaubwürdig und hakte ihn als Wichtigtuer ab. Fazit nach vier Tagen: so gut wie nichts.

Am fünften Tag wurde er von einem Kollegen zur Rede gestellt.

Die Spielhalle im Kulturhaus an der Französischen Straße war ziemlich groß, die Musik recht laut, und zu Kramers Erstaunen trug eine ganze Anzahl der Jugendlichen ihr blaues FDJ-Hemd.

»Oltersdorf, Schutzpolizei Mitte«, sagte der korpulente Mittvierziger, während er Kramer seinen Dienstausweis hinhielt. »Ich hätte da mal 'ne Frage.«

»Schießen Sie los.«

Oltersdorf wirkte ganz wie der gemütliche Dicke von nebenan, aber Kramer war auf der Hut. Er kannte diesen Typ Polizist nur zu gut.

»Wir sind doch Kollegen, oder?«

Kramer nickte.

»Wissen Sie, wir haben da so eine Aktion laufen. Gegen Vandalismus. In letzter Zeit, die jungen Leute, Sie wissen schon. Geräte kaputt oder aufgebrochen, Farbschmierereien, das Übliche. Hat ein bisschen Überhand genommen. Da haben wir uns gedacht, wir machen mal was. Auf der einen Seite Präsenz zeigen, auf der anderen Seite ein paar Ohren lang ziehen, wenn man einen erwischt.«

Kramer nickte.

»Seit ein paar Tagen erzählen mir die Kollegen, in Berlin läuft einer in den Spielhallen rum und stellt komische Fragen. Wegen Mord und so. Ich nehm mal an, Sie sind das.«

»Kann schon sein«, sagte Kramer.

»Aha. Dann wüsste ich doch gar zu gerne, was das soll. Es ist nämlich so. Wenn Sie jetzt mit Ihrer Mordsgeschichte hausieren gehen, ist unsere Arbeit zum Teil in den Wind geschissen. Die Szene kriegt nämlich Angst, wird eine Weile ganz brav, und wir finden keine Ohren zum Langziehen. Nur ist das blöd. Wir haben nämlich unsere Aktion ziemlich lange geplant und so. Wären Sie wohl so freundlich, verehrter Kollege, mir Ihren Namen und Ihre Dienststelle zu nennen, damit ich mal nachfragen kann, ob Ihre Ermittlungen eigentlich so wichtig sind?«

»Gerne, Genosse Oltersdorf«, sagte Kramer. »Mein Name ist Akkermann. Ich komme vom K5 Friedrichshain.«

Der Dicke blinzelte. Dann lehnte er sich auf seinem Stuhl zurück. Er war ein bisschen rot geworden.

»Ah«, sagte er. »Ah. Na dann nichts für ungut, Genosse Akkermann.«

Oltersdorf gab Kramer die Hand und verzog sich. Kramer freute sich diebisch. Manchmal war sogar die Stasi noch für etwas gut.

Erst am sechsten Tag seiner Exkursionen in die Spielhallen der Hauptstadt kam er auf die Idee, den Jugendclub Taube zu besuchen. Den Ort, an dem Michael ermordet worden war. Es verblüffte ihn, dass er nicht früher daran gedacht hatte, aber er fand es verzeihlich: ein simpler Akt der Verdrängung.

Die große Taube über dem Haupteingang des Jugendclubs war mit viel Liebe zum Detail aufgefrischt worden: Sie breitete ihre Schwingen schützend über den Türrahmen, der Ölzweig im Schnabel trug goldene Früchte, die Taube flog durch einen lieblich bewölkten Himmel, an dem auch vier oder fünf rote Sterne zu sehen waren. »30 Jahre Jugendclub Taube«. Im Inneren hatte sich wenig getan. Der Veranstaltungssaal war noch genauso verstaubt wie vor zwei Monaten, die alten Stühle aus Schkopau standen gestapelt in der Ecke. Der Vorhang der kleinen Bühne war immer noch so niederschmetternd schmutzbraun wie am Morgen des 3. April.

Im Hinterzimmer mit den Spielautomaten hatte man immerhin die Wände gestrichen. Blau und golden prangte die FDJ-Sonne an der Wand: Kramer vermutete, dass hier derselbe Künstler wie bei der Taube am Werk gewesen war. Unter das Gemälde hatte jemand geschrieben: »Solanaceae Tau«.

Hartnäckiger Fan, dachte Kramer. Es war nur ein gutes Dutzend Jugendliche anwesend. Die meisten von denen, die sich umgedreht hatten, als er hereingekommen war, widmeten sich schnell wieder ihrem Spiel. Nur einer sah ihn unverhohlen an. Er saß nahe beim Fenster, und im Gegenlicht erkannte Kramer ihn nicht gleich.

»Oberleutnant Kramer!«, sagte der Junge. »Wie schön, Sie zu sehen.«

»Na, Sebastian?«, entgegnete Kramer. »Schulische Leistungen wieder in Ordnung?«

»Alles bestens. Kleines Leistungstief, das nun völlig überwunden ist. Anstrengende Zeit. Ein wenig Ablenkung muss da schon mal sein.«

Er machte eine lässige Geste in Richtung der Spielautomaten, wie ein Gutsherr, der seinen Gästen den englischen Park zeigt. Dir würde ich gern mal so richtig in die Fresse hauen, dachte Kramer. Damit dir dein beschissenes Prinzengetue vergeht.

»Und selber?«, fragte Verner. »Immer noch an der Sache mit Michael dran?«

»Klaro«, sagte Kramer. »Bin im Dienst, mein Junge.« Er tätschelte dem jungen Lord die Backe. »Man sieht sich.«

Wenn Verner durch Kramers gönnerhafte Vertraulichkeit verunsichert war, dann ließ er sich das nicht anmerken. Mit seiner üblichen arroganten Selbstgewissheit sagte er: »Nicht so schnell, Herr Kramer. Bevor Sie gehen –

ein kleines Geschenk für Sie.« Er griff in seine Jackentasche, zog ein graues, handtellergroßes Viereck hervor und überreichte es Kramer mit einem ironischen Schlenker.

Es schien sich um eine Versandtasche für Datenträger zu handeln, Kramer hatte so etwas schon mal bei Merz gesehen. Er überlegte, ob er Verner einfach stehen lassen sollte, aber seine Intuition riet ihm davon ab.

»Danke schön«, sagte er, »ich liebe diese kleinen Aufmerksamkeiten von Zivilisten.«

Verner lachte. »Gern geschehen. Tschüs.« Dann stand er auf und ging auf den Ausgang zu. An der Tür drehte er sich noch einmal um. »Ach, und noch was. Grüße an Major Lobedanz.« Er winkte und war verschwunden.

Kopfschüttelnd steckte Kramer Verners »Geschenk« ein. Er fragte noch ein paar der Jungs an den Automaten nach Michael, war aber so wütend, dass er sich auf die Antworten kaum konzentrieren konnte.

Grüße an Major Lobedanz. »Lass mich in Ruhe oder es gibt Ärger«, übersetzte Kramer in Gedanken, als er das graue Viereck in seiner Hand wog. Die Versandtasche fühlte sich frisch und neu an. Einige aufgedruckte Piktogramme empfahlen, sie nicht zu knicken oder zu magnetisieren, unter »Lagerungsbedingungen« war zu lesen: Temperatur: -40 °C – + 50 °C, Luftfeuchtigkeit: 8 % - 90%. Auf der Rückseite war aufgedruckt: »Abstoff ist Rohstoff! Nach der Verwendung zur Altstoffsammlung!« Nachdem er die Versandtasche mit zitternden Fingern geöffnet hatte, tauchte eine weitere Bemerkung unter der geöffneten Verschlusslasche auf: »Sicherheitsverschluss (nur einmal zu öffnen!)« Na denn, dachte Kramer. Einmal öffnen reicht wahrscheinlich.

Auf den ersten Blick schien das Ding leer zu sein. Aber als er ein wenig schüttelte, rutschte ihm eine flache, trapezförmige Platte in die Hand. Kramer hätte gar nicht gewusst, was das war, wäre ihm bei der Recherche zu dem seltsamen Rechner auf Michael Abuschs Schreibtisch nicht eine neue Speichertechnologie aufgefallen, die gerade Furore machte: FFS hieß das Ganze, oder »Fraktaler Festspeicher«. Es handelte sich dabei um ein DDR-Eigengewächs (»Revolutionäres Produkt sozialistischer Spitzentechnologie!«) und wurde bisher nicht einmal ins Ausland verkauft. Brandneu. Kramer hatte sich keine Mühe gegeben, das Konzept zu verstehen, dieser Technikkram war ohnehin nicht sein Bier. Aber das hier war eine FFS-Platte, das konnte er klar erkennen. So sahen die Dinger aus.

Was soll ich jetzt damit anfangen?, dachte Kramer und drehte die Platte um. Er erschrak, als hätte ihn jemand ohne Vorwarnung geschlagen: Auf der Rückseite der FFS-Platte waren dieselben drei klingenförmigen Keile eingeprägt, die er schon bei seinem Fundstück von der Späthbrücke kennen gelernt hatte. Ah, dachte er sarkastisch, noch so ein Gestaltungsmuster. Das Ding fühlte sich unangenehm an, leicht speckig, wie ein Material, das man nicht mehr sauber bekam, wenn es einmal mit menschlicher Haut in Berührung gekommen war. Es wurde in seinen Händen schnell warm. Metall? Plastik? Keramik? Ein Gemisch aus alldem? Wer wusste das schon. Jedenfalls ein Spitzenprodukt.

Vor seinem Fenster flatterte kurz ein Vogel herum, der auf dem schmalen Sims landen wollte. Dann überlegte er es sich anders und flog wieder davon. Kramer legte die FFS-Platte auf seinen Schreibtisch und stand kurz auf, um aus dem Fenster zu schauen. Goldenes Licht lag über den Gebäuden der Umgebung, ein warmer Tag ging in einen angenehm milden Vorsommer-Abend über. Eigentlich sollte ich spazieren gehen und diesen ganzen Kram sein lassen, dachte Kramer. Aber er wusste genau, dass er das nicht konnte.

Er schlenderte zum Schreibtisch zurück und nahm die Speicherplatte wieder in die Hand. Kann mein Rechner dieses Spitzenprodukt überhaupt lesen?, fragte sich Kramer. Als er die Vorderseite seiner R-610 genauer betrachtete, entdeckte er einen Laufwerksschlitz, der ihm vorher nie aufgefallen war. Er wollte das »Geschenk« gerade hineinstecken, da hielt er inne. Vielleicht war ein wenig Vorsicht angebracht. Wenn Sebastian Verner ihn nur mit einem Virus foppen wollte oder die FFS-Platte irgendeinen anderen Unfug anstellte, musste sein Rechner doch nicht dafür herhalten! Aber wo sonst konnte er wohl mit dem »Geschenk« experimentieren? Der Rechner daheim hatte kein FFS-Laufwerk, das war gewiss. Außerdem gehörte er offiziell der Wismut: »Finger weg«, Anettes Worte. Als ihm eine Lösung für sein Problem einfiel, kam er sich vor wie ein Schuljunge, der gerade beschlossen hatte, seine ersten Bonbons zu klauen.

Auf dem Gang begegnete ihm niemand. Die Inspektion lag still und verlassen. Wie so oft der Letzte, dachte Kramer, als plötzlich ein Kollege um die Ecke bog und grinsend auf ihn zulief.

»Kramer!«, sagte der Mann und gab ihm die Hand. »Lange nicht gesehen. Immer noch fleißig?«

»Toilette«, war das Einzige, was Kramer einfiel. »Muss zur Toilette. Bei uns ist mal wieder verstopft.«

»Immer derselbe Scheiß«, sagte der grinsende Kollege, dessen Namen Kramer ums Verrecken nicht einfallen wollte.

»Im wahrsten Sinne des Wortes«, sagte Kramer und grüßte zum Abschied.

Auf der Treppe nach unten lauschte er angespannt und sein Herz klopfte wild. Die Ausrede mit der Toilette war nicht schlecht gewesen, aber wenn er auf einem anderen Stockwerk erwischt wurde, musste er sich was Besseres einfallen lassen.

Er hatte Glück. Die Tür zu Merzens Büro war immer noch unverschlossen. Kramer schlüpfte schnell hinein und schloss die Tür so leise wie möglich. Ein schneller Rundblick bestätigte ihm, dass seit Merzens Tod nichts verändert worden war. Seine Rechner (insgesamt drei) standen noch da. Ein Haufen CDs und andere Datenträger lagen ungeordnet auf dem kleineren der beiden Schreibtische herum. Beim Anblick des ausgetrockneten Füllers, der seltsam dicht am Rand des ansonsten leeren Hauptschreibtischs lag, überlief Kramer ein Schauer. Noch genauer wollte er sich lieber nicht umschauen, sonst fand er womöglich noch Spuren von Kramers Selbstmord.

Pasulke hatte ihm vorgestern erzählt, dass Kramers Büro wegen Versetzungs- und Organisationsschwierigkeiten noch nicht wieder in Beschlag genommen worden war. Pasulke war seiner Aussage nach in den letzten Tagen sogar einmal selbst hier gewesen und hatte sich davon überzeugt, dass das Büro noch unbenutzt war.

Kramer schaltete die R-610 von Merz ein, und mit einem Summen, das ihm viel zu laut vorkam, erwachte sie zum Leben. Auch dieser Computer hatte natürlich eines der neuen Laufwerke: Merz wäre wahrscheinlich bis zum Polizeipräsidenten gegangen, wenn man ihm nicht sofort einen Prototypen zur Verfügung gestellt hätte. Kramer schob die FFS-Platte in den Laufwerksschlitz hinein, bis sie mit einem leisen Klicken einrastete. Er zog einen Stuhl heran und setzte sich. Die Vorderkante der Platte, die etwa einen Millimeter aus dem Computer herausragte, begann in mildem Orange zu glimmen, etwa wie ein Spannungsprüfer. Kramer fühlte sich ganz entfernt an das Licht aus dem Fundstück erinnert. Kein Wunder, dachte er. Kommt ja auch aus dem gleichen Stall. Bei der NATA kann man offenbar mit den neuesten Entwicklungen ein und aus gehen, wie es einem beliebt.

Er wollte gerade nachsehen, ob er das Laufwerk irgendwo in seinem Verzeichnisbaum finden konnte, da erschien auf seinem Bildschirm ein lächelndes Gesicht.

»Hallo, Rüdiger«, begrüßte ihn der Mann.

Kramer erschrak bis ins Mark. Die Art, wie der Kerl so plötzlich auf dem Bild aufgetaucht war, erinnerte ihn an die Todesbotschaft von Merz. Und er erkannte ihn: Er glich dem Phantombild des Unbekannten, den Harry der Penner seinerzeit gesehen haben wollte. Das markante, lang gezogene Gesicht, die schmale Nase, die eng beeinander stehenden Augen. Kein Zweifel, das war er.

»Schönes Wetter heute, nicht?«

Auch der affektierte Tonfall stimmte. *So janz uff feiner Herr*, hatte Harry damals gesagt. Passte genau. Täuschte er sich, oder versuchte diese Erscheinung da mit ihm ein Gespräch anzuknüpfen?

»Was …?«, fragte Kramer zögernd.

»Ja, ›was?‹«, sagte der Unbekannte amüsiert. »Das ist doch eigentlich immer die Hauptfrage. Nicht ›wer?‹ oder ›warum?‹, sondern zuerst einmal ›was?‹, nicht wahr?«

Kramer wusste nicht, was er tun sollte.

»Hat's dir die Sprache verschlagen? Na macht nichts. Ehrlich gestanden, ich wäre auch überrascht. Aber jetzt mal was anderes. Hast du eigentlich heute Abend schon was vor?«

»Wer … wer sind Sie?«

»Jetzt sind wir schon beim ›wer‹, Rüdiger. Ich möchte aber noch gern ein bisschen beim ›was‹ bleiben. Weil ich es spannend finde. Ganz außerordentlich spannend sogar. Und, denk mal an, Rüdiger, ich würde dir ein bisschen von diesem ›was‹ erzählen. Interessiert dich das nicht?«

»Doch«, sagte Kramer. Er krächzte es eher. Und hatte immer noch nicht die geringste Ahnung, was hier vorging.

»Na also. Und daher die Frage: Hast du heute Abend schon was vor?«

»Nein. Nicht direkt.«

»Das ist fein. Ich würde mich nämlich gerne mit dir treffen. In einem Hinterhof in der Oderberger Straße. Der Spielplatz, weißt du. Und die kleine Freilichtbühne, wo es früher diese oppositionellen Theatervorstellungen gab. Treffen wir uns da? In zwei Stunden? 20.30 Uhr?«

Oderberger Straße. Es war lange her, aber dieser Name und die anderen Dinge, die der Mann erwähnt hatte, brachten irgendetwas zum Klingen. Ja richtig! Als er noch Offiziersschüler gewesen war, hatte er als Teil der Ausbildung einen Einsatz gegen die oppositionellen Jugendgruppen mitgemacht, die in dem Theater in der Oderberger Straße ein »alternatives Festival« hatten abhalten wollen. Das war noch in der alten DDR gewesen, vor der Wende, und statt NKO hatte es geheißen: Schnappt sie euch. Ähnlich wie später in der Mainzer Straße. Die Genossen von der VP-Bereitschaft Basdorf hatten ohne Zögern hingelangt, so dass es zu ein paar blutigen Nasen gekommen war, und sie hatten einige der Jugendlichen auch an den Haaren zugeführt. Kramer erinnerte sich ungern daran.

»Ich komme«, sagte Kramer.

»So ist brav, Rüdiger. Komm aber bitte allein. Wir bleiben ganz unter uns, dann plaudert es sich gemütlicher. Bis dann! Ach, übrigens: Es ist die Toreinfahrt bei Haus Nr. 17.«

Das Gesicht verschwand, und die Fenster, die Kramer vor seinem Auftauchen auf dem Schirm gehabt hatte, wurden wieder sichtbar. Erst jetzt fiel ihm auf, dass rechts unten am Bildschirm eine kleine grüne Leuchtfläche zu sehen war, die anzeigte, dass eine Verbindung zum Internetz bestand. Wahrscheinlich war der Rechner die ganze Zeit mit dem Netz in Kontakt gewesen, und wenn das stimmte, konnte die Aufzeichnung von Kramers Gespräch mit dem interaktiven Geist wer weiß wohin unterwegs sein. Vielleicht direkt zu Lobedanz' Rechner. Dann erlosch die Leuchtfläche, und die FFS-Platte sprang mit einem leichten Klicken aus dem Laufwerk. Kramer nahm sie heraus und verließ zitternd das Büro seines toten Kollegen.

Wilder und wilder, dachte Kramer, als er in der Oderberger Straße aus dem Auto stieg. Er hatte sich während der Fahrt einige Gedanken darüber gemacht, was Harrys Phantom, die NATA und Sebastian Verner miteinander zu tun haben mochten, und dann hatte er es aufgegeben. Er stocherte ohnehin nur im Nebel herum. Als Kriminalist mochte er das nicht, aber es war nun einmal so: Die anscheinend unzusammenhängenden Ereignisse schoben ihn vor sich her, wie ein Schachspieler die Figuren auf dem Brett hin und her schiebt. Wieder fühlte er sich an die Schillerparkfälle erinnert.

Die Oderberger Straße war gar nicht weit von seinem Wohnort entfernt, aber sie gehörte zu einem vernachlässigten Teil von Berlin. Die Häuser waren nicht renoviert, braun und grau; an manchen waren noch Einschusslöcher aus dem Zweiten Weltkrieg zu sehen. Kramer staunte. Er hätte vermutet, dass hier wie fast überall sonst in Berlin die Spuren der Vergangenheit getilgt worden waren. Aber diese Straße wirkte, als habe jemand eine Glasglocke über sie gestülpt und einen Zettel daran befestigt: »DDR 1970–1987, bitte nicht berühren.« An dem Haus, vor dem er geparkt hatte, stand über der Eingangstür: *Polstermöbe* (das fehlende »L« war abgeblättert). Der Schriftzug war im Stil der zwanziger Jahre gehalten. Nicht zu fassen.

Natürlich gab es Unterschiede zur alten DDR, wie Kramer bald bemerkte. Die Straßenbeleuchtung war besser. Das war zwar einerseits ungünstig, weil es den Zustand der Häuser auch nachts deutlich sichtbar machte, andererseits aber auch gut, weil man den Löchern im Gehweg besser ausweichen konnte. Im Unterschied zu Vor-Wende-Zeiten gab es hier jetzt jede Menge Kneipen, und in der milden Abendluft saßen Hunderte von jungen Leuten auf den Gehsteigen und Terrassen vor den Häusern, rauchten, tranken, palaverten und ließen es sich gut gehen. Schön, dachte Kramer, als er vor Nr. 17 stand. Hätte ich jetzt auch gern.

Nur zwei Armeslängen von ihm entfernt saß eine junge Frau mit dem Rücken zu ihm. Kramer prüfte kurz ihre nackten Schultern. Er hörte sie reden. Angenehme Stimme. Ihr Begleiter sah kurz zu Kramer auf, als wolle er ihn gleich fragen, warum er da herumstand. Kramer fand, die Toreinfahrt zu Nr. 17 sah nicht anders aus als die anderen, an denen er schon vorbeigelaufen war.

»He!«, rief ihm der Begleiter der jungen Frau halbherzig hinterher. Zu spät, Junge, dachte Kramer. Den Beschützer musst du jetzt woanders spielen.

Die Toreinfahrt stank ein wenig nach Pisse. Dahinter lagen die ausgedehnten Hinterhöfe der Oderberger Straße.

Selbst als Berliner fand Kramer es erstaunlich, wie tief diese Höfe gestaffelt waren. Ein miserabler, von vier hohen Wänden umgebener, mit Platten ausgelegter Platz folgte dem anderen, wie die quälend kleinen Pausenhöfe von Gefängnisabteilungen, deren Insassen einander nie sehen dürfen und denen nie bewusst werden darf, wie groß die Anstalt insgesamt ist. Schon im zweiten Hof war von der Straße nichts mehr zu hören. Hier konnte man immer noch ballspielend eine ganze Kindheit in Grau verträumen, bis die Welt zu einem überdimensionalen Lichtschacht geworden war, mit einem Fenster, aus dem die Mutter »Abendessen!« herunterrief. Kramer zählte fünf Höfe, bis er in einen kleinen Park trat.

Er erinnerte sich. Bei dem Einsatz gegen die Oppositionellen waren die Höfe und der Park mit den Kollegen von der VP-Bereitschaft verstopft gewesen. Der Einsatzleiter hatte ihn und zwei andere Offiziersschüler an den Behelmten vorbei »zur vordersten Front« gelotst, dort wo die fünfzig verzweifelten und verängstigten Jugendlichen auf den Abtransport gewartet hatten. Auf dem Weg dorthin waren sie an einem aus Stahlstangen zusammengeschweißten Stier vorbeigekommen, und der Einsatzleiter hatte geschnaubt: »Ist schon so ein Nest hier. Das halten die für Kunst. Nix wie Ärger.« Ein paar Schritt weiter war Kramer die bizarre Einfassung eines Spielplatzes aufgefallen: ein kopfloser Adler in Sandstein gemeißelt, der auf dem Rücken lag, und andere Bruchstücke, die wie die zertrümmerten Kapitelle von großen Säulen oder massiven steinernen Brüstungen aussahen. »Ulkig, nich?«, hatte der Einsatzleiter gesagt. »Das sind original Bruchstücke vom Stadtschloss. Gesprengt, verstehen Sie?« Kramer hatte nicht verstanden. Stadtschloss? Kinderspielplatz? Und dann die »Freilichtbühne«. Nun ja, vielleicht eher ein Braschenviereck mit vier oder fünf in Backstein gemauerten Sitzrängen drumherum. Hinterhof-Amphitheater. Die Jugendlichen hatten auf dem Boden gesessen, entschlossen, sich wegtragen zu lassen – wie die Pershing-Blockierer im Westen. So war es dann auch gelaufen.

Der Stahlstier, der Reichskanzlei-Adler, die Bühne: Alles war noch da. Kramer stand auf dem kleinen Platz, drehte sich einmal um seine eigene Achse, und hörte die Stimmen von damals: das Geschrei, die Beleidigungen, das Geschimpfe. Er hatte es gewusst: In diesem Tumult wurden Biographien umgeschrieben. Gefängnisstrafen wurden vorbereitet, Republikfluchten besiegelt, einige wenige Knochen und viele, viele Herzen gebrochen. Als junger Polizist hatte er sich das alles angesehen, die blutigen Nasen, die knüppelnden Kollegen, die Tritte zwischen die Beine, und ihm war davon schlecht geworden. Und dann hatte er es vergessen, um weiter Polizist bleiben zu können. Seit der Wende kamen solche Einsätze eigentlich nur noch bei Fußballspielen vor, und dort waren sie auch bitter nötig. Ach ja, und bei NKO-Konzerten.

20.45 Uhr. Der Weiße, wie Kramer seinen Gastgeber wegen Penner-Harrys Beschreibung nannte, ließ sich Zeit. Von Minute zu Minute wurde es dunkler. Gebüsche und kleine Bäume verschmolzen mit der Mauer, die den Platz einfasste, zu einer dunkelrotbraunen Fläche. Über der Mauerkrone das letzte Licht dieses Berliner Sommerabends. Kleine, schwirrende Reflexe zogen durch dir Luft, auf seltsam zackigen Kursen, immer rundherum. Kramer dachte zunächst an Vögel, dann aber ging ihm auf: Das mussten Fledermäuse sein. Wie war das noch gleich? Diese Biester orientierten sich mit Sonar und konnten deswegen auch im Dunkeln jagen? Nicht schlecht, dachte er. Könnte ich auch gebrauchen. Manche der langsamen schwarzen Blitze flogen sehr nah an ihm vorbei, und er bildete sich ein, er könne ihre Schreie hören.

»Das ist ein seltsamer Ort, nicht wahr?«

Kramer fuhr herum. Der Weiße stand hinter ihm und lächelte ihn an. Er sah genauso aus, wie Harry ihn beschrieben hatte: ein ziemlich großer Mann mit langem, schmalem Gesicht und eng beieinander stehenden Augen. Er war ganz in Weiß gekleidet, »Dunkelweiß«, wie Harry es genannt hatte, und schon wie er dastand hatte etwas Blasiertes.

»Voller Melancholie und … Eigensinn, wenn man so sagen darf. Wussten Sie, dass hier bis zum Ende der achtziger Jahre illegale Theateraufführungen stattfanden? Manchmal war sogar die Polizei da. Aber wir wollten uns heute Abend über andere Dinge unterhalten. Setzen wir uns doch.«

Der Weiße zeigte auf die kümmerlichen Backsteintheaterränge, und Kramer beschloss mitzuspielen.

Kaum hatten sie sich gesetzt, sagte der Mann: »Ich bin ein Bewunderer des Buddhismus. Kein Buddhist im Wortsinn, das ist mir zu anstrengend. Ein Bewunderer. Ab und zu lese ich in den Lehrreden des Buddha und freue mich darüber. Nehmen wir zum Beispiel die Lehrrede vom Prachtnetz, die Brahmajala-Sutta. Kennen Sie die?«

»Nein«, sagte Kramer. Er fühlte sich hilflos.

»Ah. Dann wird Sie interessieren, was der Buddha zu sagen hatte. Am

Ende dieser Lehrrede heißt es: Wenn aber, ihr Mönche, der Mönch der sechs Sinnesgebiete Entstehen und Vergehen, ihre Lust und ihr Leid und das Entrinnen wirklichkeitsgemäß erkennt, so erkennt der, was höher als alle Erfahrung ist. Und alle diejenigen Büßer und Brahmanen, ihr Mönche, die sich mit dem Voranfang befassen, die sich mit der Zukunft befassen, die sich mit Voranfang und Zukunft befassen, die über Voranfang und Zukunft spekulieren, in Bezug auf Voranfang und Zukunft verschiedenartige hochtrabende Lehrsätze vortragen, alle die sind eben mit diesen zweiundsechzig Besonderheiten ins Netz hineingeraten. Wenn sie hochtauchen, tauchen sie hier als gebunden hoch; wenn sie hochtauchen, tauchen sie hier als gefangen, als ins Netz hineingeraten hoch. Gleich als wenn, ihr Mönche, ein geschickter Fischer oder Fischergehilfe mit einem feinmaschigen Netz einen Tümpel durchzöge, dem käme dann der Gedanke: Was es auch in diesem Tümpel hier an groben Lebewesen geben mag, die alle sind ins Netz hineingeraten. Wenn sie hochtauchen, tauchen sie als gebunden hoch; wenn sie hochtauchen, tauchen sie hier als gefangen, als ins Netz hineingeraten hoch – ebenso auch, ihr Mönche: Alle diejenigen Büßer und Brahmanen, die sich mit dem Voranfang befassen, die sich mit der Zukunft befassen, die sich mit Voranfang und Zukunft befassen, die über Voranfang und Zukunft spekulieren, in Bezug auf Voranfang und Zukunft verschiedenartige hochtrabende Lehrsätze vortragen, alle die sind in Bezug auf diese zweiundsechzig Besonderheiten ins Netz hineingeraten. Wenn sie hochtauchen, tauchen sie hier als gebunden hoch; wenn sie hochtauchen, tauchen sie hier als gefangen, als ins Netz hineingeraten hoch.«

Kramer hatte sich schon nach den ersten Sätzen des Weißen nicht mehr konzentrieren können und in den immer dunkleren, von Fledermäusen gekreuzten Abendhimmel geblickt. Zweifellos hatte der Weiße das bemerkt, aber seinen Vortrag hatte er trotzdem gehalten. Was ist das eigentlich hier?, dachte Kramer.

»Verstehen Sie, was der Buddha damit sagen will?«, fragte der Mann, anscheinend ehrlich an einer Antwort interessiert.

»Nein«, sagte Kramer.

»Ah«, seufzte der Weiße. Er klang enttäuscht. »Dieses Gleichnis vom Fischergehilfen erfrischt mich jedes Mal, wenn ich es lese. Geistig gesprochen.«

»Aha«, sagte Kramer und sah den Weißen an. Es war schon zu dunkel, um seine Augen noch richtig sehen zu können, die Hutkrempe verdunkelte das Gesicht zusätzlich. »Kann schon sein. Aber ich bin nicht hergekommen, um mir irgendwelchen mystischen Unsinn anzuhören. Was wissen Sie über Michael Abusch?«

»Über Michael Abusch? Wenig und doch sehr viel. Sie sind immer so direkt, Genosse Oberleutnant. Manchmal führen Umwege schneller und sicherer zum Ziel als die breite Schnellstraße. Es ist nicht alles wie es scheint. Denken Sie doch einmal an Herr Schwernik und seinen Todesgarten. Denken Sie doch überhaupt einmal.«

Kramer hatte genug. Der Fall mochte abgeschlossen sein, aber hier hatte er einen Verdächtigen – den ersten konkreten Verdächtigen, der ihm überhaupt über den Weg gelaufen war –, und selbst wenn Lobedanz ihn in der Luft zerreißen würde, wollte er sich die Gelegenheit nicht entgehen lassen.

»Wissen Sie was?«, sagte er. »Wir machen das jetzt ganz anders. Ich nehme Sie fest, und dann reden wir auf der Inspektion mal Klartext. Wie finden Sie das?«

Der Weiße lächelte so breit, dass man seine Zähne sehen konnte. »Sie nehmen mich fest?«, sagte er. »Wie putzig!«

Dann sprang er schockierend schnell auf und lief weg. Als Kramer ihm hinterhersetzen wollte, stolperte er über einen der Sitzränge und fiel hin. Kaum hatte er sich aufgerappelt, wurde er wie von einem leichten Faustschlag an der Brust getroffen. Verwirrt taumelte er zurück. Eine Fledermaus, dachte er, das muss eine Fledermaus gewesen sein. Er fing sich und suchte die Umgebung nach dem Flüchtigen ab. Plötzlich konnte er den Mantel des Weißen durch die Büsche des Hinterhofparks schimmern sehen. Offenbar hatte er vor, sich dort zu verstecken. Dumm gelaufen, dachte Kramer. Hättste nur den offiziellen Ausgang genommen. Er warf sich mit gezogener Pistole in das Strauchwerk und nahm die Verfolgung auf.

So schnell der Weiße davongelaufen war, so unbeholfen bewegte er sich durch die Büsche. Er hatte seinen Hut verloren und schien auch ein wenig *kleiner* zu sein als vorhin, aber das kam wohl daher, dass er sich geduckt hielt. Kramer holte ihn ein. Hat ihm schon, dachte er, als er den Weißen am Arm packte. Aber noch während er ihn herumriss, dachte er: Hier stimmt was nicht.

»Nicht schießen!«, schrie eine hohe Stimme, und Kramer sah in ein Frauengesicht, das ihm bekannt vorkam. »Nicht! Ich ergebe mich!«

Es dauerte eine Weile, bis er sie erkannte: Vor ihm stand Katharina Abusch, hell gekleidet wie der Weiße, keuchend und schluchzend, ganz Angst und Verzweiflung.

»Frau Abusch!«, sagte er entgeistert, während er die Pistole sinken ließ und den Griff an ihrem Arm lockerte. »Was machen Sie denn hier?«

»Nicht schießen«, sagte sie weinend.

»Nein«, stammelte er, »natürlich nicht.« Er steckte die Pistole weg.

»Ich habe zufällig gesehen, wie Sie vorhin aus dem Auto gestiegen sind. Dann bin ich Ihnen gefolgt. Lassen Sie mich in Ruhe!«

Sie wollte sich seitlich an ihm vorbeidrücken. Kramer hielt sie auf.

»Sie sind mir gefolgt? Warum das denn?«

»Das geht Sie nichts an«, sagte sie und schob ihn erstaunlich energisch zur Seite.

»Halt!«, sagte Kramer. »Warten Sie!«

»Das geht Sie überhaupt nichts an!« Ihr Tonfall wurde wieder hysterisch, während sie sich durch die Büsche kämpfte. »Wenn Sie mir etwas tun, sage ich es Ihrem Vorgesetzten!«

»Frau Abusch!«

»Lassen Sie mich!« Sie lief los.

Kramer, plötzlich von der Aussicht gelähmt, sie könne ihn wirklich bei Lobedanz anschwärzen, rief ihr machtlos hinterher: »Bleiben Sie stehen!«

»Lassen Sie mich!«

Weg war sie.

»Scheiße«, fluchte Kramer, wankte zu den Sitzrängen und setzte sich hin. »Scheiße, Scheiße, Scheiße!«

Er bekam das alles nicht mehr geregelt. Er musste jetzt mit jemandem reden. Er musste einfach.

Als Kramer in der Lumumbastraße ankam, war es Nacht. Eine schöne Ecke von Berlin. Die Rehberge und der Goethepark lagen unmittelbar in der Nähe, und von der Erich-Honecker-Kaserne, die auch nicht weit entfernt war, bekam man gar nichts mit. Kramer parkte den Wagen im Zwielicht unter den Alleebäumen am Goethepark, die den Straßenlaternen in einem auffrischenden Nachtwind die Zweige um die Blechmützen schlugen. Der hell erleuchtete Haupteingang der »Wissenschaftlichen Leitstelle Berlin« lag direkt gegenüber. Kramer rief noch einmal daheim an. Niemand regte sich: Anette saß noch an ihrem Schreibtisch. Sollte er sich ihr wirklich anvertrauen? Sie in diesen verflixten Fall hineinziehen? Aber sein Kopf drehte sich, wenn er nur an diesen Abend dachte. Er brauchte Entlastung, jemanden, der ihm die Hand auf die Schulter legte und sagte: »Nimm das doch nicht so wichtig« oder: »Spinn dich aus.« Wenn nicht Anette, wer dann?

Als er gerade aussteigen wollte, schwebte über der Afrikanischen Straße ein Werbeballon von enormer Größe heran. Das Ding flog tief und trug eine gigantische Leuchtschrift, die so hell strahlte, dass sie trotz der Straßenbeleuchtung Schatten warf: »Plaste und Elaste aus Schkopau – VEB Chemische Werke Buna«. Kramer konnte es kaum glauben. Das Schauspiel des sich im Nachtwind relativ rasch dahinbewegenden Ballons hatte gleichzeitig etwas Majestätisches und Lächerliches: Seine schiere Größe zwang zum Staunen. Aber dass für Produkte, die in der DDR jeder kannte, solch ein Aufwand getrieben wurde, noch dazu mitten in der *Nacht,* war grotesk. Das musste eines dieser Dinger aus der neuen Luftschiffwerft in Senftenberg sein. Der Ballon segelte davon, Kramer schüttelte den Kopf und machte die Wagentür auf.

In diesem Moment öffnete sich der Haupteingang. Ein Mann und eine Frau traten heraus und kamen dann Arm in Arm die Treppe zur Straße herunter. Die Frau hätte Kramer in jedem Licht erkannt, allein schon an ihrer Statur und ihrem Gang: Es war Anette. Wer der Mann war, wurde ihm erst klar, als das Paar sich am Fuß der Treppe umarmte und leidenschaftlich küsste. Akkermann. Das war Akkermann in Uniform, der seiner Frau dort drüben, auf der gegenüberliegenden Straßenseite, einen leidenschaftlich-verliebten Zungenkuss gab. Kramer blinzelte, und er blinzelte noch einmal, aber das Bild ging nicht weg. Sobald er hinsah, waren sie wieder da: Akkermann und Anette in enger Umarmung. Eine lähmende Form von Elektrizität stieg an Kramers Armen und Beinen auf. Er fühlte sich, als würden ihm die inneren Organe von groben Fäusten zusammengepresst. Langsam, ganz langsam, schaffte er es, seinen linken Fuß wieder ins Wageninnere zu befördern und die Tür fast geräuschlos zu schließen. Er sank in seinem Sitz zusammen, bis er gerade noch aus dem Wagenfenster hinaussehen konnte. Sein Kopf wurde immer heißer. Seine Knie fingen an zu zittern, weil er so unbequem halb saß, halb lag. Ich töte sie, dachte er. Beide. Mit meiner Pistole.

Der Kuss dauerte lange, und Kramer konnte nicht wegsehen. Es war, als würde er mit einem glühenden Eisen gebrandmarkt und könne von Anblick und Gestank seines eigenen brutzelnden Fleischs nicht genug bekommen. Akkermann tastete an Anettes Hintern herum, und sie fand das offenbar angenehm. Als die beiden sich endlich trennten, hoffte er nur, dass sie ihn nicht entdeckten. Das Wageninnere war dunkel. Vielleicht übersahen sie ihn.

Sein Wunsch ging in Erfüllung. Die beiden waren noch so damit beschäftigt, einander Kusshände zuzuwerfen, dass sie ihrer Umgebung kaum Beachtung schenkten. Akkermann stieg in sein Auto und fuhr weg, Anette genauso. Sie fuhr nach Hause, so wusste Kramer, in der sicheren Erwartung, ihn vor dem Fernseher oder im Bett zu finden.

Sie würde die Tür aufmachen, ihre Sachen abstellen und aufs Klo gehen, um sich ein wenig frisch zu machen. Akkermanns Sperma auswaschen. Nicht zu sehr nach Mann stinken. Dass die beiden gefickt hatten, war offensichtlich. In irgendeiner Besenkammer oder im Büro waren sie übereinander hergefallen, wie immer, wenn Speidel angeblich wieder seine beste Kraft bis in die Nacht hinein bei der Arbeit festgehalten hatte. Nachtschicht sozusagen – aber nicht mit Speidel, sondern mit Akkermann.

Sie würde sich frisch machen, die Spuren verwischen, und dann ins Schlafzimmer gehen, in der Absicht, sich glücklich und durchgefickt ins Bett gleiten zu lassen. Und das einzige, worüber sich Kramer in diesem Moment freuen konnte, war der Gedanke, dass sie sich mit der Idee verrechnet hatte, er liege wie üblich dumm und ahnungslos da und schlafe schon längst. Er bekam einen hysterischen Lachanfall. Heimfahren? Nie. Das würde einer von ihnen beiden nicht überleben. Hastig ließ er das Fenster herunter, weil er plötzlich zu ersticken glaubte. Die Bäume rauschten gewaltig.

Wes konnte nicht schlafen. In Serverrack 9 hatte es wieder eine Panne gegeben: Dieses Mal waren zwei Festplatten gleichzeitig ausgefallen. Auch diesen Fehler hatte das RAID-System problemlos abgefangen, aber Wes war zufällig einer wirklich schlimmen Sache auf die Spur gekommen: Die Temperaturregelung für die Server selbst musste schadhaft sein. Als er rein aus Routine die schmalen Gehäuse der Computer geöffnet hatte, war ihm die enorme Hitze aufgefallen, die die Motherboards vor allem um die CPUs herum abgaben.

Diese Dinger strahlten pro Quadratzentimeter mehr Wärmeenergie aus als eine Kochplatte, und Wes konnte ganz genau feststellen, dass die Kühlung nicht das hergab, was sie versprach. 128,3 Grad am Kühlkörper waren viel zu viel. Bereich gelb. Eigentlich schon fast orange. Wenn die CPUs wegschmolzen, sollte sofort ein Backup-System den Betrieb aufnehmen, aber dieser Fall galt als etwa so wahrscheinlich wie die Kernschmelze in einem Atomkraftwerk, war seines Wissens auf Sealand noch nie aufgetreten und rangierte deswegen in Wes' privater Sicherheitsphilosophie unter »ungetestet«. Wenn man sich blind darauf verließ, dass das schon klappen würde, konnte man genauso gut den Werbeanzeigen der Herstellerfirma glauben. Das tat Wes schon nicht mehr, seit ihm mit elf Jahren sein erster Headcrash die Daten einer Festplatte um die Ohren gehauen hatte.

Wes' exzellente Referenzen als Computerfachmann (US Army, Western Energy Sacramento/CA und IBM Headquarters Atlanta, Georgia) beruhten auf der Tatsache, dass er Probleme mit dem Equipment, gleich welcher Art, ernst nahm. Es kostete ihn einen halben Nachmittag, aber dann hatte er es raus: Die Kühlkörper, die Lüfter, die Wasser- und die Freonkühlung waren in Ordnung, aber die Software, die die Temperatursteuerung der Server kontrollierte, war nicht optimal konfiguriert. Sie errechnete Durchschnittstemperaturen für das ganze Rack, statt ihre Messpunkte einzeln zu gewichten und ihnen Alarmwerte zuzuordnen, so dass zu heiße und unterkühlte Maschinen zu einem Gesamtbild verrührt wurden, das auf dem Bildschirm oben im Kontrollraum okay aussah. Wes änderte das. Bei einem zweiten »Tauchgang« in Serverraum 1 verifizierte er, dass seine Änderungen den gewünschten Effekt gehabt hatten. Er schrieb einen Wartungsbericht mit erhöhter Prioritätsstufe an die Zentrale. Und dann machte er sich ernsthaft Gedanken darüber, was zum Teufel in Serverrack 9 eigentlich los war.

Die Software, die Kühlung und die Festplatten waren eigentlich in Ordnung. Wie gesagt, Wes vertraute den Angaben von Herstellern nicht so weit wie sein Arm reichte, aber er hatte auch eine Menge Erfahrung mit Hardware, und das

Zeug, das auf Sealand zum Einsatz kam, gehörte zum Besten vom Besten. Die Kunden zahlten eine Menge Geld für die Sicherheit ihrer Daten, und soweit Wes das überblicken konnte, hielt sich die Veridat an ihr Versprechen, dieses Geld in Ausrüstung zu investieren, die etwas taugte. Selbst der Konfigurationsfehler für die Temperaturmessfühler war im Grunde verzeihlich, denn die Durchschnittsmessungen waren branchenüblich: Im Normalfall war eine allgemeine Übersicht über die Temperaturlage genau genug, weil sich die Prozessorlast der Erfahrung nach gleichmäßig über die Rechner verteilte und so auch für ein ausgeglichenes Wärmebild sorgte.

Aber das galt nicht für Serverrack 9. Dort wurden die Prozessoren eindeutig zu heiß, und die Festplatten fielen so oft aus, als seien sie mehrere Jahre alt und stammten aus der zweiten Wahl eines Billigproduzenten. Verdammt noch mal, das waren Viper 2-Platten von TruSpace, einer kleinen, feinen und sehr teuren Firma in Bremerton/Washington, die den Begriff »Qualitätssicherung« überhaupt erst erfunden hatte. Was Besseres gab's für kein Geld der Welt, und in Serverrack 9 gingen pro Woche zwei davon vor die Hunde.

Im Grunde konnte das nur Folgendes bedeuten: Irgendjemand machte mit der Hardware in Serverrack 9 Geschichten, für die sie nicht ausgelegt war, und reizte sie dabei auch noch bis zum Letzten aus: 24, 7, 365.

Wes wollte herausfinden, was das für Geschichten waren.

Er hatte Angst. Schon seit dem Frühstück hatte er Angst gehabt, weil er etwas Verbotenes plante, und es war ihm schon immer schwer gefallen, verbotene Dinge zu tun. Der ganze Morgen war von dieser Anspannung bestimmt worden, und obwohl er ein erwachsener Mann war, stieg in ihm das kindliche Gefühl auf, die anderen wüssten genau, was er vorhatte, und würden nur auf den geeigneten Moment warten, ihn bloßzustellen und zu bestrafen. Auf dem Weg zur Toilette war er Masters begegnet, und er hatte geglaubt, an diesem Morgen umspiele die Mundwinkel des Verteidigungsministers ein besonders höhnisches Grinsen. Allerdings grinste Masters immer höhnisch. Der Hohn war in seinem Gesicht festgefressen. Und trotzdem kroch die Paranoia an Wes hoch wie eine Boa Constrictor.

»Na du Hühnerficker«, hatte Masters, die letzten Tropfen Urin von seinem Schwanz abschüttelnd, gut gelaunt gesagt, »heute wieder tauchen gehen?«

Wes hatte geschwiegen, aus Angst, seine Stimme könne ihn verraten. Er hatte sich im Spiegel besonders kritisch betrachtet. Seine langen Haare, seine Brille, die blasse Haut und sein ausgewaschenes Holzfällerhemd kamen ihm gleichzeitig bedeutungsvoll und lächerlich vor. Ich sehe aus wie ein Hippie, dachte er, der zum ersten Mal Dope über die Grenze schmuggelt.

Die Minuten waren dahingekrochen wie Schnecken und hatten schmale

Schleimspuren auf seiner Tastatur, seinem Bildschirm, seinem Schreibtisch hinterlassen, die nur Wes sehen konnte. Er war zu oft auf dem Klo gewesen. Hatte zu viel Kaffee getrunken. War zu freundlich gewesen.

12:30 Uhr. Als die anderen in die Mittagspause wollten, übernahm er die Alarmwache freiwillig. Er murmelte etwas davon, »die Fehleranalyse von gestern noch verfeinern« zu wollen; Susan nickte nur und schloss Tür. Im Grunde war das nicht einmal gelogen. Fehleranalyse: darum ging's. Nur nicht auf die Art, wie es üblicherweise gemeint war. Er zapfte die Datenströme zwischen Serverrack 9 und den anderen Maschinengruppen sowie dem Festnetz- und Satellitenlink zum Netz an und stellte sofort Anomalien fest: Der Datenfluss war außergewöhnlich, um nicht zu sagen extrem dicht. Was vom Serverrack zu den Satellitenschüsseln und zurück ging, verbrauchte fast die ganze zur Verfügung stehende Bandbreite. Das war bemerkenswert: Die Satellitenverbindung war eigentlich für Notfälle reserviert, namentlich für den Fall, dass die Unterseekabel zur Küste beschädigt oder durchtrennt wurden. Aber die Unterseekabel funktionierten prächtig. Und sie hätten auch noch eine Menge Bandbreite freigehabt: Kein Grund, auf die Satellitenschüsseln auszuweichen.

Außerdem borgten sich die Prozessoren aus Serverrack 9 in auffallendem Maß Rechenzeit von den anderen Maschinen. Die Festplattennutzung betrug satte 99,6 Prozent. Das hieß, die Platten hatten so gut wie nie Pause. Wes baggerte sich bis zu den Dateien auf diesen Platten vor und erlebte eine zweite Überraschung: Sie waren alle verschlüsselt. Für Textdateien und Datenbanken wäre das normal gewesen, aber hier waren sogar die Anwendungsprogramme *verschlüsselt. Zum Teil erklärte das, warum die Rechner mit dem Kram so große Mühe hatten: Alles musste im laufenden Betrieb ver- und wieder entschlüsselt werden, und das kostete einfach digitales Muskelschmalz.*

Andererseits bot ihm genau diese aufwändige Prozedur die Angriffsfläche, die er brauchte. Er aktivierte ein kleines Tool, das die fettesten Anwendungsdateien, Datenbanken und Verknüpfungbibliotheken im Moment der Entschlüsselung kopierte. Nach zehn Minuten brach das Tool die Aktion selbständig ab, weil seine Festplatte und sein Arbeitsspeicher restlos voll zu laufen drohten. Als er prüfte, wie viel er eigentlich kopiert hatte, stellte er fest, dass es sich um etwa 4,9 % des gesamten aktiven Datenbestands auf einer *Platte in Serverrack 9 handelte. Lächerliche 4,9 %. Das bedeutete, dass die Dateien dort unten nicht nur verschlüsselt, sondern auch extrem stark komprimiert waren, und spätestens jetzt wunderte ihn nicht mehr, dass die Prozessoren so heiß wurden.*

Wes öffnete die Verzeichnisse mit den kopierten Daten. Die größte davon, 107,1 Gigabyte fett, hieß: CCONTR-LPP. Sein Finger schwebte über der Maustaste. Nach amerkanischem Recht hatte er soeben ein Bundesverbrechen begangen, das mit bis zu zehn Jahren Haft geahndet werden konnte: Datendiebstahl.

Wenn seine Arbeitgeber herausfanden, was er da trieb, war seine offizielle Karriere als Computerprofi beendet, und das weltweit. Er wusste nicht, was er sich da an Land gezogen hatte. Vielleicht war diese Datei der Welt größte Virenbibliothek oder das Poesiealbum eines südamerikanischen Drogenkartells, in der Langversion, mit Porträtfotos und Bankabrechnungen der letzten zwanzig Jahre.

Er öffnete die Datei.

Zuerst passierte gar nichts, außer dass seine Platte zu drehen anfing wie verrückt. Scheiße, dachte er, Virus. Aber dann baute sich langsam, ganz langsam der Schirm neu auf: Arbeitsspeicher und Videosystem waren proppenvoll. Wes' Workstation war nicht gerade von gestern, und er hielt sie top in Schuss. Aber CCONTR-LPP war enorm hungrig. Wes wischte sich den Schweiß von der Stirn.

Als das Bild vollständig erschienen war, fragte er sich, ob er träumte. Er sah ein dreidimensionales Gitternetz aus metallischen Würfeln, deren Oberflächen in blassen Regenbogenfarben irisierten, als seien sie von einem dünnen Ölfilm überzogen. Der Blick fiel ins Unendliche. Würfelebene schloss sich an Würfelebene an, bis sich alles im Perspektivenschnittpunkt verlor. Die Würfel waren untereinander durch erstaunlich biotisch wirkende Schläuche von unterschiedlicher Farbe verbunden. Manche davon sahen eher wie Blutgefässe aus; Wes stellte sich vor, bei höherer Auflösung würden in den feinsten Kapillaren die Thrombozyten sichtbar. Wo die Verbindungsschläuche in die Würfelkörper eintraten, zerbrachen die beweglichen Regenbogenfarbmuster zu gekräuselten Interferenzen, als habe jemand einen Stein in einen Teich geworfen und einen zweiten hinterher, so dass sich die Wellen gegenseitig in die Quere kamen.

Heilige Scheiße, dachte Wes. Er hatte nicht die geringste Ahnung, was das Ganze sollte. Was hieß hier »höhere Auflösung«? Das Ganze war so schon die beste Bildschirmprojektion, die er je gesehen hatte. Irgendjemand hatte massive Fortschritte in der 3D-Video-Programmierung erzielt und sie der Welt vorenthalten.

Wer machte so was? Das Militär machte so was. In seiner Zeit bei der Army hatte er die paranoide Gedankenwelt der Militärs gut kennen gelernt. Teilweise hatte er sie verstehen können, weil auch er paranoid war – wenn auch nicht kriegs- sondern computerparanoid. Ihm war damals eine Menge Hard- und Software untergekommen, über die er öffentlich immer noch nicht reden durfte, und das hier, so spürte Wes, war vom gleichen Kaliber. Irgendeine Armee benutzte die Server von Sealand für ein paar abgelegene Experimente, und zwar eine Armee mit einer Menge Kleingeld für diskrete Rüstungsprogramme. Und er, Wes, hatte das herausgefunden. Na prima. Wenn diese Armee das bemerkte, würde es richtig lustig werden. Die Stimme der Vernunft in seinem Schädel riet ihm dringend, seinen Rechner neu zu starten, einen Kaffee und zwei Sandwiches zu holen und die letzte halbe Stunde einfach aus seinem Gedächtnis zu löschen, genauso wie jede denkbare Spur seiner Manipulationen. Aber Wes war viel zu neugierig. Jetzt noch nicht, dachte er. Die Mittagspause dauerte noch zehn Minuten, und so lange wollte er seine Zauberlampe schon noch streicheln.

Wes wollte den Systemmonitor öffnen, um einen Überblick über die Auslastung seines Computers zu bekommen, aber der Systemmonitor weigerte sich zu starten. Die Würfelsimulation nahm sich schlichtweg ALLES, *was die Workstation von Wes zu bieten hatte, und war trotzdem schneckenlangsam. Wes kannte kein konventionelles, öffentlich verfügbares Anwendungsprogramm, das diesen Effekt auf seinem Rechner hätte hervorrufen können. Militär, dachte er. Eindeutig Militär. Als er seine Versuche mit dem Systemmonitor aufgab, glitt ein Lichtkegel sehr langsam auf einen bestimmten Würfel in den vorderen Ebenen zu und hüllte ihn in einen hellen Schimmer. Die Wände des Würfels schmolzen wie goldener Schnee und ließen nur die Verbindungsschläuche zurück, die eine Weile in den leeren Raum ausgriffen, wobei sie die gerade verschwundene Form des Würfels noch erahnen ließen. Dann kräuselten sich die Schläuche wie Strohhalme, die man über ein Feuerzeug hält. Sie schmolzen aber nicht einfach so weg, sondern bildeten – von Sekunde zu Sekunde besser lesbar – die Zeichenkette:* AKTIVITÄT. *Was war das jetzt wieder? Wes war nicht gut in Fremdsprachen. Deutsch? Das »Ä« ließ ihn eher an Dänemark oder so was denken. Die hatten doch die seltsamsten Buchstaben da oben. Verdammt, ich hätte in meinen Sprachkursen an der Uni besser aufpassen sollen, dachte er.*

»Geiler Bildschirmschoner«, sagte jemand in seinem Rücken. Wes zuckte zusammen und fuhr herum. Er blickte in das grinsende Gesicht von Susan. Er hatte sie nicht kommen hören, weil er zu versunken in seinen kleinen Hack gewesen war. Und jetzt grinste sie ihn unverfroren an, ein wenig schadenfroh, wie jemand, der sich eine kleine Rache gönnt.

»Haste das denn her? Aus dem Netz? Kopier's mir doch mal bei Gelegenheit.«

»Klar«, sagte Wes, »mach ich.« Seine Stimme klang in seinen eigenen Ohren wie ein kaputtes Spielzeuginstrument, und sein Herz schlug zum Zerspringen.

Susan ging zu ihrem Arbeitsplatz, stellte den Kaffeebecher neben ihrem Bildschirm ab und tippte die Maus an, um ihren Rechner aus dem Schlaf zu wecken. Sie grinste immer noch.

Wes handelte wie ein Automat. Er schaltete seinen Rechner ab. Dann startete er ihn neu, aber nicht wie üblich von der Festplatte, sondern von einer Boot-CD. Das war eine Vorsichtsmaßnahme, um CCONTR-LPP *ein Schnipp-*

chen zu schlagen, falls es sich selbst irgendwo in den Bootpath eingeschmuggelt hatte. Er löschte das Verzeichnis, das all die gestohlenen Daten enthielt. Dann überprüfte er, ob die Serverplatten irgendeine Spur seiner Aktion verzeichnet hatten, und erst nach einer Suche von anderthalb Stunden gab er es auf: Nach menschlichem Ermessen war alles sauber.

Kurz vor Schichtende war er müde wie ein Hund, sein Hemd war schweißnass, und er stank wie ein Straßenarbeiter nach einem heißen Arbeitstag. Er lehnte sich in seinen Sessel zurück und atmete durch. Die ganze Zeit hatte er verbissen gearbeitet und nicht gewagt, sich zu Susan umzudrehen. Als er es jetzt tat, lächelte sie ihn an und zwinkerte ihm sogar zu. Jetzt erst begriff er ihr Verhalten von vorhin.

Einmal hatte er sie während einer Alarmwache beim Surfen im Netz erwischt. Selbstverständlich hatte er den anderen nichts erzählt. Wes war ein Pflichtmensch, aber kein Denunziant, vor allem nicht, wenn es um Lappalien wie eine nicht genehmigte Websession ging. Aber Susan hatte sich ihm die ganze Zeit gegenüber verpflichtet gefühlt, weil er ein kleines Geheimnis über sie kannte, und jetzt, da sie ihn scheinbar beim Herumspielen mit Bildschirmschonern ertappt hatte, ebenfalls während einer Alarmwache, war die Rechnung ausgeglichen: Er wusste etwas über sie, sie wusste etwas über ihn. Sie hatte nicht erkannt, dass das kein normaler Bildschirmschoner gewesen war, weil sie für die Arbeit am Bildschirm eine spezielle Brille trug, die sie während der Pausen absetzte.

Er zwinkerte mühsam zurück.

Vielleicht, dachte er, vielleicht habe ich mehr Glück, als ich verdiene. Vielleicht hat keiner was gemerkt.

Als er nach der Schicht zu seiner Kajüte lief, war er im Kopf schon wieder klar genug, um sich zu fragen, was das dänische Militär mit den Servern von Sealand anstellte.

In der Nacht hörte er einen Hubschrauber auf der Plattform landen. Aber der Wind hatte sehr aufgefrischt, die See war unruhig, und es konnte sein, dass er sich das nur einbildete.

Der Akkermann und der Tod

Kramer fuhr ohne Orientierung durch Berlin. Sein Kopf schmerzte, seine Seele brannte, die mechanisch arbeitenden Hände am Lenkrad schienen nicht ihm zu gehören. Die nächtlichen Straßen der großen Stadt Berlin nahm er nur durch einen Tränenschleier wahr.

Anette hinterging ihn, möglicherweise schon seit Jahren, und zwar ausgerechnet mit Akkermann! Wie selten hatte Anette in letzter Zeit mit ihm geschlafen! (Akkermann war schuld.) Wie spät war es immer bei der Wismut geworden! (Akkermann war schuld.) Wie müde war Anette oft spätabends nach Hause gekommen und ins Bett gekrochen, angeblich erledigt von der vielen Arbeit! (Akkermann war schuld.) Akkermann, Akkermann, Akkermann! Hatte hinter all dem gestanden! Vor allem hinter seiner Frau! »Von hinten«, heulte Kramer in seinem Auto. Er wusste, wo Akkermann wohnte. Er dachte ein paarmal daran hinzufahren und es ihm von hinten zu besorgen, durch den Hinterkopf. Dann dachte er wieder: wie kindisch. Was bist du denn für ein Höhlenmensch? Deine Frau fickt einen andern, und du denkst an Mord.

Trotzdem wusste er, dass er nicht nach Hause fahren konnte. Er wäre zu sehr versucht gewesen, Anette zu demütigen, sich an ihr zu rächen, sie für ihre Treulosigkeit zu bestrafen. Nicht, dass er nicht öfters an andere Frauen gedacht hatte. Es gab Tage, da sah Kramer jedem Paar hübscher Beine hinterher, das auf der Straße an ihm vorbeilief. Ja und? Er hatte manchmal ein bisschen geflirtet, er hatte am 1. Juli beim Polizeiball bemerkt, dass auch andere Mütter schöne Töchter hatten, aber er hatte nie, nie, nie zugegriffen. Anette schon. Die Schlampe. Die Drecksau.

Irgendwann mitten in der Nacht hielt er in einer Seitenstraße irgendwo in Moabit, weil er sich daran erinnerte, dass es hier eine kleine private Pension gab. Er brauchte ein Bett. Die schadhafte Neonröhre über dem Eingang blinkte unregelmäßig: Pension Aurora. Die ältliche Pensionswirtin machte schimpfend das Fenster im ersten Stock auf, nachdem er drei Minuten Sturm geklingelt hatte.

»Dit jloob ick ja nich! Wat is ’n dette? Sie! Sahren Se ma, sind Se vom wilden Affen jebissn? Sind Se besoffen? Wissen Se übahaupt, wie spät dit is? Viertel vor zwe!«

»Deutsche Volkspolizei«, sagte Kramer im sachlichsten Tonfall, der ihm möglich war, und hielt dazu seinen Ausweis in die Luft. Er wusste nicht einmal, ob die Frau den Ausweis erkennen konnte. »Ich bin in einer Ermittlung begriffen und muss hier übernachten.«

Das klang nun völlig daneben. Aber nach einer kurzen Pause schloss die Frau das Fenster und kam die Treppe zum Hauseingang heruntergeschlurft. Sie öffnete die Tür nur einen Spalt weit und hielt sich mit der Hand den Kragen ihes geblümten Bademantels zu. Kramer sah aus den Augenwinkeln, dass ein Mann, der sich an einer Straßenlaterne festhielt, die Szene interessiert betrachtete, schwankend und murmelnd. Der war wirklich besoffen.

»Ausweis!«, knarzte die Alte. Sie zückte eine große Taschenlampe und leuchtete dann abwechselnd den Ausweis und Kramers Gesicht an.

Alle Achtung, dachte Kramer, trotz seines Elends amüsiert. Das hätten die Grenzer im Tränenpalast auch nicht besser gekonnt.

»Vorkasse«, sagte die Wirtin. »Ick lass mer nich lumpen, ooch nich vom Arbeiter- un Bauernstaat.«

»In Ordnung«, antwortete Kramer schwach.

»Fuffzich Mahk ohne, siebzich mit.«

Kramer fummelte seinen Geldbeutel heraus und gab ihr einen Hunderter. »Mit« meinte hoffentlich mit Frühstück.

»Hab nüscht zum Wechseln. Dit Restjeld jibbet morjn.«

Als er eingetreten war, schloss sie die Tür hinter ihm umständlich ab. Sie ließ ihn im dunklen Gang stehen (»Wartnse hier ma«) und kam nach fünf Minuten mit dem Zimmerschlüssel zurück. Im dämmerigen Licht einer zu schwachen Glühbirne stiegen sie die enge Treppe in den ersten Stock hinauf. Das Zimmer war winzig und enthielt nichts außer einem Bett, einem Stuhl und einem Tisch. Kramer war alles egal.

»Ditse mir nur nich späta als 8.30 Uhr frühstücken wollen!«, zischte ihm die Alte ins Ohr. Ihr Atem roch nach Zwiebeln. »Dusche is uffm Jang, dahintn. Na denn. Jute Ermittlung wünsch ick ooch.«

Sie schlurfte weg. Kramer warf sich aufs Bett. Fünf Minuten später begann ein Paar neben ihm zu vögeln, dass die Wände wackelten. Kramer überlegte ernsthaft, ob er sich in sein Auto zurückziehen sollte. Um drei Uhr morgens schlief er endlich ein. Er hatte nicht einmal seine Schuhe ausgezogen.

Der Lärm des Autoverkehrs drang durch das angelehnte Fenster. Bevor Kramer nachprüfen konnte, wie spät es war, sank die Erinnerung an den vergangenen Abend in ihn ein wie ein Bleigewicht. Sofort stellten sich mörderische Kopfschmerzen ein. Er bemerkte, dass er noch angezogen war. Die Zimmerdecke war nicht mehr gestrichen worden, seit ihr ein massiver Wasserschaden seine sepiabraunen Kränze aufgemalt hatte. Kramer wollte überhaupt nicht mehr aufstehen. Dann rappelte er sich doch hoch. 8:11 Uhr. Vielleicht würde er noch zu einer Marmeladenschrippe kommen, bevor er entschied, was mit seinem Leben weiterhin geschehen sollte. Pro forma strich er sich die Kleider glatt. Zum Glück gab es in diesem Zimmer keinen Spiegel.

Als er die Tür öffnete, trat er beinahe in die Untertasse hinein, die auf dem Flurteppich stand. Kramer hob sie auf und klaubte das Wechselgeld heraus: 25 Mark. Er hatte keine Ahnung, warum fünf Mark fehlten, aber das war ihm zunächst egal. Auf dem Weg zum Speisezimmer kam er an einem kleinen Tisch vorbei, auf dem ein paar Zeitschriften ausgelegt waren. Zwei niedrige Stühle standen davor: Offensichtlich sollte das dürftige Arrangement eine Leseecke darstellen. Warum ihn das überhaupt interessierte, hätte er nicht sagen können. Das erste Heft, das er vom Stapel nahm, trug den Titel: *Die Hochzeit.* Offenbar handelte es sich um den Katalog eines Hochzeitsausstatters: Kleider, Ringe, Geschenke, alles war im Angebot. Geistesabwesend blätterte Kramer das Heft durch, bis er auf das Foto einer Braut traf, die genau wie Anette am Hochzeitstag aussah. Die Ähnlichkeit war erschreckend. Kramer stiegen Tränen in die Augen. Er warf das Heft auf den Tisch zurück, und weil es zu viel Schwung hatte, fiel es herunter. Kleine Programmänderung. Er ging in sein Zimmer zurück und weinte dort, wie er seit dem Tod seiner Mutter nicht mehr geweint hatte.

»Mann, siehst du Scheiße aus«, sagte Pasulke. Es klang mitfühlend. Nicht mal gegrüßt hatte er.

»Anette fickt mit Akkermann«, sagte Kramer. Er sagte es durch die trockenen Schrippenkrümel hindurch, die er in seinem Mund zu einem pappigen Brei zermahlte. Frühstück für Gehörnte.

»Was?« Pasulke blieb der Mund offen stehen.

»Wenn ich's dir doch sage. Ich hab die zwei gestern erwischt. Vor der Wismut. Auf der Straße. Ham geknutscht wie die Weltmeister. Er hat sie … hat sie angefummelt.«

Was ein Glück, dass er die Schrippe hatte, um darauf herumzukauen. Sonst hätte er wahrscheinlich angefangen zu weinen.

»Nee!«

»Doch.«

»Akkermann?«

»Ja.«

Pasulke sah ihn kurz zweifelnd an, aber Kramers Gesicht war offenbar verwüstet genug, um die Geschichte glaubwürdig erscheinen zu lassen.

»Mann«, sagte Pasulke. »Mann.«

Kramer war mit seiner ersten Schrippe fertig und wischte sich völlig überflüssigerweise die Hände ab, bevor er sich über die zweite hermachte. Er nahm noch einen Schluck Kaffee.

»Das is ja …«, fing Pasulke kopfschüttelnd an. »Also das …! Wenn du eine Zeitlang bei Sabine und mir wohnen wills –«

Kramer musste fast lachen. Das fehlte noch. Der waidwunde Gehörnte schlüpft bei seinem Kollegen unter, um sich ein halbwegs funktionierendes Eheleben anzuschauen.

»Is lieb gemeint«, sagte Kramer gequält. »Aber ich hab da eine Pension in Moabit.«

»Ach so«, sagte Pasulke und tat, als sei eine Pension in Moabit eine echte Alternative zu seinem Eigenheim in Hohenschönhausen.

»Wenn du … nur 'ne Zeitlang …«, sagte Kramer. »Weißte, ich bin jetz nich so aufm Damm. Wir hatten da diesen Totschlag in der Storkower Straße. Kannst du das für mich machen? 'ne Zeitlang? Wir sagen nix zum Chef. Urlaub bringt mir nix, da dreh ich durch. Aber so richtig arbeitsfähig … fühl ich mich auch nich. Weißte, was ich meine?«

»Klar.« Pasulkes Gesicht hellte sich auf.

Kramer dachte: Die treue Seele. Kaum kann er mir helfen, geht's ihm schon besser.

»Klar, machen wir. Lobedanz brauch's ja nich wissen.«

»Danke«, sagte Kramer und schluckte.

Pasulke winkte ab, bevor er die Bürotür hinter sich schloss. Nicht der Rede wert. Kramers Mund war so trocken, er bekam diese verdammte Schrippe nicht runter. Was er im Mund hatte, spuckte er ins Waschbecken, den Rest warf er in den Papierkorb. Dann setzte er sich an den Computer, um Polyplay zu spielen.

Nach Dienstschluss fuhr er nach Hause. Halb erwartete er, Anette und Akkermann in seinem Ehebett vorzufinden, obwohl er wusste, dass das eine Wahnphantasie der Eifersucht war. Oder doch nicht? Als er die Tür aufschloss, lauschte er auf Stimmen. Seine Pistole hatte er sicherheitshalber in seinem Schreibtisch auf der Inspektion gelassen.

Niemand da. Er hatte seine Siebensachen schnell beisammen: Zahnbürste, ein paar Klamotten, drei, vier Bücher – was ein Gefangener so braucht. Er spielte kurz mit dem Gedanken, einen Zettel auf dem Küchentisch zu hinterlassen, eine Nachricht, aber ihm fiel kein passender Text ein. Den Türgriff schon in der Hand hielt er inne: Er hatte das blaue Kästchen von der Späthbrücke vergessen. Allerdings war es nicht dort, wo er es hingetan hatte. Hinter den gestapelten alten Zeitungen in der Abstellkammer tastete er ins Leere. Er durchsuchte die ganze Wohnung, von Minute zu Minute aufgeregter, eine halbe Stunde lang, eine ganze. Zum Schluss suchte er mit der Anspannung eines Polizisten, der in einer knapp bemessenen Zeitspanne ein

Beweisstück aufzustöbern hat. An der Polizeihochschule hatten sie manchmal so gesucht, und der Ausbilder hatte mit der Stoppuhr daneben gestanden. Was er auch tat, das blaue Kästchen blieb verschwunden. Irgendjemand hatte es weggenommen. Am Ende saß er verschwitzt und erschöpft auf der Wohnzimmercouch und sagte: »Leck mich am Arsch.« Beim Gehen knallte er wütend die Tür ins Schloss.

In der Pension rasierte er sich den Schnauzbart ab, den er zwanzig Jahre lang getragen hatte. Danach kam er sich nackt vor und fand das nur richtig.

Am nächsten Tag kam Anette zu Besuch. Er hatte die Inspektion schon um vier verlassen, weil er einfach nicht länger Polyplay spielen konnte, und hatte sich ein wenig in das stinkende, altersschwache Bett gelegt, wiederum in seinen Kleidern. Er wusste nicht, woran es lag, aber irgendwie merkte er im Schlaf, dass außer ihm noch jemand im Zimmer war. Als er die Augen öffnete, stand Anette neben dem Bett und sah mit einem eigenartig unbeteiligten Blick auf ihn herab. Er setzte sich ruckartig auf.

»Anette!«

»Rüdiger.«

Kramer war schon dabei, auf sie zuzugehen, um sie in die Arme zu schließen, da erinnerte er sich daran, dass seine Ehe vorbei war. Sie setzte sich auf den wackligen Stuhl in der Ecke beim Fenster und schlug ihre langen Beine übereinander. Kramer ordnete sein Hemd. Er fühlte sich plötzlich schuldig. Wie unter Anklage.

»Was machst du hier?«, fragte sie kühl.

»Siehst du doch. Wohnen.«

»Es gäbe da eine Wohnung am Prenzlauer Berg.«

»Da will ich aber nicht mehr hin. Weil du mit Akkermann ein Verhältnis hast.« Eine Intuition rastete in seinem Kopf ein. »Der dir wahrscheinlich auch erzählt hat, wo du mich findest.«

Anette schüttelte den Kopf. »Ich hab geglaubt, ich kenn dich besser. Ich dachte, du wärst rationaler. Souveräner. Aber du drehst völlig durch, weil ich einen Geliebten habe.«

Kramer blinzelte. Er dachte, er höre schlecht. Machte Anette ihm tatsächlich *Vorwürfe?* Wagte sie das wirklich? Es klang ganz danach.

»Wie man sich täuschen kann«, sagte er so ruhig wie möglich, während eine namenlose Wut in seinen Eingeweiden kochte. »Aber ich bin mir nicht ganz sicher, ob ich über *meine* Rationalität diskutieren will. Ich bräuchte viel eher eine Erklärung von dir.«

»Wofür? Dass ich mit einem anderen Mann ins Bett gehe? Unsere Ehe ist seit Jahren am Ende, oder? Und jetzt sollte man meinen, dass du in der Lage bist, mit dieser Tatsache zu leben und einen geordneten Abgang hinzulegen. Stattdessen diese pubertären Eskapaden.«

Ein grauer Nebel zog vor Kramers Augen auf. In seiner Kehle schien ein faustgroßer Klumpen Eisenwolle zu stecken.

»Seit Jahren am Ende? Das ist das Erste, was ich davon höre. Da hast du ja tapfer geschwiegen. Jahrelang.«

»Männer!«, gab sie zurück. »Euch muss man alles auf dem Silbertablett präsentieren, damit ihr es begreift. Meinst du, dass ich aus Spaß immer so lang arbeiten war? Ich habe mich gelangweilt! Im Büro konnte ich wenigstens etwas Sinnvolles tun. Diese ewigen Fernsehabende. Das war doch furchtbar! Hast du das nicht gemerkt?«

Sie schrie ihn an. Sie schrie ihn tatsächlich an.

»Und dann kam der liebe Akkermann und hat dir die einsamen Überstunden im Büro versüßt. Was ein Glück, dass es noch so aufmerksame Menschen gibt, die einer armen Frau auf die Sprünge helfen, wenn sie in Not ist.«

»Das jetzt also auch noch. Primitive Eifersucht. Langsam wundert mich gar nichts mehr.«

Kramer war sprachlos. Es musste irgendeine einstudierte Rolle sein, die Anette da spielte, anders konnte er sich das nicht erklären. Sie hatte diese Begegnung ausgiebig geübt und sich für Angriff statt Verteidigung entschieden. Kramer hatte das oft bei Verdächtigen gesehen, die nichts mehr zu verlieren hatten und so gut wie überführt waren. Aber noch niemand hatte so eiskalt dabei gewirkt wie die Frau, mit der er seit zehn Jahren verheiratet war.

»Ich bin schwanger«, sagte sie. »Frank und ich haben uns entschieden, das Kind zu behalten.«

»Ach«, sagte Kramer, weil ihm nichts anderes dazu einfiel. Und dann lachte er. Ein staubtrockenes Lachen der verzweifelten Verblüffung, des Schocks, des Unverständnisses. Es klang in seinen eigenen Ohren nicht gut. Er wollte etwas sagen wie »Das ist ja wunderbar!« oder »Wie reizend!« Aber auch die ätzendste Form des Sarkasmus schien ihm zu milde. Er wusste sich keinen Rat mehr.

»Du gehst jetzt besser«, sagte er mit einer Stimme, die nicht aus seinem Mund zu kommen schien. Der Nebel vor seinen Augen wurde immer dichter.

»Wie du meinst«, sagte sie und stand auf. Sie wirkte stolz und schön, wie jemand, dem es gut ging. Wie jemand, der weiß, dass er geliebt wird. Kramer konnte nicht hinsehen.

Als sie die Türklinke schon in der Hand hatte, fragte er trotzdem: »Du hast nicht zufällig ein kleines blaues Kästchen aus dem Altpapier genommen?«

»Ich weiß nicht, wovon du redest«, sagte sie in einem Tonfall, der Zweifel an seiner geistigen Gesundheit erkennen ließ.

»Hau ab.« Das hier war die alleräußerste Grenze seiner Beherrschung. Er fühlte es genau. Ein Schritt weiter, und er würde sie umbringen. Ihre Schuhe stöckelten noch über den Gang, als er zu zittern begann. Er zwang sich, nicht aus dem Fenster zu sehen.

Das Zittern dauerte noch an, als es eine halbe Stunde später an seiner Tür klopfte.

»Herr Kramer«, keifte die Wirtin von draußen herein. »Dit wollte ick Ihnen noch sahrn: Damenbesuch uff di Zimmer is nich erlaubt. Dit da Klarheit herrscht.«

An diesem Abend betrank er sich bis zur totalen Besinnungslosigkeit.

Der 1. Juli kam und ging. Den Polizeiball ließ er natürlich sausen. Er wollte nichts weniger auf dieser Welt, als Anette und Akkermann beim Tanzen zusehen. Wiener Walzer wie Sissi und Franzl. Schon beim Gedanken daran wurde ihm schlecht.

Statt zum Polizeiball ging er ins Kino und sah sich eine neue Folge von *Das unsichtbare Visier* an. Sie hieß »Das Todesspiel« und gefiel ihm sogar. Irgendwas über die unverantwortlichen Abenteurer von der »RAF«, die die Stasi vor der Wende von den blutigsten Mordtaten (leider erfolglos) hatte abhalten wollen.

Eine merkwürdige Routine stellte sich ein. Er ging morgens zur Arbeit, als sei er Herr der Lage. Allerdings tat er nichts anderes als lesen oder spielen. Manchmal kam Pasulke herein und erzählte ihm das Neueste von den aktuellen Fällen, damit er nicht ganz ahnungslos war, falls der Chef ihn fragte. Pasulke war immer freundlich und nett, wie bei einem Kranken, dem man nicht zu viel zumuten durfte. Gegenüber den anderen hielt er offenbar dicht, jedenfalls fühlte sich Kramer in der Inspektion weder bemitleidet noch verspottet.

Er entdeckte einen Waschsalon und ein billiges Speiselokal in der Nähe der Pension. Er stattete sich mit Seife aus und mit Büchern, die er schon immer mal hatte lesen wollen. Am Ende der ersten Woche begann er sein Zimmer zu mögen, obwohl er das kaum selber glauben konnte. Die Wirtin war und blieb ein Alptraum, er entdeckte Ameisen unter der Fußleiste, und seine Nachbarn, denen er übrigens nie leibhaftig begegnete, intensivierten ihr Liebesleben noch. Anette lief er nie über den Weg, und das fand er gut. Er war ihr sogar dankbar, dass sie weitere Versuche zur Kontaktaufnahme unterließ. Um die Scheidung konnte man sich auch später noch kümmern.

Er verzieh sich stundenlange Onaniesitzungen und die vertrunkenen Abende. Das war in seiner Situation nur normal. Kramer begann sich zu gewöhnen.

Dann wurde er gefeuert. Eines Tages kam Lobedanz in sein Büro und baute sich vor seinem Schreibtisch auf. Kramer las gerade das *Neue Deutschland* (Sportnachrichten) und sparte sich die Mühe, wie ein viel beschäftigter Polizist auszusehen. Ohnehin war die Mittagspause noch nicht allzu lange vorbei, und das Lesen einer Zeitung wäre auch unter normalen Umständen nicht allzu ungewöhnlich gewesen. Kramer lächelte, als er das *Neue Deutschland* auf seinen Schreibtisch legte.

»Ich muss mit dir reden, Rüdiger«, sagte Lobedanz.

»Gern«, antwortete Kramer. Er wusste genau, was kommen würde.

»Wir werden dich entlassen müssen.«

»Ah!«

»Ah? Das ist alles, was du dazu zu sagen hast? Du bist entlassen, verstehst du? Du kannst froh sein, wenn du um ein Strafverfahren herumkommst!«

»Aber weswegen denn?« Kramer fühlte sich unnatürlich ruhig, geradezu erleichtert. Als habe er etwas eingenommen, um die Wirklichkeit nicht zu nahe an sich heranzulassen. Warum er entlassen werden sollte, wusste er genau. Er meinte die Drohung mit dem Strafverfahren.

»Warum? Weil du dich seit Wochen meinen Anordnungen widersetzt! Ich sage dir, du sollst diesen Abusch-Fall sein lassen, und was machst du? Du ermittelst auf eigene Faust weiter! Du benutzt dazu behördeneigene Ressourcen und begehst auch noch Verschleierungshandlungen! Du gibst dich bei diesen illegalen Ermittlungen als einer deiner Kollegen aus! Und seitdem du deine Frau verlassen hast, tust du eigentlich gar nichts mehr. Das reicht für drei Entlassungen.«

»Ich habe niemandem etwas getan«, sagte Kramer. »Ich wollte einen Mord aufklären. Wenn hier jemand was verschleiert, dann sind das du, die Stasi und all die anderen Arschlöcher, die mich an meiner Arbeit gehindert haben. Und meine Frau geht dich einen Scheißdreck an, Lobedanz.«

Das tat so gut. Einmal nicht herumlavieren, sondern ungeschminkt die Wahrheit sagen. Lobedanz wurde rot vor Wut.

»Also gut. Dann auf die Offizielle. Oberleutnant Kramer, ich enthebe Sie hiermit Ihres Amtes. Leiter der MUK der Polizeiinspektion Friedrichshain ist ab sofort Leutnant Pasulke. Sie haben seinen Anweisungen Folge zu leisten. In Vorwegnahme eines offiziellen Disziplinarverfahrens fordere ich von Ihnen die Übergabe Ihres Dienstausweises und Ihrer Dienstwaffe.«

Kramer ging zu seiner Jacke, die an der kleinen Garderobe hing, zog seinen Dienstausweis heraus und gab ihn Lobedanz.

»Pasulke also?«, fragte er. »Logisch. Der hat dir wahrscheinlich auch gesteckt, dass ich hier nur noch herumsitze. Und jetzt wird er Kommissionsleiter. Passt. Akkermann, Pasulke und du. Alles derselbe Schweinestall.«

Er öffnete die oberste Schublade in seinem Schreibtisch und nahm seine Pistole heraus. Er packte sie am Kolben und reichte sie Lobedanz, als würde er auf ihn zielen. Sein Zeigefinger lag am Abzug. Lobedanz erbleichte. Erstaunliche Farbwechsel innerhalb kürzester Zeit, dachte Kramer. Das Gesicht ist wie der ganze Mann.

»Na, was is?«, fragte er grinsend. Das Spiel begann ihm Spaß zu machen.

»Oberleutnant Kramer …«

»Bin kein Oberleutnant mehr. Aber heute bin ich Schütze Arsch. Deine Worte. Willste jetz die Knarre, oder was?«

Zögernd griff Lobedanz nach der Waffe und zog sie vorsichtig aus Kramers Hand, die sie bereitwillig freigab. Schweißperlen standen auf seiner Stirn.

»Du bist verrückt, Rüdiger. Eigentlich wollte ich dir den Rest des Tages Zeit geben, dein Büro zu räumen, aber du lässt mir keine andere Wahl: In einer Stunde bist du draußen oder wir bringen dich raus. Mach's nicht schlimmer, als es ohnehin schon ist.«

Und weg war er.

Kramer setzte sich seufzend hin. Er legte seinen Kopf auf den Schreibtisch. Eine Stunde, dachte er. Jetzt habe ich in einer Woche meine Frau verloren, meine Wohnung, meinen Fall, meine ganze Arbeit und meinen besten Freund. Na prima.

Weil er glaubte, er habe nichts mehr zu verlieren, wollte er die letzte Stunde in der Polizeiinspektion Friedrichshain auf die einzig richtige Art verbringen: Er spielte Polyplay.

Sie hatten sich gar keine große Mühe gegeben, es zu vertuschen. Zwar waren die Daten auf der Festplatte oberflächlich richtig angeordnet, aber Wes erkannte schon beim Hochfahren des Rechners, dass irgendetwas anders war. Die Platte reagierte träger; der Bootvorgang war definitiv nicht optimiert worden. Als er mit seinen Adminstrationstools die Werte der Platte abfragte, hatte sie eine andere Seriennummer als seine alte, die Partitionierungen waren leicht anders und manche der tiefer versteckten Dateien waren weg. Es gab keinen Zweifel: Sie hatten ihm die Originalplatte ausgebaut und eine andere installiert, die auf den ersten und zweiten Blick alles enthielt, was die alte enthalten hatte, sich aber auf den dritten und vierten als ein Kuckucksei entpuppte. Der Hubschrauber, dachte er. Von wegen eingebildet.

Er wusste, an die Backuptapes brauchte er gar nicht zu denken: Die würden genauso manipuliert worden sein. Wenn man es nüchtern betrachtete, hatten sie sich eine Menge Arbeit mit ihm gemacht: ein Hubschrauberflug hin und zurück, manipulierte Festplatten, da kam schon was zusammen. Aber warum hatten sie es dann nicht perfekt gemacht? So wie es aussah, wollten *sie, dass er den Schwindel bemerkte. Das konnte im Grunde nur heißen, dass sie sich aus seinen Reaktionen auf die Entdeckung weitere Erkenntnisse erhofften. Was wiederum bedeutete, dass sie nicht* alles *wussten oder wenigstens mit der Möglichkeit rechneten, nicht alles herausfinden zu können. Oder all das heißt, dachte Wes pessimistisch, dass sie sich mit mir ein kleines Spielchen erlauben. Laborratten unter Stress. Mal kucken, was der Kerl so macht, wenn wir ihm Fotos von seinen kleinen Sauereien zeigen.*

Wes entschied sich, so zu tun, als sei dies ein ganz normaler Arbeitstag. Er verfiel nicht in Panik, er suchte nicht noch einmal nach Überresten seiner Schnüffelaktion, er machte seinen Job wie ein braver Angestellter. Aber seine Gedanken kreisten um seine beruflichen Aussichten der absehbaren Zukunft. Die waren dürftig. Selbst wenn er um einen Prozess herumkam, würde Veridat Inc. ihn auf die schwarze Liste der Leute setzen, die ernsthaft Scheiße gebaut hatten, und damit war ihm eine Karriere als Tankwart, Zeitungsausträger oder Hausmeister so gut wie sicher. Nicht einmal in Vanuatu oder im Kongo würden sie ihn noch nehmen. Wes versuchte sich auszumalen, wie er in Owensboro/Kentucky Beschwerden wegen der nicht funktionierenden Heizung entgegennahm, oder in Redding/California Fußböden aufwischte. Er fand die Aussicht wenig angenehm.

Konnten sie aus seiner gründlich gesäuberten Platte überhaupt noch etwas herausholen? Und ob. Er hatte nur Software zur Verfügung gehabt, aber in einem gut ausgestatteten Hardwarelabor konnten von Fall zu Fall sogar verbrannte oder scheinbar völlig demagnetisierte Festplatten gerettet werden. Wes wusste das, weil er selbst einmal einen solchen Vorgang überwacht hatte: Bei der Western Energy war einmal eine wichtige Platte über den Jordan gegangen. Sie hatte wirklich übel ausgesehen, der Lesekopf und der Abtastarm waren bei einem Headcrash völlig zerbröselt und in staubfeinen Partikeln innerhalb des Gehäuses verteilt worden. Sie hatten alles wiederhergestellt. Jede einzelne Datei. Das war vor zehn Jahren gewesen, und heute arbeiteten sie mit Quantenecho-Technologien, die Daten auf Teilen der Platte wiederfanden, wo sie eigentlich gar nicht gespeichert gewesen waren. Teuer. Sehr teuer. Aber durchaus machbar. Irgendwo auf dieser Welt freuten sich gerade eine Hand voll Leute, dass sie ihm, Wes, auf die Schliche gekommen waren.

Tja. Er hatte hoch gepokert – und verloren. Game over. Fragte sich nur, wie das Nachspiel aussah.

Die Kündigung kam nach der Mittagspause. Sie hatten sich für die vertragsrechtliche Variante entschieden. Er habe gegen seine Schweigepflicht verstoßen, und zwar indem er seiner Tante vertragswidrigerweise verraten habe, seine neue Arbeitsstelle befinde sich in Europa (die betreffenden E-Mails waren angefügt). Dadurch sei das Vertrauensverhältnis … er habe sich pflichtwidrig … entgegen den guten Sitten und dem sensiblen Charakter seiner Position … umso bedauerlicher, da hervorragend qualifizierter Experte … fristlose Kündigung … gute Wünsche für die Zukunft. Ein Hubschrauber werde ihn um 19.00 Uhr lokaler Zeit abholen, für alle Detailfragen des Transfers zum Festland sei Mr. Masters verantwortlich.

Wes stand von seinem Arbeitsplatz auf, winkte kurz in die Runde seiner Kollegen und räusperte sich, um ihre Aufmerksamkeit zu gewinnen. Sie sahen zu ihm auf wie Schafe, die man beim Grasen gestört hat.

»Leute, ich mach's kurz: Die Firma hat mich gerade gefeuert. Heute Abend kommt ein Hubschrauber und bringt mich zum Festland. War eine spannende Zeit mit euch. Vielleicht sehen wir uns mal wieder. Macht's gut.« Unter den erstaunten Blicken der anderen verließ er das Büro.

Sein Koffer war schnell gepackt.

Endspiel

Die Welt wurde umgestülpt.

Eben hatte er noch dagesessen und den Hirsch über den Bildschirm gejagt, jetzt lösten sich die Wände des Büros auf, so dass er frei nach draußen blicken konnte. Säulen wuchsen um ihn auf, Säulen wie in einem griechischen Tempel. Der Tisch und der Rechner knisterten wie Holzscheite in einem Feuer. Kramer zog schnell seine Hände zurück, aus Angst sich zu verbrennen. Aber der Monitor, die Tastatur, die Tischplatte gingen nicht in Flammen auf, sondern sie verloren Substanz, als würde sie aus ihnen herausgesaugt. Je stärker es knisterte, desto grauer und dünner wurden die Gerätschaften, und schließlich brach der ganze Aufbau vor seinen Augen zusammen. Feiner Staub hüllte seine Beine ein.

Auf dem Boden lag ein knöcheltiefer Haufen grobkörniger Staub: Das war alles, was von seiner Büroeinrichtung übrig geblieben war. Vögel sprangen herbei und pickten in dem Haufen nach Essbarem. Seltsame Vögel waren das. Lebendig tschilpend und zwitschernd sprangen sie in dem Staub umher, aber ihr Gefieder hatte eine Färbung, die den Augen wehtat – ihre Federn waren stumpfgrau und schimmerten gleichzeitig metallisch grün. Intensiv gelbe Augen hatten diese Vögel, mit stecknadelkopfgroßen schwarzen Pupillen. Kramer sah alles ganz klar. »Todesvögel«, dachte er zusammenhanglos, »Todesvögel.« Einer sprang auf seinen linken Schuh zu und pickte daran herum, als wolle er das Leder fressen.

Kramer stand auf. Der Stuhl, auf dem er gesessen hatte, knisterte und zerfiel zu Staub.

Noch mehr Vögel flogen herbei. Kramer ließ erst jetzt die Arme sinken. Er sah sich um. Es konnte nur ein Traum, eine Halluzination oder eine Psychose sein. Aber seine Umgebung fühlte sich so furchtbar *real* an; realer als alles, was er zeitlebens mit seinen sechs Sinnen wahrgenommen hatte.

Allem Anschein nach befand er sich in einer antiken griechischen Tempelruine. Die Säulen waren mächtig und hoch und sie trugen kein Dach. Der Himmel war tiefblau, nur ganz weit oben standen ein paar kleine Schäfchenwolken. Ein leichter Wind fing sich in Kramers Haaren. Thymian und Rosmarin lagen in der Luft, ein herrlicher Tag. Das Meer konnte nicht weit entfernt sein. Man hörte es rauschen, wenn auch schwach. Und da, eine Möwe; die schwarzen Spitzen ihrer Flügel wie winzige Kommata zu einem fehlenden Satz.

Kramer fühlte sich wohl. Er fühlte sich entsetzlich. Es machte keinen Unterschied. War er gestorben? Oder starb er gerade? Es gab so Geschichten, dass Sterbende seltsame Dinge erlebten. Manche, die dann doch gerettet wurden, erzählten von Erscheinungen, Engeln und anderen mystischen Begebenheiten.

Das hier war nicht mystisch. Das hier war die Realität. Einer der Vögel landete auf seiner Schulter und begann die feinen Härchen aus der Haut seines Nackens zu zupfen. Kramer verscheuchte ihn. Mit einem lauten, ärgerlichen »Tschilp« flatterte der Störenfried davon. Als habe man ihm etwas genommen, was ihm rechtmäßig gehörte.

»Herr Kramer?«, sagte jemand hinter ihm.

Er drehte sich um und fühlte sich ganz ruhig dabei.

Als er den Mann erkannte, der ihn angesprochen hatte, wurde ihm noch um einiges leichter zumute, denn er wusste nun mit absoluter Sicherheit, dass er nicht starb, sondern träumte. Der Mann in dem altmodischen Bratenrock, mit dem Monokel vor der Brust und dem wuchernden grauen Bart konnte nur Karl Marx sein. Der Philosoph war viel kleiner, als Kramer gedacht hätte. Er sah nicht im Entferntesten so wuchtig und gemeißelt aus wie manche seiner Denkmäler. Er wirkte zerbrechlich. Wie ein alter Mann, der sich die Knochen dünn gedacht hat.

Seine Stimme aber war fest. »Wir kennen uns«, sagte Marx in einem leichten Trierer Singsang, der Kramer ganz entfernt an die Kölschen Töne erinnerte, die ihm noch von seinem Ausflug zur VEB Spielgeräte im Ohr waren. Er streckte die Hand aus, und Marx nahm sie, lächelnd.

Pasulke sollte jetzt hier sein, dachte Kramer. Ich schüttle Karl Marx die Hand! Die Haut fühlte sich angenehm an, trocken und kühl, wie die Haut alter Menschen eben.

»Kommen Sie«, sagte Marx. Laut tschilpten die Vögel.

Kramer folgte dem Begründer des wissenschaftlichen Sozialismus durch den tief gestaffelten Säulenwald bis vor eine ungeheure Mauer, in der eine ebenso ungeheure Öffnung ausgespart war; eine Tür für Riesen, aber selbst Riesen hätten die Schwelle dieser Tür nicht ohne weiteres überschreiten können. Kramer schätzte die Höhe der Schwelle auf zwei, die der ganzen Tür auf zehn Meter, und den reich verzierten Türsturz dort oben überragte die Mauer noch einmal um ein gutes Stück. Das Gestein war glatt. Man konnte kaum die Fugen zwischen den exakt gemeißelten Quadern sehen.

Marx prüfte seine Taschenuhr.

»Ah ja, Zeit genug«, sagte er. »Genosse Kramer, Sie fragen sich vielleicht, was diese Mauer hier soll? Und die Tür darin? Das ist leicht beantwortet: Durch diese Tür wurden in der Antike die Sprüche des Tempelorakels verkündet. Sie ist übrigens vierzehn Meter hoch. Die gigantische Mauer, vor der wir hier stehen, umschließt das Adyton, das Allerheiligste des Tempels. Dort müssen wir hin.«

Er setzte sich wieder in Bewegung. Einige Meter rechts von der Riesentür war eine weitere, viel kleinere in das Gestein eingelassen, und Marx verschwand darin. Kramer musste seinen Kopf beugen. Krumm getretene Stufen führten hinab in einen dunklen Tunnel, der glücklicherweise nicht allzu lang war. Der Tunnel mündete in einen spärlich beleuchteten unterirdischen Raum, der auf Kramer wie eine Grabkammer wirkte; er roch muffig, nach Kirche. Selbst die Sonne Griechenlands hatte ihn in Hunderten von Jahren nicht austrocknen können.

»Wir sind gleich da«, sagte Marx. Seine Augen und sein Mund wirkten in dem Zwielicht wie kleine Höhlen.

Die Treppe hinauf ins Licht. Geblendet standen sie auf dem Hof, umgeben von fast weißen Steinmauern. Jetzt erst begann Kramer das ungeheure Ausmaß dieser Tempelanlage zu ahnen. Denn dieser Innenhof, oder das »Adyton«, wie Marx ihn genannt hatte, war ungefähr vierzig Meter lang und zwanzig Meter breit, und er beherbergte an seinem fernen Ende noch einmal ein kleines separates Tempelchen, das im Vergleich zu den Gigantenmauern wie ein Spielzeug wirkte.

»Dies«, sagte Marx und zeigte auf den Tempel, »ist der Naiskos. Gewissermaßen das Allerheiligste im Allerheiligsten. Religionen sind wie Babuschkapuppen. Es gibt immer noch etwas Heiligeres, wenn man schon glaubt, das Innerste erreicht zu haben. Faszinierend, nicht wahr?« Der Philosoph lachte. Es klang ein wenig asthmatisch.

Das Spielzeugheiligtum war gar nicht so klein. Links neben ihm stand ein stattlicher Lorbeerbaum, und das Dach des Naiskos überragte ihn. Sieben Meter, schätzte Kramer. Vielleicht acht. Um den Tempel herum waren einige Altäre verstreut, auf denen Amphoren in eisernen Dreifüßen standen, niedere Tongefäße und offene Bronzeschalen, in denen offenbar verdorbene Speisen aufbewahrt wurden. Die Luft roch nach Verwesung und nach sauer gewordenem Wein. Auch einige der Todesvögel stritten sich um Fetzen von ranzigem Fleisch und verfaultem Getreide. »Weihegaben«, sagte Marx.

Eine unerklärliche Angst stieg in Kramer auf. Dieser Traum war *anders*, befremdlich anders, und er begann sich nach dem Aufwachen zu sehnen. Sie traten ein.

Im Innenraum des Naiskos trafen sie nicht auf Friedrich Engels, wie Kramer insgeheim gehofft hatte. An der Querwand stand eine bronzene Götterstatue, vielleicht vier Meter hoch. Davor thronte ein Mann, der eine Toga am Leib hatte und einen goldenen Lorbeerkranz trug. Sein Gesicht strahlte

Ruhe, Würde und Macht aus, Kramer musste an Cäsar denken. Und, zu seinem beinah komischen Entsetzen, an Doernberger, den Altstalinisten mit dem unerschütterlichen Glauben an den Genossen Honecker. Links neben ihm stand Anette. Oder war sie es wirklich? Die Traum-Anette war größer und schöner als die reale. Sie war in einen blendend weißen Umhang gehüllt, der in dem gedämpften Licht des Tempel-Innenraums zu phosphoreszieren schien. Ihren Zügen war eine atemberaubende Arroganz eingeschrieben. Sie trug einen antiken Helm, der ihr erstaunlich gut stand. Ihre linke Hand ruhte auf der Schulter des sitzenden Mannes. Kramer hätte sie angesprochen, aber ihr Blick war von einer derartigen Kälte, dass er es nicht wagte.

Die dritte Figur erschreckte ihn am meisten. Sie trug das Gesicht des Weißen aus der Oderberger Straße. Große Engelsschwingen überragten seine Schultern und auch den Kopf und fielen in einem eleganten Bogen zu den Füßen der Gestalt hin ab. Der Weiße trug beidhändig ein langes, goldenes Schwert. Die Klinge lehnte an seiner Schulter, und er schien sich am Hals geschnitten zu haben, denn ein dünnes Rinnsal Blut sickerte durch sein weißes Brustgefieder. Kramer konnte das Schwert nicht ansehen. Es verursachte ihm Übelkeit. Er wusste: Das ist der Erzengel Gabriel.

Ihn fröstelte. Er wollte gehen, aber er glaubte nicht, dass es ihm erlaubt war. Anette, dachte er und sah sich gleichzeitig hilfesuchend zu seinem Fremdenführer um. Aber Marx saß auf einer niedrigen Steinbank am Eingang des Tempelchens und blätterte in einem Buch. Er sah kurz auf: Sein Blick wirkte weitgehend unbeteiligt.

»Was sollen wir nur mit dir machen?« Der Mann auf dem Thron hatte gesprochen. Auch seine Stimme war cäsarenhaft. »Du hast uns den Sieg gekostet.« Er beugte sich vor, wie um Kramer besser sehen zu können. »Wenn du wenigstens deinen Vorgesetzten erschossen hättest. Major …«

»Lobedanz«, ergänzte Anette. Ihre Stimme klang wie im echten Leben, nur *verstärkt*. Als sprächen mehrere Anettes gleichzeitig.

»Du warst knapp davor. Aber dann hast du dich dagegen entschieden. Zu brav. Geradezu … gehemmt. Das hat uns zurückgeworfen.«

Er raffte seine Toga über den Knien zusammen, um ihren Saum vom Boden fern zu halten.

»Aber ich bin unhöflich. Wir haben uns noch nicht vorgestellt. Reisende sollte man in Griechenland immer mit Hochachtung behandeln. In jedem von ihnen könnte ein Gott verborgen sein.« Er lachte trocken. »Wir«, sagte er und zeigte erst auf sich, dann auf Anette, »sind Götter. Ich bin Zeus. Das hier ist Athene. Meine Tochter.« Er streichelte mit dem Handrücken ihren

Bauch, und sie schloss vor Behagen die Augen. »Gabriel ist ein Gast. Ein wichtiger Gast.«

Der Engel stand reglos da. Das Blut aus der Wunde am Hals hatte mittlerweile seine Beine erreicht. Kramer erinnerte sich daran, wo er den Tonfall schon einmal gehört hatte, den Zeus anschlug: Der Weiße hatte so ähnlich geklungen, als er ihm die buddhistische Rede gehalten hatte, auf den Backsteinstufen des illegalen Hinterhoftheaters. Worum war es damals gegangen. Um das *Prachtnetz?*

»Hast du mich gehört?«, sagte Zeus mit erhobener Stimme.

Kramer schreckte hoch. Der Göttervater sprach mit ihm, und er war unaufmerksam.

»Ich habe dir erklärt, wer wir sind. Aber wer bist du?«

Kramer glaubte zu schwitzen. Aber als er sich an die Stirn fasste, war sie trocken und kühl. »Ich bin Rüdiger Kramer. Ehemals Oberleutnant der Deutschen Volkspolizei.«

Das klang in dieser Umgebung nun wirklich extrem lächerlich. Aber niemand lachte. Die beiden Götter und der Engel starrten ihn an. Kramer spürte ein Stechen in seiner Hüfte. Als er an sich hinabsah, hatte sich sein linkes Bein von ihm gelöst und entfernte sich in kleinen, ruckartigen Bewegungen. Er konnte den sauberen Schnitt durch den Oberschenkel sehen: Muskeln, Blutgefäße und den weißen, glatt durchtrennten Knochen. Das Bein strebte von ihm weg, als fliehe es vor ihm. Aber seine Bewegungen waren unsicher. Einen halben Meter von Kramer entfernt fiel es um. Er hingegen hatte keine Gleichgewichtsprobleme. Er tastete nach seinem linken Bein: Kein Zweifel, es fehlte. Aber er stand ganz fest.

Kramer übergab sich. Aus seinem Mund kamen keine Speisereste, sondern lange rote Würmer, die in dicken Knäueln zu Boden fielen. Als er das sah, musste er sich noch heftiger übergeben, und das Ergebnis waren noch mehr Würmer. Die Wurmbrut ringelte und wand sich auf dem Boden wie ein Nest neugeborener Schlangen. Als einige der Würmer das abgetrennte Bein Kramers wahrnahmen, krochen sie darauf zu und machten sich darüber her. Schnell folgten ihnen die andern nach, und bald war das Bein übersät und durchzogen von Würmern, die sich daran fett fraßen. Es waren so viele, dass sich das Bein über den Boden zu bewegen, ja sich gegen die Wurminvasion zu *wehren* schien. Kramer, der nicht mehr erbrechen konnte, sagte keuchend: »Nein … nein.«

»Sieh mich an«, sagte Zeus, und Kramer musste gehorchen. »Komm her.«

Kramer konnte gehen. Er wusste nicht wie, aber er trat drei Schritte auf den Gott zu.

»Noch näher.«

Ein weiterer Schritt. Das Gesicht des Göttervaters leuchtete. Seine Augen waren von einem mineralischen Blau, wie Kramer es noch nie gesehen hatte.

»Richtig. Rüdiger Kramer. Wir hatten große Hoffnungen in dich gesetzt. Aber du hast versagt.«

»Er ist müde«, sagte jemand. Marx war unbemerkt neben ihn getreten. Er hielt sein aufgeschlagenes Buch immer noch in der Hand. »Er muss schlafen«, sagte der Philosoph.

»Das stimmt«, sagte Athene.

Zeus sah aus, als sei er noch nicht fertig, aber schließlich lehnte er sich in seinem Thron zurück und atmete aus. »Gut. Sei's drum.«

Kramer hätte beinahe widersprochen. Es stimmte, dass er müde war, ganz abgesehen davon, dass er unter Schock stand, weil ihm gerade ein Bein abhanden gekommen war. Aber er wollte ein paar Fragen stellen. »Ich …«, fing er an, aber Marx packte ihn am Arm.

»Nein«, sagte er. »Du musst dich ausruhen. Du ahnst die Wahrheit schon. Davon kann man müde werden. Komm mit mir.«

Marx führte ihn aus dem Naiskos hinaus. Kramer hörte Athene lachen. Wenn er an sich hinabsah, fehlte ihm ein Bein. Aber er konnte laufen, als sei das kein Problem.

Das Bett, eigentlich eher eine Liege, stand im Schatten der gigantischen Mauer, die das Adyton umgrenzte. Mit den dünnen, schmiedeeisernen Streben und der flachen Matratze sah es archaisch und elegant aus. Es schien ein wenig kurz zu sein, aber Kramer erinnerte sich daran, dass die Menschen in der Antike kleiner gewesen waren.

Er schaute in den blauen Himmel. Die Möwe stand immer noch dort oben, die schwarzen Spitzen ihrer Flügel wie Kommata zu einem nicht vorhandenen Satz. Anscheinend hatte sie sich die ganz Zeit über nicht bewegt.

»Herr Marx«, sagte er.

»Ja?«

»Verscheuchen Sie die Vögel, falls sie sich an mir zu schaffen machen sollten?«

»Selbstverständlich.«

»Ich danke Ihnen«, sagte Kramer. Dann kam ihm ein tröstlicher Gedanke: Wenn ich hier in diesem Traum einschlafe, wache ich vielleicht in meinem wirklichen Leben wieder auf. Vielleicht in der Pension Aurora. Es wäre das Paradies.

Dann schlief er ein.

Als er aufwachte, war der Schatten der Mauer nicht weitergewandert. Auch die Möwe war immer noch da. Ein eisiger Schrecken befiel ihn, als er sie wie festgenagelt da oben am Himmelsblau hängen sah.

Fast noch schrecklicher war die Tatsache, dass sein linkes Bein auf unerklärliche Art und Weise wieder an ihm festgewachsen war. Er tastete es ab, er befühlte es: völlig unversehrt. Aber es war abgetrennt gewesen! Die Würmer hatten es gefressen! Es konnte nicht einfach wieder anwachsen, während er schlief! Und wieso war er in einem Traum eingeschlafen und in demselben Traum wieder aufgewacht?

»Herr Marx?« rief er, der Panik nahe. »Herr Marx?« Aber der Philosoph war nirgends zu sehen. Kramer stand auf. Die leichte Bettdecke glitt zu Boden. Er betrat den Naiskos.

Man erwartete ihn schon. Kramer erschrak. Außer Marx, Zeus, Athene und dem Erzengel Gabriel waren noch zwei weitere Gestalten anwesend, und er erkannte sie sofort: Markus Wolf und der Gesichtslose von seinem Rendezvous mit der Majorin Schindler. In ganz gewöhnlichen Straßenanzügen standen sie da, und bildeten mit den anderen einen lockeren Halbkreis.

Stärker als alle anderen Seltsamkeiten vorher bewies ihm das Auftauchen der beiden, dass seine Realität ernsthaft defekt war: Das hier war nicht sein Leben, es war kein Traum, aber was war es dann? Ein Experiment, durchfuhr es ihn. Das ist ein Experiment. Ich stehe unter dem Einfluss einer Droge, und man erforscht meine Reaktionen. Er erinnerte sich, von solchen Experimenten bei amerikanischen Geheimdiensten gehört zu haben. Ohne ihr Wissen war Probanden LSD oder etwas Ähnliches verabreicht worden, und sie wurden danach beobachtet, um herauszufinden, wie sie mit der Herausforderung fertig wurden. Das ist es, dachte er. So etwas muss es sein. Das ist Körperverletzung, dachte er. Ich will das nicht.

»Wo bin ich?«, fragte er die Gruppe.

»Ah«, sagte Zeus. »Das ist einmal eine interessante Frage. Und ich kann sie ganz einfach beantworten. Du bist auf dem Administratorenniveau.«

Die Gruppe lachte. Sogar Marx musste schmunzeln. Er gehörte jetzt eindeutig zu ihnen.

»Wir sind die Administratoren. Die Götter. Und hier befinden wir uns in einem Tempel. Dort, wo die Götter wohnen.«

Kramer dachte angestrengt nach. Aber er konnte keinen Sinn in dem finden, was ihm da erzählt wurde.

»Das wäre also geklärt. Aber, Rüdiger, jetzt will ich dich auch etwas fragen.«

Der belustigt-sarkastische Tonfall des Göttervaters ärgerte Kramer. Sie geben mir nicht nur Drogen, sie machen sich auch noch über mich lustig. Er nahm all seinen Mut zusammen.

»Ich weiß, was das hier ist. Sie haben mich unter Drogen gesetzt. Ich lasse mich nicht täuschen. Das alles hier ist eine Drogenphantasie, und ich soll geprüft werden. So sehe ich es.«

Der Naiskos war groß genug, dass seine Worte Echos verursachten. Was er sagte, klang in seinen eigenen Ohren so lächerlich, als hätte er gerade erklärt, Zeus sei verhaftet. Einige der Götter und Gäste grinsten überraschend vulgär.

»Drogen?«, sagte Zeus mit spöttischer Empörung. »Was für ein drolliger Gedanke! So etwas würden wir nie tun. Und es ist auch nicht sehr logisch. Könnte jemand in einer Drogenphantasie dafür sorgen, dass du ein Bein verlierst und es von Würmern auffressen lassen? Unter Drogeneinfluss erlebt man ja so allerhand. Ich muss das wissen, bei meinem täglichen Konsum von Nektar und Ambrosia.« Er lachte trocken, wie über einen köstlichen kleinen Scherz. »Von einem solipsistischen Standpunkt aus betrachtet, wäre das durchaus möglich. Wir könnten Ausgeburten deiner Einbildungskraft sein. Schatten. Schemen. Halluzinationen. Aber es ist nicht sehr wahrscheinlich, dass wir nur Statisten in einer kleinen Drogenphantasie von dir sind, nicht wahr? Du würdest so etwas doch *spüren*, oder? Du weißt doch, dass wir real sind?«

Zeus war aufgestanden, während er gesprochen hatte. Er war noch größer als Athene. Seine Augen leuchteten. Er hielt ein Bündel strahlender Blitze in der rechten Hand. Kramer bekam Angst und trat unwillkürlich zwei Schritte zurück.

»Aber drehen wir deine Idee doch einmal um«, fuhr Zeus fort. »Wie wäre es, wenn nicht *wir* von dir geträumt würden, sondern *du* einer unserer Träume wärst? Wie wäre das? Wer bist du, Rüdiger Kramer? *Was* bist du?«

Kramer wurde schwindelig. Er fühlte sich, als würde ihm der Boden unter den Füßen weggezogen, als stürze er, ohne zu fallen.

»Du bist Software«, sagte eine andere Stimme in seine Verwirrung hinein. Es war die Stimme Athenes. Sie schnitt durch ihn hindurch wie Messer aus Eis. »Code! Du bist ein Programm, Rüdiger, erschaffen, um mit uns ein Spiel zu spielen. Das Spiel heißt Polyplay. Es ist nicht das kleine, dumme Spiel, das du bisher kanntest, obwohl es den gleichen Namen hat. Es ist ein viel größeres, viel komplexeres, viel wunderbareres Spiel, als du dir überhaupt vorstellen kannst. Es ist eine Welt. Viele Welten. Wir«, sagte Athene, »sind Spieler. Wir sind Götter. Und du bist Teil des Spiels. Ein intelligenter, fühlender Teil des Spiels. Eine Schachfigur mit Gehirn.«

Es brauste in Kramers Ohren. Er taumelte.

»Das ist nicht wahr!«, brach es aus ihm heraus. »Ich bin Rüdiger Kramer. Ich bin ein Mensch! Ich habe eine Geschichte! Ich habe Erinnerungen! Ich –«

»Ein faszinierender Moment, wenn die Emergenzen mürb werden«, hörte er jemanden sagen, laut und deutlich. »Ich liebe das.«

»Erinnerungen!« Zeus sprach wieder. »Deine Erinnerungen sind eine Datenbank!«

Eine Wand des Naiskos leuchtete auf und zeigte eine verwirrende Struktur von miteinander verbundenen metallischen Würfeln, die in öligen Regenbogenfarben schimmerten. Sie schienen bis in die Unendlichkeit zu reichen.

»Das sind deine Erinnerungen, Rüdiger. Du bist eine Geist-Maschine, ein Stück Software, das im Zusammenspiel mit einer Menge Hardware *glaubt,* ein Mensch zu sein. Du bist eine künstliche Intelligenz, mein Freund. Applaus, Applaus, Applaus, die Welt hat keine Ahnung davon, dass es Dinge wie dich überhaupt schon gibt. Aber wir sperren deinen Zugriff auf deine Erinnerungsdatenbanken, und du weißt nicht einmal mehr, wie du heißt. Soll ich es dir beweisen?«

Zeus hob die Faust voller Blitze. Kramer sah ihm dabei zu. Die Verbindungen zwischen den Würfeln an der Wand verschwanden.

Was dann kam, dauerte nur einen Moment, aber es war so schrecklich, dass sich Kramer danach fühlte, als müsse er sterben: ein kurzer Blick in das absolute Nichts. Wie ein Ruck durchzuckte ihn die Erkenntnis, dass das Nichts jedem fühlenden Etwas *Schmerzen* verursachte, die mit nichts anderem vergleichbar waren.

»Hast du das gespürt, mein lieber Mensch? Das bist du in der Polyplay-Welt, ohne deine Zugriffsrechte: Ein Bündel schreiender, künstlicher Synapsen ohne Input und ohne Geschichte. Glaubst du es jetzt? Nein? Im Grunde weißt du genau, dass wir Recht haben. Hat sich deine kleine Welt nicht seltsam angefühlt, nachdem Michael Abusch gestorben war? War sie nicht durch und durch *komisch?* Befremdlich? Hast du dich nie gefragt, warum niemand, wirklich niemand wissen wollte, wie euer putziger Müller-Lohmann-Prozess wirklich funktioniert? Warum ist er dir selbst nie fragwürdig vorgekommen? Und all diese Zufälle bei deinen Ermittlungen. All diese unwahrscheinlichen Verknüpfungen. Das war das Spiel, Rüdiger! Du hattest eine Menge Potenzial, und wir wollten etwas daraus machen. Aber du hast uns enttäuscht. Du hast versagt. Immer zu brav. Nicht helle genug. Man musste dich auf manches ja beinahe mit der Nase stoßen, und selbst dann warst du schwer von Begriff. Hin und wieder fragten wir uns sogar, ob unsere Programmierung fehlerhaft war. Stur warst du! Aber sicher nicht so intelligent, wie wir uns das gewünscht hatten. Wir rechneten uns gute Chancen aus. Aber wir haben verloren. Wegen dir.«

Mit einer eleganten Handbewegung ließ Zeus das Würfelbild verschwinden und ersetzte es durch ein riesiges Porträt von Michael Abusch. Ein großer kalter Wind ging durch Kramer hindurch.

»Im Grunde wart ihr euch beide sehr ähnlich. Warum auch nicht, ihr seid vom gleichen Team programmiert worden. Ja, ja, Rüdiger, langsam dämmert es dir, nicht wahr? Du hast zu einer kleinen Gruppe von Kunstintelligenzen gehört, und ihr beiden habt mit Software-Statisten und Göttern ein Spiel gespielt, in einer künstlichen Welt, die du unter dem Namen DDR kennst und die wir das Aktivitätsniveau nennen. Wir hätten mit euch gewinnen können auf diesem speziellen Aktivitätsniveau. Es war alles fein geplant und austariert. Michael Abusch war hartnäckig, und ihm fiel auf, dass etwas nicht stimmte. Wenn er erfolgreich gewesen wäre, hätten wir dich gar nicht gebraucht. Aber er kam und kam nicht dahinter. Wie wir ihm auch halfen, er konnte nicht in Erfahrung bringen, was du jetzt weißt. Durch seine Trägheit fielen wir zurück. Und deswegen musste er sterben. Wir spielten unser zweites Ass aus.«

Kramer wollte nicht hinsehen, aber er musste. Er wollte sich die Ohren zuhalten, konnte aber seine Arme nicht kontrollieren. Dort, wo eben noch das Gesicht Michael Abuschs zu sehen gewesen war, sah er sich selbst in den Jugendclub Taube eindringen, mit seinem Schließwerkzeug. Er sah sich leise durch die abgedunkelten Räume schleichen bis zu dem Hinterzimmer, wo die Videospiele standen.

Ein Junge in Jeans und Pullover saß da vor einer der Konsolen. Er starrte gebannt auf den Bildschirm und ahnte nichts. Kramer sah sich selbst einen kurzen Knüppel aus seiner Jackentasche ziehen. Er trat mit drei Schritten hinter sein Opfer und schlug es nieder. Als Michael auf dem Boden lag, kniete er sich neben ihn und schlug mit mechanischer Präzision und größter Wucht immer wieder auf den Kopf des Jungen ein, bis er nur noch Brei war. So gut es ging, beseitigte er im Licht einer Taschenlampe die schlimmsten Spuren und verließ den Tatort.

Kramer weinte. Er spürte genau, wie Tränen seine Wangen hinunterliefen. Aber wieso?, dachte er. Ich bin eine Maschine.

»Wir nahmen dir die Erinnerung an den Mord, den du selbst begangen hattest, und ließen dich ermitteln. Aber du warst genauso träge wie dein Opfer. Wir konnten dir Hinweise auf den Weg streuen wie wir wollten, du kamst einfach nicht weiter. Merz, auch einer von euch, kam schon weiter, aber zufällig und danach brachte er sich um. Das ist gegen die Regeln. Du dagegen hast so sehr nach den Regeln gespielt, dass wir verloren haben.«

Szenenwechsel an der Steinwand. Kein Würfelbild, kein Michael Abusch, kein Tatort. Stattdessen eine bewegte See. Eine Art Bohrinsel. Kramer strengte sich an, genau hinzusehen. Nur die Bilder von dem Mord an Michael Abusch vergessen, die ihm eben gezeigt worden waren. Nur weiter. Schlimmer konnte es doch kaum kommen!

»Und wir hatten Pech. Ungeheures Pech sogar. Was du hier siehst, mein künstlicher Rüdiger, ist deine Heimat. Ja. Schau sie dir nur an! Auf dieser Plattform mitten in der Nordsee befinden sich die Computer, in denen du sozusagen lebst. Auch dieser Tempel ist dort. Auch die DDR, wie du sie kennst. Und leider, leider haben wir beim Spiel so viel Rechenkapazität verbraucht, dass es aufgefallen ist. Darf ich dir Wes vorstellen?«

Die Plattform in der aufgewühlten See wurde ersetzt durch das Bild eines intelligent wirkenden jungen Mannes mit Brille und Pferdeschwanz, der vor einem Bildschirm saß. Die Kamera schwenkte um ihn herum, und Kramer erkannte, dass der Mann dasselbe Würfelbild vor sich hatte, das eben noch an der Wand des Naiskos zu sehen gewesen war.

Wenn das stimmt, dachte Kramer, wenn das alles stimmt, dann sieht dieser Mann in diesem Moment mein Gedächtnis. Was mich ausmacht. Wer ich bin. Er konnte die Augen immer noch nicht schließen.

»Keine Angst, mein Lieber«, sagte Zeus. »Was du hier siehst, ist eine Aufzeichnung, keine Live-Übertragung. Aber trotzdem hat der gute Wes einen Fehler gemacht, indem er auf den Computern herumgeschnüffelt hat, die er eigentlich nur warten sollte. Es hat zwar nicht die geringste Ahnung, worauf er gestoßen ist, aber es gehört zu den Regeln des Spiels, dass es nicht entdeckt werden darf. Wo kämen wir da hin?« Zeus lächelte ihn an. »Wir müssen schließlich unsere Investitionen schützen. Was würde die Welt tun, wenn sie von uns und unserer kleinen Passion erführe? Sie würde über uns herfallen. Wir bleiben lieber ungestört. Und deswegen hat uns die Tatsache, dass der schlaue Wes uns beinahe auf die Schliche gekommen wäre, zurückgeworfen. Zusätzlich zu Michaels und deinem Versagen. Ein unglücklicher Umstand. Polyplay ist wie das Leben selbst. Es geschehen oft unvorhergesehene Dinge. Man muss nur alert und flexibel sein, nicht wahr, mein tapferer kleiner Rüdiger?«

Kramer wollte sich wehren. Er musste.

»Wenn das hier … nicht die Realität ist«, begann er stockend, »wenn das hier nur ein Spiel ist … wie sieht dann die Realität aus? Wes ist echt, sagt ihr. Was ist sonst noch echt?«

»Eine ausgezeichnete Frage!« Zeus war sichtlich angetan. »Fast könnte man meinen, dass du in gewisser Hinsicht dein Geld wert bist!«

Er hob die Hand mit den Blitzen.

Ein Mann saß vor einem Regal mit vielen Büchern. Sein Gesicht wirkte gleichzeitig ernst, müde und entschlossen. Kramer kannte diesen Mann nicht, aber er wirkte wie ein westdeutscher Bundeskanzler bei der traditionellen Fernsehansprache zu Neujahr. Der letzte Bundeskanzler, an den sich Kramer erinnern konnte, hatte Helmut Kohl geheißen und saß seines Wissens im Gefängnis. Der hier sah nicht aus wie Helmut Kohl. Auch wenn er auf ähnliche Art eine Aura staatsmännischer und historischer Würde um sich zu verbreiten versuchte wie der Dicke. Der Mann setzte zu einer Rede an. Gleich der erste Satz verwirrte Kramer komplett.

»Liebe Mitbürgerinnen und Mitbürger, heute Abend hat die NATO mit Luftschlägen gegen militärische Ziele in Jugoslawien begonnen.«

Was?, dachte Kramer. Was ist das? Die NATO führt Krieg gegen Jugoslawien? Die NATO gab es seit über zehn Jahren nicht mehr. Sie täuschen mich. Erst wollen sie mir weismachen, dass ich eine Maschine bin, dann stellen sie die Weltpolitik auf den Kopf, wie es ihnen passt. Das ist ein Schauspieler, der in einem Film die Erklärung zum Auftakt des Dritten Weltkriegs abgibt.

»Wir führen keinen Krieg, aber wir sind aufgerufen, eine friedliche Lösung im Kosovo auch mit militärischen Mitteln durchzusetzen.«

Meine Güte, dachte Kramer. Das muss eine echte Rede sein. So reden nur Politiker, wenn sie das Offensichtliche leugnen wollen.

»An dem Einsatz der NATO sind auch Soldaten der Bundeswehr beteiligt. So haben es die Bundesregierung und der Deutsche Bundestag beschlossen – in Übereinstimmung mit dem Willen der großen Mehrheit des deutschen Volkes.«

Ich kann das nicht glauben. Ich will das nicht glauben. Jugoslawien ist ein sozialistischer Bundesstaat! Die BRD gibt es nicht mehr, genauso wenig wie die NATO! Aufhören mit diesem Unsinn! Sofort aufhören!

Kramer merkte erst, dass er das laut gesagt hatte, als Zeus den Mann mit einer Handbewegung mitten im Wort unterbrach. Gerade noch hatte er gesagt: »An unserer Entschlossenheit –«, dann war er verstummt und mit offenem Mund an der Wand des Tempels eingefroren.

»Aufhören!«, sagte Kramer noch einmal mit rauer Kehle. »Was soll das?«

»Was das soll?«, fragte Zeus. Er wandte sich hilfesuchend an seine Freunde. »Er fragt, was das soll!« Die anderen lachten. »Das ist die Realität, mein Oberleutnant! Und wir nennen sie das Nullniveau! Du denkst wohl immer noch, die DDR habe die BRD geschluckt, aber in Wirklichkeit war es genau umgekehrt. Die Hauptstadt der BRD ist heute Berlin. Es gibt keine Volkskammer mehr, keine deutsche Volkspolizei und keinen Sozialismus. Das Regierungsoberhaupt, der Bundeskanzler, heißt Gerhard Schröder, und was du da eben gesehen hast, war seine Ansprache vom 24.3.1999, als er Jugoslawien den Krieg erklärte. Du hast ihn ja gehört. Er musste die Menschenrechte in Jugoslawien verteidigen. Aber das weißt du nicht. Und du begreifst es nicht, weil du dich selbst und deine Lage noch nicht begreifst. Das hier ist Polyplay. Die mächtigste virtuelle Plattform für experimentelle Soziologie, die es gibt. Wir Spieler spielen Dutzende, Hunderte von Konfigurationen durch. Was wäre, wenn. Die große Frage. Ein Chile, in dem Allende nie an die Macht kam. Ein Amerika, in dem die britischen Kolonialtruppen den zweiten Krieg gegen die aufständischen USA von 1812–1814 gewinnen. Eine Sowjetunion, in der Trotzki 1924 das Ruder übernimmt und nicht Stalin. Wir spielen alles durch. Wir wollen wissen, was wäre, wenn. Wie entwickelt sich Geschichte?«

»Eigentlich«, warf Karl Marx ein, »ist Polyplay ein privates Forschungsprojekt. Am Anfang wollten wir herausfinden, was eine soziale Handlung ist, wer unter welchen Bedingungen wie handelt, wie sich die Subjekte sozialer Handlungen selbst verstehen, wie und wann aus Individuen ein Kollektiv wird. Diese Anliegen sind ... in Vergessenheit geraten.«

Marx sah Zeus offen an. Zeus lächelte.

»Aber keineswegs, verehrter Herr Marx, keineswegs! Nur wollen wir über unserem Forschungsauftrag ja nicht den Spaß vergessen. Wie schön, dass sich in diesem Fall das Angenehme mit dem Nützlichen verbindet. Denn was kann für unser Forschungsvorhaben nützlicher sein und gleichzeitig mehr Spaß machen als die Beobachtung unserer Emergenzen?«

Zeus wandte sich wieder Rüdiger zu.

»Was macht intelligente Software innerhalb von Polyplay? Kommt sie zu einer Art Selbstbewusstsein? Erkennt sie die Lage? Kann sie die logischen Fehler ihrer ›Realität‹ aufspüren, wenn sie nur genügend Widersprüchen ausgesetzt wird? Bemerkt sie die realen Mauern des Gefängnisses? Deswegen warst du Teil eines Polyplay-Spiels, in dem die DDR die BRD geschluckt hat und nicht umgekehrt. Aber in Wirklichkeit, mein kleiner großer Held, führte die BRD, um fünf neue Bundesländer verstärkt, 1999 Krieg gegen Jugoslawien. Wegen der Menschenrechte.«

»Das ist absurd. Das ist alles komplett absurd.«

»Ach? Wenn ich mich recht erinnere, sind auch in deiner Version der Wirklichkeit 1968 NVA-Truppen in die Tschechoslowakei einmarschiert, weil dem Warschauer Pakt der Prager Frühling nicht passte. Übrigens existiert die Tschechoslowakei auch nicht mehr.«

»Dafür hat sich der Staatsratsvorsitzende Modrow entschuldigt!«, rief Kramer. »Er hat den Einmarsch von ’68 als einen historischen Fehler bezeichnet!«

»Hat er nicht, weil es einen Staatsratsvorsitzenden Modrow nie gegeben hat. Der letzte Mann mit diesem Beruf hieß Erich Honecker, in deiner Version der Vergangenheit 1987 an einem Jagdunfall verstorben. Aber das ist die Polyplay-Version. In Wirklichkeit musste er 1989 abtreten, nachdem es eine so genannte ›sanfte Revolution‹ gegen sein Regime gegeben hatte. Er starb 1994 in Chile. Es tut mir Leid, Rüdiger: Was die jüngere Geschichte des Nullniveaus angeht, bist du kein Experte. Und übrigens: Entschuldigungen sind billig. Vielleicht wird sich sogar ein Nachfolger von diesem Herrn irgendwann für den Krieg gegen Jugoslawien entschuldigen. Man spricht von 3000 Toten. Was uns aber im Moment überhaupt nicht interessiert.«

Kramer atmete schwer. In seinem Kopf drehte sich alles. Er suchte nach einer Möglichkeit, in den Gesprächsverlauf einzugreifen, die Kontrolle zurückzugewinnen. Er wollte in Erfahrung bringen, ob ihm *nur* Lügen erzählt wurden oder ob manches auch stimmte.

»Katharina Abusch!«, rief er. »Was war sie? War sie auch eine Kunstintelligenz?«

Die Götter sahen einander an. Zeus und Athene schmunzelten.

»Katharina Abusch?«, sagte Zeus. »Sie war eine von uns. Eine Spielerin. Eine Göttin. Sie hat eine ungute emotionale Beziehung zu Michael entwickelt, der Spielfigur, die sie hauptsächlich betreute. Musste nach ihrer Begegnung mit dir in der Oderberger Straße leider … verschwinden. Polyplay ist gefährlich. Manchmal sogar für Götter.« Er lachte. »Aber auch das interessiert jetzt nicht weiter.«

Kramer bemerkte, dass der Erzengel Gabriel näher an ihn herangetreten war. Seine Brust, sein Bauch, seine Beine waren blutbesudelt. Auf seinem weiß schimmernden Federkleid wirkte das Blut rosa. Der Engel roch nach Schnee. Er lächelte freundlich. Kramer wollte weglaufen, aber seine Beine waren zu schwer. Er wimmerte.

»Ahnst du, was uns jetzt, hier und heute, wirklich interessiert? Wahrscheinlich nicht. Es ist etwas sehr Seltenes geschehen. Die Vorgänge um dein Aktivitätsniveau wurden genau untersucht. Aufgrund der außergewöhnlichen Umstände, die zu unserer Entdeckung geführt haben, hat man uns ein Nachspiel gewährt. Ein Nachspiel! Das ist erst zweimal in der Geschichte von Polyplay geschehen, und wir sind stolz darauf, dass unser Aktivitätsniveau auf diese Weise ausgezeichnet wird. Es ist spektakulär, Rüdiger. Der schlaue Wes hat uns mit seiner Neugier zu einem Nachspiel verholfen. Wir können nicht mehr gewinnen. Aber wir können aufholen und stärker in die nächste Runde gehen, als uns das ohne Nachspiel möglich wäre. Und du darfst mitspielen. Neues Spiel, neues Glück, so heißt es doch, nicht wahr, mein tapferer Zinnsoldat? Natürlich kann es für dich jetzt nicht mehr darum gehen, zu erkennen, was ›Polyplay‹ eigentlich ist. Schließlich weißt du das schon. Jetzt geht es um ganz etwas anderes. Es geht um die Frage: Was macht einer wie du, ein Stück intelligente Software, wenn er um seine Identität weiß und mit diesem Wissen in die Polyplay-Welt zurückkehren muss? Was macht der Moralist Rüdiger Kramer in einer Welt, in der er über einen gewaltigen Informationsvorsprung verfügt, aber über keinerlei Macht? Nimmt er seine Lage hin? Rebelliert er dagegen? Wird er jemanden finden, der ihm glaubt? Wer weiß, vielleicht gibt es in dieser Welt doch noch andere wie ihn? Vielleicht ist er ja doch nicht völlig allein? Das sind Fragen, die neu und interessant sind. Sogar für uns Götter.« Zeus grinste. »Viel Glück, Rüdiger!«

Der Erzengel Gabriel sagte: »Der Herr ist dein Hirte.«

Dann schlug er Kramer mit einem einzigen Streich den Kopf ab.

Der Tempel taumelte wild durch Kramers Sichtfeld. Er begriff, dass seine Augen aus einem abgeschlagenen Kopf herausschauten, der zu Boden fiel. Er hörte das Gelächter der Götter. Wie kann, dachte er, das alles so schmerzen? Er hätte es auch gerne gesagt, aber ihm fehlte der Kehlkopf dazu. Ich bin doch nur eine Maschine.

Er traf mit dem Gesicht zuerst auf.

Abwind

Dieser verfluchte Wind, dachte Wes, als er die Tür hinter sich zumachte. Wird Zeit, dass ich von hier verschwinde. Wes hatte Sealand eigentlich nie gemocht. Wie konnte man diesen rostigen, windverblasenen Eimer mitten in der Nordsee auch mögen? Den Job hatte er gemocht, das schon. Wie all die anderen Jobs vorher. So war seine Karriere verlaufen Ein, zwei Jahre hatte er für eine bestimmte Firma oder Institution gearbeitet, und wenn es für ihn keine Herausforderungen mehr gegeben hatte, war er weitergezogen. Ein IT-Nomade unter IT-Nomaden. Jetzt standen seine Chancen für ein problemloses Weiterziehen allerdings schlechter. Auch wenn sein Zeugnis, das die Zentrale der Veridat noch aus Dallas herübergefaxt hatte, exzellent war Es würde eine Weile Gras wachsen müssen über diese Sache, bis er in der Branche wieder Fuß fassen konnte. Er dachte Ohne Job ist es schwieriger, mit der Entwicklung Schritt zu halten. Ich werde Sachen machen müssen, die ich nicht will, damit ich auf dem Laufenden bleibe.

Zu viele Sorgen, Wes, sagte er sich selbst. Vielleicht sind die in Dallas großzügiger, als ich ahne. Du baust Scheiße, sie feuern dich, damit ist die Sache erledigt. Und wenn ich daheim bin, gehe ich erst mal nach Kalifornien, haue meinen Sealand-Lohn auf den Kopf und such mir dann was Neues.

Der große Hubschauber saß auf der Plattform wie ein schwarzes Insekt, das sein Revier verteidigt. Seine langen Rotorblätter berührten fast den Sendemast von Sealand. Es sah aus, als könnten sie die Satellitenschüsseln und anderen Telekominstallationen, die auf seiner Spitze saßen, jederzeit herunterschneiden. Wes schaute zu der Pilotenkanzel hoch und fühlte sich unwohl. Er kannte das Modell nicht. Der Helikopter sah sehr modern und ausgesprochen militärisch aus. Wie weit ist eigentlich Dänemark von hier weg?, schoss es ihm durch den Kopf. Konnte man Sealand von Dänemark aus mit einem Hubschrauber wie diesem erreichen? Bullshit, rief er sich zur Ordnung. Das ist dein Taxi zum Festland. Einer der Piloten, die gar nicht erst ausgestiegen waren, winkte ihm. Er hob vage den Arm, winkte aber nicht zurück.

Masters, der vorhin zusammen mit Anatol noch seine Reisetasche und seinen Laptop gefilzt hatte, war ungewöhnlich still. Die psychopathische Aggressivität, die sonst von ihm ausging, fehlte fast völlig. Wes hatte die ganz große Schadenfreude von ihm erwartet oder zumindest die üblichen dummen Sprüche, aber nichts da. Hat vielleicht schlecht geschlafen, dachte er. Der Verteidigungsminister von Sealand begleitete ihn über die schmale Treppe hinauf zur Landeplattform. Der Hubschrauber knackte leise, wie ein Auto, dessen erhitzter Motor an der frischen Luft abkühlte. Die Rotorblätter bewegten sich im Wind. Wes musste an schwarze Grashalme denken. Die Seitentür des Hubschraubers öffnete sich und glitt elegant zur Seite. Einer der Piloten stand gebückt in der Öffnung und wartete darauf, dass er einstieg.

»Hau schon ab, Arschloch«, sagte Masters.

Wes salutierte ironisch.

Die beiden Piloten, die ihn zum Festland fliegen würden, glichen einander auffällig. Glatt rasiert, gut aussehend, nichts sagend. Beide kauten Kaugummi. Beide lächelten ihn an, während er sich anschnallte. Soweit er sehen konnte, trugen sie keine Namenskennzeichnung an ihren grauen Overalls. War das nicht Vorschrift? Wer wusste schon, was für Vorschriften hier galten. Von einem Taxifahrer würde ich ja auch keine Namenskennung am Hemd erwarten, dachte er. Er verfranste sich ein wenig mit den Gurten. Einer der beiden lehnte sich zu ihm hinüber und half ihm mit dem Verschluss. Der Pilot zog den Gurt sehr straff an, aber nachdem Wes ein paarmal seine Schultern hatte kreisen lassen, fühlte er sich wohl. Hubschrauber, so wusste er, waren nicht dasselbe wie Jumbojets. Wenn das Wetter umschlug, konnte es in einem Fluggerät wie diesem ziemlich ungemütlich werden. Wes erinnerte sich an einen Hubschrauberflug während seiner Zeit bei der Army, und dann erinnerte er sich lieber nicht mehr daran, weil er damals gekotzt hatte.

»Alles klar?«, fragte der Pilot, der ihm geholfen hatte. Er hatte eine erstaunlich klare und dunkle Stimme. Sehr männlich.

»Kann losgehen«, antwortete Wes. Er wollte nicht wie ein Angeber wirken, aber auch nicht wie ein Weichling. Masters hätte wahrscheinlich einen dreckigen Witz gerissen. Wes war aber kein Soldat, sondern Techniker.

Der Pilot ließ die Turbine an. Was als ein intensives, noch von den langsamen Schlägen der Rotorblätter moduliertes Brummen begann, steigerte sich schnell zu einem hellen, heißen Gesang, der mitten aus Wes' Körper zu kommen schien. Als Techniker interessierte er sich für die Details. Hätte er vorne gesessen oder hätte er über eine Sprechanlage mit dem Piloten am Steuerknüppel Kontakt gehabt, hätte er nach den grundsätzlichen Werten gefragt: Turbinentyp, Leistung, U/min. So konzentrierte er sich nur darauf, die Kraft der Maschine zu spüren. Das war vielleicht besser so. Es mochte unklug sein, den Mann am Steuerknüppel gerade beim Start zu stören.

Als der Rotor die erforderliche Drehzahl erreicht hatte, sprang der Hubschrauber von der Plattform in die Luft wie eine Libelle. Der Andruck des Starts presste Wes in seinen Sitz, und sein Magen protestierte. Der Pilot drehte den Hubschrauber fast einmal ganz um seine Achse und flog dann eine lang gezogene Abschiedsrunde um Sealand herum. Drei Männer standen auf der Plattform. Wes konnte sie deutlich sehen. Er fühlte sich in der kreisenden schwarzen Libelle wie als Kind, wenn er auf einem Kirmeskarussell an seinen Eltern vorbeigeflogen war, die auf den Holzbrettern der Karusselleinfassung standen und ihm *winkten. Seinen Eltern hatte er sich damals aber nur fern gefühlt, für Sealand empfand er im Moment seines Abschieds herzhafte Verachtung, die ihn mit einer schwarzen Freude erfüllte. Fuck you, Sealand, dachte er. Fuck you, Veridat Inc. And fuck you, too, Mr. Masters. Fuck you, fuck you, fuck you. – Ein winziger Anflug von Wehmut. Dann fiel die Seefestung aus dem Zweiten Weltkrieg hinter ihnen zurück. Das Wetter war klar, die Sicht war gut. In spätestens einer Stunde würde er in London sein. Er hatte im Flughafenhotel in Heathrow ein Zimmer für die Nacht geordert. Seine Maschine nach Los Angeles ging am nächsten Morgen um 9 Uhr genau. Wes lehnte sich zurück.*

Nach einer Viertelstunde Flug merkte er, dass etwas nicht stimmte. Der Abend war hereingebrochen. London lag von Sealand aus gesehen in west-südwestlicher Richtung, und wären sie wirklich zur britischen Hauptstadt unterwegs gewesen, hätten sie der Sonne geradewegs entgegenfliegen müssen. Stattdessen lag sie halblinks hinter ihnen. Wes fragte sich, wo das Festland blieb. Die Festung war nur sechs Meilen von der britischen Küste entfernt, eine Entfernung, die ein Hubschrauber wie dieser sicher in weniger als fünfzehn Minuten überwand. Sie befanden sich über der offenen See, weit und breit war kein Land in Sicht. Außerdem schienen sie zu steigen. Abgesehen von dem Turbinengeräusch war es still. Kein Funkverkehr zu hören, und auch die Piloten sprachen nicht miteinander.

Eine Zeitlang versuchte er sich damit zu beruhigen, dass diese Jungs Profis waren und genau wussten, was sie taten. Dann wurde ihm mit einem Schlag klar, dass möglicherweise genau das das Problem war. Er überschlug noch einmal grob ihren Kurs. Dänemark. Wenn Wes sich nicht sehr täuschte, flogen sie ziemlich genau auf Dänemark zu. Wes begann zu frieren. Von außen und von innen. Scheiße, dachte er. Immer der paranoideste Quatsch muss wahr sein. Er wusste nicht, was er tun sollte. Wenn das stimmte, was er vermutete, hatte er keine Chance. Seine einzige Waffe war der Laptop auf seinem Schoß. Den konnte er vielleicht einem von den beiden über den Schädel ziehen. Oh sicher, dachte er. Ich schalte den behelmten Copiloten aus, indem ich ihm ein paar gezielte Schläge mit meinem Laptop verpasse, und dann bedrohe ich den Piloten mit dem zersplitterten Gehäuse, damit er mich nicht nach Dänemark, sondern nach London fliegt. Brillant! Was für ein Scheißplan. Alles war schief gelaufen, seit er diesen beschissenen Temperaturdefekt in Serverrack 9 entdeckt hatte. Alles. Aber er hatte ja unbedingt nachforschen müssen. Er hatte ja unbedingt seine Nase in Sachen stecken müssen, die ihn absolut nichts angingen.

Seine Finger tasteten noch nervös am Reißverschluss seiner Laptoptasche, als sich der Copilot plötzlich zu ihm umdrehte. Sein Helmvisier war offen. Er lächelte. In der rechten Hand hielt er eine Spritze.

»Nimm's nicht persönlich, Kumpel«, sagte er.

Wes versuchte hektisch, seinen Gurtverschluss zu öffnen, aber die Gurte saßen zu straff, und der Schließmechanismus war ihm nicht vertraut. Der Copilot griff nach seinem linken Arm, hielt ihn ohne große Probleme fest und senkte die Kanüle hinein. Es piekste kaum. Von der Einstichstelle breitete sich sofort eine Welle großer Wärme über seinen Arm, seine Brust, seinen Rumpf, die Beine und schließlich den ganzen Körper aus. Er wurde ganz ruhig. Er atmete gleichmäßig. Es war so verrückt, sich Sorgen zu machen. Er saß in diesem Hubschrauber und wurde leicht und sicher durch die Luft chauffiert, wozu sich den Kopf zerbrechen? Und vor allem – über was? Ihm ging ein Licht auf über die Herkunft des Copiloten: »Nimm's nicht persönlich, Kumpel«, hatte er gesagt, und der Akzent, den Wes herausgehört hatte, hatte nichts mit Dänemark zu tun. Dieser Mann war in Louisiana aufgewachsen, so sicher wie das Amen in der Kirche. Und er hatte in seinem Leben nie große Veranlassung gehabt, an seinem Dialekt etwas zu ändern. Dänemark kannte der höchstens von einem Europaurlaub. Mit Dänemark hatte all das hier nicht das Geringste zu tun.

Der Copilot legte die Spritze beiseite und zog eine kleine silberne Schachtel hervor, die er Wes unter die Nase hielt. Ein Minidisc-Rekorder.

»So, Wes. Jetzt erzähl uns doch mal was über Serverrack 9.«

Nichts wollte Wes lieber, als über das Serverrack 9 erzählen! Er hatte die kleinen Geheimnisse in diesem Zusammenhang viel zu lange für sich behalten. Er war schon ein wenig stolz, überhaupt darauf gekommen zu sein, dass es im Zusammenhang mit Serverrack 9 etwas zu entdecken gab, und er fand, andere hatten ein Recht darauf, von seinen Entdeckungen zu erfahren. Also erzählte er die ganze Geschichte. Der Copilot hörte ihm interessiert zu, und eine kleine Diode am Gehäuse des Rekorders leuchtete grün. Als Wes alles berichtet hatte, was im Zusammenhang mit Serverrack 9 von Interesse war (und das war eine Menge, wie er selbst beim Erzählen erstaunt feststellte!), verstummte er.

»War's das, Wes«?, fragte der Copilot freundlich. »Oder fällt dir noch was ein?«

Wes dachte noch einmal scharf nach. Nein. Er hatte alles erzählt.

»Gut«, sagte der Copilot. Er drehte sich um und verstaute den Rekorder wieder. »Bitte gib mir alles, was du in deinen Taschen hast. Auch deinen Laptop. Ja, den auch.«

Wes gehorchte. Sein Vertrauen war vollkommen. Der Pilot sammelte die Sachen ein, drehte sich im Sitz um und beugte sich nach vorne, wahrscheinlich um sie im Stauraum vor seinen Füßen zu deponieren.

»Er hat keinen Schimmer«, hörte Wes ihn zu seinem Kollegen sagen.

»Scheint mir auch so«, gab der Pilot zurück.

Wieso?, wollte Wes protestieren. Er fühlte sich fast ein wenig gekränkt. Er wusste eine ganze Menge über die Computer auf Sealand! Bis heute Morgen war er dort noch Systemadministrator gewesen! Aber er schwieg. Die beiden Männer waren viel zu nett, um ihnen Kummer zu machen.

»Schade«, sagte der Copilot.

»Ja. Schade«, gab der andere zurück.

Der Copilot drehte sich zu ihm um und sah ihm ernst in die Augen. Seine Augen waren blau wie das Meer in einer Südseelagune an einem windstillen Tag. »Wes«, sagte er. Er klang ein wenig müde. Fast als wäre er traurig.

Was kann ich tun, dachte Wes, um ihn aufzuheitern?

»Ja?«, antwortete er bereitwillig.

»Du lernst jetzt fliegen.«

Fliegen!, dachte Wes. Was für eine außergewöhnliche Idee. Wes erinnerte sich daran, wie er als Kind häufig davon geträumt hatte, fliegen zu können. Es war jedes Mal ein wunderschönes Gefühl gewesen, und jedes Mal hatte er geglaubt, diese wunderbare, neu gefundene Fähigkeit vor allen anderen verbergen zu müssen, damit sie ihm erhalten bleibe. Was für eine dumme Idee!, erkannte er jetzt. Etwas so Schönes musste man mit anderen teilen, dadurch wurde es nur noch wertvoller. Der Copilot öffnete die Verriegelung an der Einstiegstür, und sie glitt elegant zurück. Wes hätte erwartet, dass jetzt mächtig Fahrtwind in die Kabine eindrang, aber als er hinaussah, stellte er fest, dass der Hubschrauber beinahe in der Luft stand. Was der Rotor in die Kabine hineinblies, kam Wes fast angenehm vor, auch wenn die Luft sehr kalt war. Die Turbine dröhnte in seinen Ohren, aber auch das klang nicht wirklich unangenehm.

Das Meer lag tief, tief unter ihnen, beschienen vom goldenen Licht einer untergehenden Sonne. Weit und breit kein Land. Der Copilot hatte jetzt plötzlich eine Pistole in der Hand. Er setzte sie an Wes' linke Schläfe. Wes konnte die kühle Mündung spüren. Gehörte das zum Fliegenlernen? Er war sich nicht sicher. Der Copilot sah ihm ernst in die Augen. Dann nahm er die Pistole wieder weg. Alles nur ein Spiel. Er sagte etwas, was möglicherweise »Geht auch so« bedeuten sollte, aber der Lärm der Turbine war zu stark, um ihn zu verstehen. Wes war jetzt doch erleichtert. Die Pistole hatte ihm nicht sehr gefallen. Der Copilot öffnete mit einem Handgriff die Verriegelung von Wes' Gurten. Wie leicht das war! Man musste nur den Mechanismus kennen. Der Mann salutierte, indem er sich mit Zeige- und Mittelfinger an die Stirn tippte. Dann kippte er Wes mit einem kraftvollen Ruck aus dem Hubschrauber. Für einen Moment fühlte sich Wes, als würde er neben dem Hubschrauber schweben, wie ein zweites, kleineres Fluggerät. Dann zog ihn die Schwerkraft nach unten.

»Ich kann fliegen«, dachte er, und gleichzeitig hörte er aus seinem eigenen Mund den lang gezogenen Schrei eines sterbenden Tiers.

Nachspiel

Eigentlich war der Raum freundlich. Er wirkte nicht wie das Zimmer einer Klinik. Eher wie ein Wohnzimmer. Blumen, Bilder, saubere Tischdecken. Die Möbel waren geschmackvoll, skandinavische Fichte. Der ganze Raum strahlte eine große Freundlichkeit aus. In einer angrenzenden Kammer stand das komfortable Bett. Kramer hatte es noch nicht gemacht, seit er an diesem Morgen darin aufgewacht war. Wenn er seinen Hals so weit wie möglich nach rechts drehte, konnte er einen Zipfel der Bettdecke sehen, die auf dem wellenförmig gemusterten Teppichboden lag. Die Fenster der kleinen Wohnung gingen nicht auf den Hof einer Anstalt. Draußen lag scheinbar eine Obstbaumwiese im Sommer. Wenn man die Fenster öffnete, konnte man die Vögel zwitschern hören. Man konnte nicht hinausklettern (Kramer hatte es versucht), aber das änderte nichts an der schönen Aussicht.

»Verstehen Sie?«, sagte Frau Dr. Lorenz. Durch die entspiegelte und verzerrungsfreie Trennscheibe konnte er sie gut sehen. Sie saß auf einem sachlichen Stuhl in der Beobachtungskammer und sah ihn mit freundlichem Interesse an. Wirkte jünger als bei ihrer letzten Begegnung. Kramer hätte sie jetzt auf Mitte vierzig geschätzt. Das war keine Arbeitskleidung, was sie trug: rostrote, elegante Schuhe, einen knielangen grauen Rock und ein weißes, sportliches Hemd, dessen zwei oberste Knöpfe geöffnet waren. Ihr Make-up war perfekt, ihre Ausstrahlung umwerfend. Zu seinem eigenen Ekel bemerkte er, dass er sie begehrte. Sie quälen mich mit dieser Softwarepuppe. Es ist das Spiel. Meine Lust gehört zum Spiel. Polyplay.

»Sie müssen verstehen, dass Sie ein schweres Trauma hinter sich haben. Die vertrauteste Person in Ihrem Leben hat Sie belogen. Jahrelang. Systematisch. Sie sind von heute auf morgen obdach- und arbeitslos geworden. Sie haben quasi alles verloren, was Ihr Leben ausmacht. Das ist ein Schock, den keiner ohne Blessuren übersteht. Deswegen geht es für Sie jetzt vor allem um Ruhe und Ausgleich. Um Entspannung, soweit das eben möglich ist. Ihr Aufenthalt bei uns soll Ihnen die Möglichkeit geben, sich auszuruhen.

Während Sie zur Ruhe kommen, werden wir mit Ihrer Dienststelle sprechen. Wir werden mit Ihrer Frau sprechen. Wir werden sehen, was möglich ist, damit Sie zum richtigen Zeitpunkt Ihre ganz persönlichen Probleme in einem Zusammenhang angehen können, der Sie nicht überfordert. Damit das Leben weitergeht. Wir verstehen uns hier als eine Art … Puffer, der zwischen Sie und die Realität eingeschaltet wird, um Ihren psychischen

Stress zu mildern.« Sie lächelte. »Wir haben Sie in der Pension Aurora mit einer schweren Alkohol- und Barbituratvergiftung aufgegriffen, aber ich bin mir sicher, dass Sie hauptsächlich an einem traumatischen Belastungssyndrom leiden und nicht an einer stofflichen Abhängigkeit. Verstehen Sie?«

Ich bin Software, dachte er. Das hier ist Polyplay. Das Spiel geht weiter. Alles, was ich sage oder tue, wird diese Softwarepuppe als Beweis für meine Verrücktheit interpretieren. Ich bin kein Mann. Sie ist keine Frau. Sie ist nicht einmal eine der … wie hieß das auf dem Administratorenniveau? »Emergenzen«? Einer der Götter dort hatte ihn eine »Emergenz« genannt. Er hatte es laut und deutlich gehört, und auch das war Absicht gewesen. Frau Dr. Lorenz ist eine Softwarestatistin, die nicht überzeugt werden kann. Alles, was du sagst oder tust, fällt bei ihr in ein vorgeprägtes Muster. Sie lebt weniger als du.

Kramer nickte.

»Gut«, sagte sie und lächelte das Lächeln einer Ärztin, die schon jede Art von Wahnsinn gesehen hat. »Dann werde ich Sie jetzt alleine lassen.« Sie ging hinaus. Ihre aufreizend schönen, leicht gebräunten und durchtrainierten Beine waren die Beine einer jüngeren Frau. Als sie die Tür der Beobachtungskammer hinter sich schloss, verwandelte sich die Trennscheibe in eine ganz normale, tapezierte Zimmerwand.

Der Kies knirschte unter seinen Schuhen. Kramer ging nicht wirklich gern im Park der Anstalt spazieren, weil er dabei immer an den Todesgarten von Dr. Schwernik denken musste, aber seit er sein Zimmer verlassen durfte, nutzte er diese Möglichkeit manchmal doch.

»Kommissar! Kommissarchen!«

Kramer sah auf. Den Mann, der freudig erregt auf ihn zukam, erkannte er sofort: Heribert Konz. Penner-Harry.

»Na, wenn dit keene Überraschung is! Wat mahrn Sie denn hier? Sind Se uff Besuch?«

Kramer dachte: Softwarepuppe? Emergenz? Polyplay-Gott? Das hatte keinen Zweck. Mitspielen. Darum ging es.

»Nee, Harry. Kleine Auszeit.«

Harrys Trinkeraugen weiteten sich vor Überraschung. »Kleene Auszeit? Dit is ja ’n Ding! Da sind wa ja sozusahrn Nachbarn. Oder Kollejen!« Harry fand diese Idee so köstlich, er musste losprusten. »Kollejen!«

Kramer hatte genug von dieser kleinen Einlage, er ging um Harry herum und lief weiter.

»Kommissarchen! Nu warten Se doch mal!« Harry pflanzte sich vor ihm auf, er war immer noch sehr gut gelaunt. Kramer musste stehen bleiben, um nicht in ihn hineinzurennen. »Wat ick Sie noch frahrn wollte. Hamse denn den Scheißkerl jeschnappt? Den, der den Michael umjebracht hat?«

Kramer schob Harry zur Seite. »Sicher doch, Harry. Immer. Fall gelöst.«

»Dit is klasse, Kommissar!«, rief Harry ihm hinterher. »Respekt!«

Kramer winkte mit der rechten Hand, ohne sich noch einmal umzudrehen.

Die Wolke sah exakt wie ein Fisch aus. Mit Schwanz, Schuppen, Flossen, Augen, Maul, komplett. Es war kein Fisch der Neuzeit. Er glich eher den Versteinerungen, die Kramer einmal bei einem Besuch im Paläontologischen Museum in der Invalidenstraße gesehen hatte. Während sich der gigantische Wolkenfisch um seine Längsachse drehte, öffnete er sein Maul. Die Zähne waren furchterregend. Kramer schloss die Augen, weil er an die eine, kleine, unbewegliche Wolke auf dem Administratorenniveau denken musste. Als er sie wieder öffnete: kein Fisch mehr. Nur eine lang gezogene Wolke unter anderen lang gezogenen Wolken. Der Himmel zog sich zu. Es würde regnen.

Kramer wunderte sich nicht allzu sehr. In der zerfaserten Version der Realität, die er bewohnte (oder sollte er sagen, auf dem Aktivitätsniveau, auf dem er sich aufhielt?), passierten ständig die seltsamsten Sachen. Gestern hatte sich ein Glas beim Aufgießen des Tees nicht von *unten,* sondern von *oben* gefüllt: Das heiße Wasser hatte zuerst nur eine dünne Schicht am Rand des Glases gebildet, war dann immer tiefer gesunken, um schließlich den Boden zu erreichen. Kramer hatte vorsichtig noch ein wenig Wasser nachgeschüttet, und das Glas war tatsächlich übergelaufen. Der Tee hatte geschmeckt wie immer. Mit Verwunderung bemerkte er, dass er diesen Nonsens zu *genießen* begann.

»Was machst du denn für Sachen«, sagte Pasulke, der neben ihm herging, über diesen unverdächtigen Kiesweg. »Erst der ganze Hassel mit Anette. Dann fliegst du aus der Inspektion. Dann Charité. Junge, Junge.«

Kramer war erleichtert. Er dachte schon, Pasulke wolle ihn nach dem Wolkenfisch fragen. Dabei suchte er nur einen Einstieg in das Gespräch.

»Ich hab was für dich, das haut dich um«, sagte er. Dann hielt er inne, und sah Kramer zweifelnd an: Einen Kranken wollte er nicht umhauen. Kramer lächelte und dachte: Wenn du wüsstest. Er strahlte dabei offenbar so viel Selbstsicherheit aus, dass Pasulke fortfuhr.

»Wir haben ein Geständnis in der Abusch-Sache. Vorgestern kreuzt doch der lang verschwundene Vater von dem Jungen bei einem Revier in Charlottenburg auf und sagt, er war's. Natürlich dachten wir zuerst, alles

Banane, der hat ein Rad ab. Und dann bringt er Fakten, die kann nur der Täter wissen. Sieht so aus, als ob er Recht hat. Das wär dann das.«

Kramer lachte leise. Sie dachten wirklich an alles. Humor hatten sie ja, das musste man ihnen lassen. Auch wenn es ein absolut perverser Humor war. Er musste es Pasulke sagen. Er musste es ihm einfach sagen, obwohl er wusste, was das für Konsequenzen haben würde. Kramer blieb stehen und packte Pasulke an den Schultern. Der ließ es überrascht geschehen.

»Jochen. Du bist Software. Ich bin Software. Michael Abusch war Software. Nicht sein so genannter Vater hat ihn getötet, sondern ich war es. Ich habe Michael Abusch ermordet, wenn Software Software ermorden kann. Was du hier siehst, alles um dich herum, ist nicht wirklich. Wir sind Teile eines gigantischen Computerspiels. Polyplay. Es heißt Polyplay. Du bist eine Figur darin, ich bin eine Figur darin. Wir sind Software.«

Pasulke streifte Kramers Hände erschrocken ab. Er trat einen Schritt zurück. In seinen Augen stand ein Gemisch aus Angst, Abscheu und Mitleid.

»Rüdiger«, sagte er, »was erzählst du denn da?«

Kramer lachte. »Keine Sorge, Jochen, ich bin verrückt. Bekloppte dürfen so was.«

Pasulke sah ihn zweifelnd an, aber weil er keine Anstalten machte, gewalttätig zu werden, folgte er Kramer, als der den Spaziergang fortsetzte. Auf dem Weg zurück zur Klinik sprachen sie kein Wort. Aber als sich Pasulke verabschiedete, umarmte er Kramer. Beim Lösen der Umarmung hatte er feuchte Augen.

»Mensch, Rüdiger«, sagte er.

»Operation Neescherfett«, antwortete Kramer. Pasulke lachte laut los.

Eure Puppen sind so echt, dachte Kramer, als er wieder in seinem Zimmer war. Ihr macht mich noch wahnsinnig.

Dumm war er gewesen! Strohdumm! Was für eine gigantische Dummheit, Pasulke mit der Wahrheit zu konfrontieren! Pasulke hatte natürlich nichts Besseres gewusst, als sofort mit Frau Dr. Lorenz zu telefonieren und ihr von dem Gespräch im Park zu erzählen. Daraufhin hatte Dr. Lorenz ihm seine Erlaubnis zum Verlassen des Zimmers entzogen.

»Wir müssen sicher gehen«, hatte sie ihm in strengem Tonfall erklärt, »dass Sie eine akzeptable Verankerung in der Wirklichkeit erreicht haben. Es tut mir Leid, aber was ich von Herrn Pasulke zu hören bekommen habe, lässt mich an einen schweren Rückfall glauben. Ich habe unter diesen Umständen keine Wahl. Die Ausgangserlaubnis für den Park ist bis auf weiteres ausgesetzt.«

Die resolute Frau Dr. Lorenz war gegangen. Diesmal keine schönen Beine – nur der sachliche, gestärkte Kittel der ärztlichen Stationsleitung. Er musste endlich die Regeln begreifen. Wenn er Fehler machte, wurde er zurückgestuft. Erst wenn er die Softwarepuppe »Dr. Lorenz« davon überzeugt hatte, dass er gesund war, konnte er die Klinik verlassen, und erst dann würde die Handlung wirklich weitergehen. Das war ein Spiel, keine Psychiatrie! Hier wurde er nicht »behandelt«, hier wurde er geprüft. Kramer wollte mitspielen, er musste es. Denn wenn er, als das Softwarekonstrukt, das er war, nirgendwo anders leben konnte als auf einem der Aktivitätsniveaus von Polyplay, dann wollte er zumindest im Rahmen des Spiels frei sein. Er wollte vor allem leben. Das Leben nach der Klinik würde schwer genug werden, ohne Arbeit, ohne Wohnung. Das Leben in einer DDR, die es in Wirklichkeit nicht mehr gab. Die es so nie gegeben hatte.

Aber das war immer noch der wattierten Hölle vorzuziehen, in der er sich jetzt aufhielt. Alles, nur das nicht: eine weinende Anette, die ihm gegenüber in der Beobachtungskammer saß und so tat, als wisse sie von nichts. Sie bedeckte ihr Gesicht mit ihren eleganten Händen, die Fingernägel waren frisch lackiert, dunkelrot.

»Bitte«, schluchzte sie, »ich habe einen schrecklichen Fehler gemacht.« Sie nahm die Hände vom Gesicht. Ihre Augen waren völlig verweint. »Ich habe dich verlassen, ohne zu wissen, wie viel du mir bedeutest. Frank liebt mich nicht wirklich, das habe ich erst jetzt begriffen. Ich war so kalt und herzlos zu dir in dieser schrecklichen Pension.« Sie schluckte.

Wie echt das alles aussah! Vor kurzem noch war sie ihm als die Göttin gegenübergetreten, herrisch und arrogant, und Kramer war felsenfest davon überzeugt, dass dieser Auftritt ihrem wahren Gesicht am nächsten kam – dem wahren Gesicht einer Person, die Kramer nie wirklich kennen lernen würde, weil er ein Programm und sie ein echter Mensch war. Wenn auch ein bis über alle Maßen kranker und verrückter Mensch. Viele Gefühle machten sich den Platz in Kramers Seele streitig. Er spürte nicht nur Hass und Verachtung für den Schatten hinter »Anette« und »Athene«, sondern auch Mitleid. Wie krank musste man sein, um ein guter Polyplay-Spieler zu werden, einer der Götter? Blitzartig ging ihm auf, dass das menschliche Substrat von »Anette« und »Athene« auch hinter »Majorin Schindler« gesteckt hatte. Es war derselbe Geschmack von Manipulation, Kälte und Perversion. Es waren dieselben Tricks.

»Komm zu mir zurück. Bitte!« Ihre Augen waren tränenverschleiert.

Kramer wollte aufbegehren. Er wollte Anette anschreien. Du Dreckstück! Ich weiß, wer du bist! Du bist nicht Anette! Du bist Athene! Ich kenne dich!

Spar dir die Tränen! Du verlogene … Hure! Aber seine Vorwürfe wären völlig unsinnig gewesen. Der Schatten hinter Anette-Athene ließ sich von moralischen Erwägungen nicht beeindrucken. Und ein Ausbruch wie dieser hätte nur neue Strafmaßnahmen von Dr. Lorenz nach sich gezogen. Er musste klug sein. Er musste mitspielen.

»Ich …«, begann er zögernd, seinen Ekel niederkämpfend, »ich bin noch nicht ganz gesund. Die Therapie hier ist gut, aber es wird noch eine Weile dauern, bis ich entlassen werde. Ich … mache Fortschritte. Aber es ist noch nicht so weit. Du musst dich noch ein wenig gedulden.«

Es war fast zu viel. Ein Schritt weiter in dieser grausamen Parodie, und sein ganzer Hass und seine ganze Verzweiflung wären aus ihm herausgebrochen. Deswegen schwieg er einfach.

Anette nickte. Sie wischte sich lächelnd die Tränen ab. Ihr Make-up war ruiniert. Sie blies einen Kuss durch die Trennscheibe, eine Geste, die Kramer vor Schmerz die Augen schließen ließ.

Bevor sie sich zum Gehen wandte, riss er sich noch einmal zusammen und sagte: »Ich komme bald zurück.«

Er meinte es wirklich ernst.

SF SOCIAL FANTASIES

Herausgegeben von Else Laudan und Hannes Riffel

Marcus Hammerschmitt

Der Opal

SF - Social Fantasies 2060 · ISBN 3-88619-960-6

Sie ist eine Auftragskillerin im Weltall und ihr Raumschiff ist in sie verliebt! Die galaktische Söldnerin Latil – abgebrüht, vielsagend tätowiert, vom Leben hart geprüft und eigentlich nur geringfügig psychotisch – ist daran gewöhnt, immer auf dem Sprung zu sein. Der aktuelle Auftrag strapaziert allerdings ihre jähzornige Ader: Nicht nur, dass ihr geborgtes Schiff pubertiert und eine adoleszente Schwäche für Latil entwickelt. Der »Opal«, Lebensraum ihrer Auftraggeber, ist ein Kosmos für sich, undurchschaubar und von einer Spezies bevölkert, die an Selbstüberzeugtheit kaum zu überbieten ist.

Der Zensor

SF - Social Fantasies 2070 · ISBN 3-88619-970-3

Die Zukunft Europas zwischen malerischen Mythen und Hightech-Futuristik: In Spanien herrschen – Ironie der Geschichte – die Mayas. Mit nanotechnologischem Know-how kontrollieren sie den Südwesten Europas. Zentrum ihrer Macht ist Nanotikal, umgeben von biotechnisch erzeugtem Urwald. Dort waltet der Zensor, oberster Sicherheitsbeamter des großen Ahau. Der Zensor ist an Macht gewöhnt – und an Intrigen. Doch es gibt Dinge in Nanotikal, die selbst er nicht wissen darf. Sonst wird er zum Risiko ...

Für den Guerillero Enrique ist das Leben auf Messers Schneide nichts Neues, Anschläge und desperate Aktionen gehören zu seinem Alltag. Doch dann gerät Enrique an eine Aufgabe, für die seine Mischung aus Klugheit, Charisma und Entschlossenheit nicht genügt. Denn jemand will ihn benutzen – als Werkzeug für einen grauenhaften Vernichtungsschlag ...

Schnelle, raffinierte Handlungsfäden, die ausgeklügelte Balance der zwei grandios unterschiedlichen Protagonisten und phantastische Milieuskizzen fügen sich zu einem Leseerlebnis, das Science-Fiction-Freunde wie Gourmets der gehobenen Spannungsliteratur begeistern wird.

SF Social Fantasies

Herausgegeben von Else Laudan und Hannes Riffel

Marge Piercy

Er, Sie und Es

SF - Social Fantasies 5002 · ISBN 3-88619-936-3

Zwischen Cyberspace und jüdischer Mythologie: Der Zukunftsroman *Er, Sie und Es* verbindet die actionreichen Abenteuer einer jungen Cyberspace-Spezialistin mit der nachdenklichen Weisheit des jüdischen Golem-Mythos: Unter dem Kunsthimmel einer Konzernstadt des 21. Jahrhunderts kämpft die Technikerin Shira um das Sorgerecht für ihr Kind. Tausende Kilometer entfernt, in der freien Metropole Tikva, erzählt ihre talmudkundige Großmutter Malkah einem Cyborg Gutenachtgeschichten. Die Legende führt zurück ins 16. Jahrhundert. Denn wie einst Rabbi Loew einen Golem schuf, um das Prager Ghetto vor Pogromen zu schützen, so braucht auch die Stadt Tikva ein Bollwerk gegen die mächtigen Multi-Konzerne …

»Marge Piercy hat das, was wenige Schriftsteller heute haben: eine soziale Phantasie, die ihr Zukunftsvisionen erlaubt, wo andere die Politik längst aufgegeben haben.« *(NDR Buchtip)*

Frau am Abgrund der Zeit

SF - Social Fantasies 2015 · ISBN 3-88619-915-0

Consuelo »Connie« Ramos lebt in den Slums von New York. Als sie versucht, ihre Nichte vor einem Zuhälter zu schützen, wird sie bewusstlos geprügelt und erwacht im Irrenhaus. Doch da ist jemand, den Anstaltsmauern nicht fern halten können: ein geheimnisvolles Wesen namens Luciente, das schon früher manchmal bei Connie aufgetaucht ist. Sie weiß nicht recht, was sie davon halten soll. Ist es ein junger Mann, der ältere Frauen abschleppt? Luciente selbst behauptet, nur virtuell anwesend zu sein – ein Mensch aus der Zukunft. Undenkbar?

Connie Ramos' Gratwanderung zwischen gewaltsam verabreichten Psychopharmaka und einer gesunden, menschlich reiferen Zukunft birgt phantastische Entwürfe zu heutigen Problemen und globalen Krisen. Der Roman wird zum Thriller, als sich zeigt, dass Lucientes Zeit durch Connies Gegenwart gefährdet ist …

Argument Verlag · Hamburg · Berlin

SF Social Fantasies

Herausgegeben von Else Laudan und Hannes Riffel

Ursula K. Le Guin

Das Wort für Welt ist Wald

SF - Social Fantasies 2027 · ISBN 3-88619-927-4

Der kolonisierte Waldplanet New Tahiti ist ein fast idealer Rohstofflieferant: Der Holzbestand ist nahezu unerschöpflich, und die grün bepelzten Ureinwohner sind kein bisschen aggressiv. Vermutlich haben sie nicht genug Grips, um Scherereien zu machen, oder es ist einfach gegen ihre Natur. Dann allerdings stellt sich die Frage: Wer hat die entlegene Holzarbeiterkolonie in Schutt und Asche gelegt?
Diese klassische Dystopie ist zugleich subtiler Ethno-Thriller und unterläuft ganz nebenbei vertraute »Helden«-Bilder aus Literatur und Geschichte.

Ursula K. Le Guin gehört zu den bedeutendsten SF-Autorinnen der Gegenwart. Ihr mit etlichen Literaturpreisen geehrtes Werk umfasst Fantasy, Science Fiction, Jugend- und Kinderbücher, Essays und Gedichte.

Joanna Russ

Eine Weile entfernt

SF - Social Fantasies 2059 · ISBN 3-88619-959-2

»Wer in zwei Welten lebt, führt zwangsläufig ein kompliziertes Leben«, sagt Vittoria, Janets Frau. Die vier Protagonistinnen dieses Romans leben in vier Welten: Jeannine in einem Amerika, in dem der Zweite Weltkrieg nie stattfand, Joanna in den siebziger Jahren unserer Wirklichkeit, Jael in einer nicht allzu fernen Zukunft, wo Männer und Frauen in einen ziellosen Krieg gegeneinander verzettelt sind, und Janet in Whileaway, einer futuristischen weiblichen Welt, in der Männer seit Äonen vergessen sind. Das Zusammentreffen dieser vier Frauen stellt all ihre Wirklichkeiten auf den Kopf – kühn, komisch und kribbelnd konsequent.

Diese provokante Social-Fiction-Satire (Original: *Female Man*, deutsch zunächst 1979 unter dem Titel *Planet der Frauen)* benutzt den Faktor Zeit als Fadenspiel und knüpft – ihrer Zeit rettungslos voraus – das hausbackene Erzählkontinuum an sämtlichen Gliedmaßen auf. Zwischen Joseph Conrad und Pulp Fiction eruptiert eine inspiriert-feministische postmoderne Realitätenmixtur.
Ein verblüffender Klassiker der utopischen Literatur: aufbrechend in Inhalt und Form, hitzköpfig, schräg und doch elegant mit zartbitterbösem Humor, der es in sich hat.

Argument Verlag · Hamburg · Berlin